姊兒的心計 1

文創風 262

郁雨竹 著

風文創
262

目錄

序

郁雨竹

一開始寫書的時候我還是一個學生，只是想著讓更多的人讀到我自己寫的故事，沒想到會在這條路上走得這麼遠，更沒有想到我的書有一天會出版，於此，我要非常感激我的編輯，是她一直在旁邊引導著我向前走。

寫作的靈感有時候就是一閃而過的念頭，這本書就是從那一閃而過的念頭中誕生的。

雨竹在家中是長姊，有一年放寒假回家，弟弟來接我，一年不見，弟弟竟然已經比我高出了半個頭，這時候雨竹才深切的體會到，原來我弟弟已經長大了，不僅弟弟，我的妹妹們也在我沒有發覺的時候走得很遠了，我很有些傷感，我覺得對於弟弟妹妹們的成長我並沒有參與到多少。

成長中總是會有許多的煩惱，學業上的、生活上、感情上的，仔細地往回想，雨竹除了少數的幾次關心到弟弟妹妹之外，更多的是生活在屬於自己的一個小圈子裡，能夠給弟弟妹妹們的指導很少，不管是學業上、生活上、還是感情上。

雨竹瞬間覺得自己不是一個合格的長姊，我不知道他們在面對那些困難和困惑的時候有沒有想到過找我，但我在面對那些成長中的煩惱時，總是希望我能有一個長姊或長兄出現幫幫我、指導我。我就在懊惱，我在想這點的時候，為什麼就不能由此想到弟弟妹妹們或許也會有這個期盼呢？

隨著年齡的增長，心越來越柔軟，會想的事情也越來越多，以前一直忽視的事情也慢慢地開始重視，雨竹希望可以多照顧一些弟弟妹妹，希望他們在成長的過程中少些煩惱和糾結，那時候靈光就突然一閃，想著，若時光可以倒流，我以成人的思想去照顧還是孩童的弟弟妹妹們，我是不是就不會忽略這許多事？

於是就有了書中魏清莛和魏青桐的姊弟情，由此延伸出了許多的故事。

但想像畢竟是想像，對親人的愛護什麼時候都不顯得晚，雖然我們過去錯失了許多，但從現在開始關注，從現在開始努力的照顧他們，在以後的歲月裡我們至少不會留下遺憾不是嗎？

現在，雨竹已經從大學裡畢業出來，與弟弟妹妹們的感情也越來越好，並不會因為不經常見面和空間的距離而生疏，因為我們之間有關心在。

其實，不只兄弟姊妹們的感情如此，與所有的親人之間都是這樣，打個電話問候一聲，多關心一下他們的生活，若有能力，在他們遇到困難的時候伸出一隻手，就算能力有限，陪他們聊聊天、散散步、看看電影，也能幫著他們緩解壓力，釋放情緒，對親人，多一些耐心、多一些包容，相信你們會收穫得更多。

所以，看到這本書的朋友，要記得打個電話問候一下自己的家人哦，回家的時候記得露出大大的笑臉，讓家人感染到自己的好心情。

郁雨竹

第一章　初來

魏清莛覺得腦袋有些疼，感覺有人在推自己，心中不爽，皺皺眉，就「譃」地睜開眼睛。

乍然看到一個少年立在床前，魏清莛嚇了一跳，眨眨眼睛，疑惑地看向他。

少年咧嘴一笑，卻又馬上收起來，疑惑地問道：「妳怎麼躺在床上不動？妳弟弟好像很難受的樣子。」說著用下巴比了比魏清莛那邊。

魏清莛僵硬地轉頭看向床的裡面，一個三歲左右的小男孩就躺在她身邊，可能是看到姊姊看他，小男孩有些委屈，睜著濕漉漉的眼睛看魏清莛。

魏清莛腦袋一時轉不過彎來，只愣愣地看著這個三歲的孩子。

小男孩更加委屈了，眼淚溢滿眼眶，好像隨時都會掉下來似的。

魏清莛心下不自覺得一軟，舉手就要摸他的頭，卻驚詫地瞪著眼前自己「小而白皙」的手，頓時說不出話來。

少年並沒有留意，以為她是傷心，正要安慰她，就聽到外面打響了坊鐘，眉頭一皺，這是坊市就要關閉了，雖然作為平南王府的人不必在意，可是母親卻從不允許他在坊市關閉之後還在外面，他為了找秋冷院，花了太多的時間了。

少年只好長話短說。

「喂，我是任武昀，妳放心好了，回頭我就和母親說讓她來接妳去我家住，這樣妳就不用擔心再被人欺負了。」說著，他冷哼一聲，扭頭冷眼看著魏府正中間的方向。「妳是我未來的媳婦，他們要欺負妳還要再掂量掂量……」

魏清莛渾身一震，不可置信地扭過頭來看他。

「……我就要去北地了，少則一、兩年，多則四、五年，我一定回來，妳先忍著他們，等我回來再收拾他們，喜哥兒說這叫君子報仇，十年不晚！」

魏清莛張了張嘴想要說什麼，卻什麼聲音都沒發出來。她頓時有些悲涼，這渾身無力的感覺都多少年沒有過了？

任武昀低頭嘆了一口氣，轉身倒了一碗水給她，魏清莛感激地衝他一笑，有些急切地就著那少年的手喝水，一點也不介意這冰涼的水。

任武昀滿臉怒容，恨恨地道：「魏家也欺人太甚，哪裡像耕讀世家？連市井小人都比不上，怪不得大哥罵魏志揚齷齪，我看整個魏家就沒有好人……」

魏清莛腦袋生疼，根本不知道他在說什麼，可任武昀卻自知失言，眼角偷偷地打量她的神色，見她沒有生氣，這才鬆了一口氣。「……當然這不包括妳和妳弟弟了。」

任武昀一向是霸王似的人物，就是被母親抓到他在大哥、大嫂的房間裡畫春宮圖也沒有這麼不自在過，他是憐惜他們剛剛喪母，卻被家族放逐到這個地方來。

魏清莛覺得好受些了，這才抬頭看任武昀，身側的小男孩拉拉她的衣袖，滿眼渴望地看著碗，魏清莛連忙餵他喝水。

任武昀急著回去，從懷裡掏出四、五個饅頭，一股腦兒地塞給魏清莛。「我要回去了，我來過的事情千萬不要讓別人知道，我們的婚事也只任家和王家知道而已，妳別告訴魏家的人，我知道妳不喜歡武將，我也不喜歡妳這樣文文靜靜的女孩子，所以妳也不要太擔心，只要等我回來退親就好了。」

魏清莛一句話也沒聽進去，只凶狠地盯著這四、五個饅頭。

任武昀見她低頭不語，自行解讀為魏清莛對他的提議很滿意，心中一喜，她也答應了，喜哥兒也覺得沒問題，那就只剩下說服母親了！

任武昀高高興興地離開了，剩下兩姊弟眼巴巴地看著饅頭。

魏清莛吞了下口水，決定還是先愛幼，拿過一個饅頭掰開細細地餵小男孩……魏清莛將另兩個饅頭藏起來，躺倒在床上，她這是死了又活了？頭一陣一陣地抽痛，一片片記憶在腦海中慢慢展開……

與此同時，在北城支道上，竇容打馬攔在任武昀面前，任武昀急忙拉住馬，疑惑地問道：「這麼晚了，你怎麼還在這裡？」竇容雖是鎮國公府的嫡長孫，卻很少用特權在外逗留的。

「皇上下了密詔，著令我們即刻出京！」

任武昀懷疑地看向他。「就算是密詔，你又是怎麼知道的？我又怎麼沒收到？」

竇容斜視了他一眼。「太陽還沒下山的時候平南王府的人就在找你了，睿說你們下午的時候還在一起，我還沒問你，你這大晚上跑去哪兒了？」

任武昀有些心虛，訂親的事他可以肆無忌憚地和喜哥兒說，卻不想竇容知道，竇容一向得理不饒人，要是知道了，以後兩個人吵架，竇容肯定用這個挖苦他！

竇容嘴角微不可見地翹起，繼而板著臉道：「快走吧，大家都在永定門等你呢。」說著打馬跑在前面。

任武昀「哦」了一聲，反應過來，追上他。「隨行的名單裡並沒有你，怎麼你也要去？」

竇容鄙視地看向他。「要是沒有我這個智多星，就憑你們，恐怕一出永定門就沒了。」

任武昀冷哼一聲。「你也太小看我們了！」

竇容笑笑，並沒有反駁，快馬往永定門而去。

有上來攔住的人，只要報鎮國公府的名號，他們就紛紛讓開。

四皇子戴著兜帽，穿著和隨行侍衛一樣的衣服躲在暗影裡，見兩人打馬前來，就笑問。「你們怎麼就碰在一起了？阿容還是這麼厲害，我派出去的人都沒有找到他。」

「睿竟會不知道？」竇容似笑非笑地看著他。「老王妃從不允許武昀在關坊市之後還停留在外面，所以只要守在回平南王府的那條街上就是了。」

四皇子一本正經地點頭。「阿容果真是料事如神，從前門大街到平南王府共有三條大路，其中還不算後面的小岔路，你守的那條，小舅舅剛好就從那裡經過。」

不是說很急嗎？怎麼還有閒情在這裡扯這些有的沒的？任武昀眉頭一皺，下馬接過侍衛遞過來的衣服，當下就套在身上。

城門關了重新開，並不是那麼簡單的事，聖旨是昨天才下的，按理他們最少也有半個月的準備時間，這樣匆忙地離開，就是最大條的任武昀也覺得事情不對，隨行的十五個侍衛都冷著臉，警惕地將四皇子圍在中間。

竇容眉頭一皺，給任武昀使了一個眼色，任武昀打馬上前和四皇子換位置。

四皇子抿緊了嘴唇。

「小四！」任武昀不贊同地喊了一聲。私下裡任武昀叫他的小名喜哥兒，在人前，任武昀卻隨母親叫他小四，竇容等人雖和他交好，卻喜歡叫他的名字睿。

四皇子無奈地打馬到任武昀的位置上。

竇容一眼掃過隊伍，覺得沒有什麼不妥了，這才往城門口而去。

值班的御林軍統領眼角掃過被保護在中間的人，因為黑暗，又戴著兜帽，他看不清那人的臉，今天是陛下特意吩咐他來的，他只檢查了一下權杖，對出去的人並不做檢查，為免夜長夢多，御林軍統領很快就放他們出去了。

一直出了二十幾里的路，大家這才慢下來，任武昀神情微鬆，隨行的侍衛戒備的看著周邊。

任武昀哀呼一聲，叫道：「我忘了回去找母親了！」

竇容嗤笑道：「老王妃早就知道了，用得了你回去告訴她？你還是想著到地方後怎麼寫信回去告罪吧！」

「我回去才不是和母親辭別呢，我是有要緊事。」
「什麼要緊事？」
任武昀閉嘴不語，打馬到四皇子的身邊，低聲道：「他們姊弟的日子過得很不好，我想讓母親接他們去平南王府。」
王家為了保住太子一系及平南王府一力承擔「造反」之事，如今王氏又死了，魏家為了撇清關係，將魏清莛姊弟關在秋冷院中，以後日子還不知道會怎樣呢。
現在正是敏感時候，平南王府更是在風口浪尖，不說外祖母同不同意，魏家就不可能答應。念頭一閃而過，四皇子已經開口道：「你臨走時沒有去和外祖母辭別已經是大不孝了，現在寫信回去就巴巴的說這件事，外祖母定會怪你，卻會將罪過按在他們姊弟的頭上，你這樣豈不是害了他們？」
任武昀嘸嘴。「母親才不是這麼小氣的人呢！」
四皇子微微一笑。「要是魏姑娘不是姑娘，外祖母一定不怪，偏偏她又是那樣的身分，婆婆和媳婦即使平時再好，合在一起也是有矛盾的！」
任武昀努力的想大嫂及二嫂和母親在一起的場景，大嫂能幹守禮，二嫂溫婉，母親也不是壞人，可有時候她們之間的氣氛的確有些怪怪的。
任武昀垮下肩膀，喪氣道：「那你說怎麼辦？」
「等到了地方你再寫信回來，先請罪，問過外祖母、大舅舅、二舅舅他們，在信的末尾再寫上一句請他們多加照顧他們姊弟就是了。」

竇容一直支著耳朵聽，他們一直姊弟姊弟的說著，卻不知是哪家的姊弟，竇容眼睛轉了轉，難道？

他打量了一下任武昀的神色，不可能啊，要說睿情竇初開他還信，任武昀？再等上七、八年，要是沒有人提示他，說不定他還不開竅呢！

任武昀不知道，四皇子的「好主意」卻讓任家的人以為任武昀開竅了，對這門親事很滿意。畢竟這主可是萬事不理，現在竟然會往家裡寫信，甚至提及魏家姊弟。

任家縱然有心，為了不打草驚蛇，也只是委婉地透過魏清莛的外祖家王家打聽兩姊弟的消息，王家的人並沒有見過兩姊弟，只是他們覺得兩人日子縱然過得差些，也不過在日常生活上被苛刻一些罷了，王家一向奉行吃得苦中苦方為人上人，平時沒苦吃的時候都要去創造苦，比如減少弟子的用度，然後將人趕出去遊學……

魏家姊弟也被納入王家子弟行列，王家的人並不認為這些苦是什麼苦，要說苦，難道生活在後院有人伺候不缺吃穿的兩姊弟會比王公的孫子、孫女還苦嗎？所以魏家姊弟的境況竟是無一人知道了。

這也是後來魏清莛對王家本家那邊態度淡淡的原因。

此時，魏清莛正眼神複雜的看著秋冷院外面的魏家，會想起今生前世，覺得自己無比的好運，在沒死之前的前世，姑且算是前世吧，她比弟弟早出生了十五分鐘，因為這點，老爸、老媽一直覺得弟弟是她指引來的，雖然不能做到和弟弟一樣被疼愛，卻比上面的四個姊姊得到更多的關注，加上最小的姊姊也比她大了六歲，她在家裡一直是被照顧的對象。

老爸還將祖傳的打獵手藝傳給她（沒辦法，新時代下老爸的思想也先進了，覺得打獵沒前途，打算供老魏家的獨子上大學），直到她在大東北的林子裡混到了十歲，弟弟學了新思想，拿著課本對老爸吼道：「不讓姊姊上學是違法的！」

老爸才笑呵呵地送她去上學，她上一年級，弟弟上四年級。

出乎所有人的意料，魏清莛硬是頂著重重異樣的眼光，從小學上到了大學，畢業出來已經高齡二十六歲了，她只能在已經工作四年的弟弟的幫助下找了一份不上不下的工作，可是好運一向喜歡光顧她，辛苦了半年，在拿到年終獎金，興奮之下第一次衝去買彩券，沒想到還中了大獎！

她傻乎乎地捧著金融卡，決定要揚眉吐氣一回，連行李都懶得收，魏清莛就冒著大雪往回趕，在路過積雪的山腳下時，不知哪裡傳來一聲巨響，魏清莛臉色一白，腦袋的最後一個念頭是——她應該先花錢再回來的，那樣就算死了，好歹也賺回一些了。

雪將她掩埋了，她以為自己死了，可是她感覺到了饑餓和頭疼，聽說死人是沒知覺的……

魏清莛嘆了一口氣，這個身體和她有著一樣的名字——莛，是草的莖，前世，她為擁有這個名字而高興，因為四個姊姊的名字是招娣、來娣、送娣、有娣。

可是現在她只是為這個小女孩心疼。

這個家庭比她前世不知富裕多少倍，好歹她是官四代吧，往上追溯，魏家也有做官的人，可，魏清莛四處打量，除了一屋子的家具，她真心覺得，還不如她前世那貧窮的家呢。雖然老爸、老媽嚴重重男輕女，但對幾個女兒還是很不錯的，平時雖然幹活累點，但只要有好吃的，弟弟選完之後，剩下的一定全都是姊妹五個分了，所以魏清莛對前世的父母從沒有怨恨，只有心疼。

可這個身體呢？不知她對自己的父親是什麼樣的感覺？魏家在京城的確算不上什麼大戶人家，可卻娶了琅琊王氏，王氏的父親也就是魏清莛的外祖父，被先帝尊為先生，世人尊呼王公。

王氏嫁到魏家三年無所出，魏志揚納了他表妹吳氏為貴妾，王氏卻在吳氏懷孕四個月後懷了魏清莛，兩人先後生下庶長女和嫡長女，庶長女取名魏清芍，不到一年後，吳氏生下庶長子魏青竹，而王氏直到魏清莛四歲的時候才生下嫡長子魏青桐，但他生下後不久，卻突發高燒變成了傻子。

魏清莛還只有七歲，王氏平時雖教她一些管家的事，可對外面的事卻知道的不多，在她的記憶中王家好像突然出事，外祖和外祖母都死了，王氏好像一夜間就老了十歲，再下來就是吳氏被提為平妻，而王氏的病情愈重，魏清莛不知為什麼就和弟弟被發配到這個小院子裡來了。

乍然受到刺激，她的記憶並不完全，只能捕捉到一些重要的片段，將那些情節大概連結起來。而她之所以可以「乘虛而入」，則是因為地上那些狼藉的食物——

魏青桐受了驚嚇，放到床上後就蜷在一處睡著了，傍晚，僕婦送來飯食，魏清莛見弟弟睡得香，就撥了一部分先吃，誰知道本尊卻被毒死了，在死之前這個七歲的小女孩顧念著弟弟，將所有的食物都撥到了地上，而在現代被雪崩埋死的魏清莛就乘虛而入了！

魏青桐睜著大大的黑眼睛，見姊姊嘆了一口氣，也學著長嘆一聲。

魏清莛好笑地摸著他的頭。「現在就剩下我們倆相依為命了。」魏清莛對這個身體和魏青桐有些歉疚。

魏青桐笑嘻嘻地去抓姊姊的手，口齒不清不清地喊了一聲「姊姊」。

魏清莛心微軟，到院子裡打了一些水，已經入秋，夜晚有些冷，她也不敢用冷水給魏青桐洗澡，只略略給兩人擦了一下手腳，收拾好地上的狼藉，就抱著弟弟睡去了。

想著今天的事，魏清莛實在是累極，迷迷糊糊地睡過去……

夢中，她清晰地看到自己躲在帳幔後面，丫鬟、僕婦們的注意力都在前面，沒有人發現她，她看著祖父和父親攔在母親前面，祖父大義凜然地看著母親，父親歉意地看了一眼母親，低聲勸她。「三娘，妳也別太擔心了，我這就出去打聽消息，妳先到後堂休息好不好？」

母親嘲諷地看著父親，嘴角露出了一個詭異的笑。「我的父母薨逝，你們第一時間不是送我回去奔喪，而是去打聽消息，這就是你們魏家從書中學到的行事規矩？」

祖父和父親頓時脹紅了臉。

母親目光炯炯的看著底下圍著的僕婦，高揚著頭道：「給我備車，我要帶姑娘、少爺去見我父母！」

僕婦們偷眼看向祖母和父親，還是在母親的注視下出去備車了。

魏清莛是知道的，母親雖然不得父親的寵愛，在家中卻很有地位，不只是因為王家的權勢地位，更因為母親幼承庭訓，打小就在外祖父和外祖母跟前，母親一嫁入魏家就接過了魏家的中饋，十年來，母親在魏家的威望不低。

祖父臉上青白交錯，出去的僕婦裡面有好幾個是魏家的家生子，母親強勢地帶著她和弟弟回了外祖家。

魏清莛隱約聽到祖父回頭問父親──「這是魏家，還是王家？」

魏清莛從夢中驚醒，扭頭看幾乎趴在她身上的魏青桐，暗嘆一聲。

見外面天色大亮就小心地移開他，躡手躡腳地出去了。

第二章 魏家

魏清莛將前後院子搜了一遍，發現除了一些生活用品外，什麼吃的也沒有。她只好認命地回轉，用冷水洗臉洗手洗腳後，拿出一個饅頭，一邊看著天際一邊吃。好容易吃完後，魏青桐也醒了，迷濛地朝她張開手……新的一天開始了！

魏清莛看著乖乖坐在門檻上啃著饅頭的魏青桐，看著院外，覺得他們不能就待在這裡什麼都不做，她心裡打算著告訴魏家人飯菜有毒從而出去的成算有多少，想了想，魏清莛還是放棄了那條路，人的心一旦偏了就很難公正的看待問題，更何況，她連凶手是誰都不知道，這樣做只會打草驚蛇。

只是這種隱忍在中午的時候就告罄了，魏清莛憤怒地看著院門，已經過了正午，早飯沒人送也就算了，難道中午也要餓著？

魏清莛憤怒地拍門，良久，門外響起一個婆子的聲音。「三姑娘，您別拍了，奴婢們也沒有鑰匙，沒有老夫人的命令，誰也不能放您出去。」

「我們餓了，我們要吃東西！」

外面靜默了一下，良久，那婆子才又開口道：「三姑娘，老夫人不讓我們給您和四少爺送吃的，不過奴婢這裡還有早上剩的一些東西，您要是不嫌棄，奴婢給您送來？」

只要有吃的就好。魏清莛趕緊點頭，才反應過來門外的人看不見，趕忙應了一聲。

「那三姑娘稍候。」

魏清莛就聽到腳步聲離開，魏清莛眉頭微皺，這腳步聲這麼久，又這麼大聲，難道那婆子是故意踱給她聽的？

沒過多長時間，魏清莛又聽到了腳步聲，這次是兩個人的腳步聲，那兩人卻好像是走了老遠的路才到，一、兩分鐘後門邊的一個小洞遞進來兩個碗，魏清莛來不及深思，一把接過，見兩個碗裡都是粗米飯和一些青菜。「真是謝謝妳們！」

外面的人有些誠恐地道：「不敢當姑娘的謝！」

「外面有吃的了！」魏清莛高興地拉過魏青桐，耳邊卻聽到外面的人邊走邊說——

「……你也太大膽了，這事要是被老夫人知道了……」

「這裡只有我們兩個，誰會知道？更何況，先大夫人在時，對我們也算不薄，能幫一些就幫一些吧。」

「唉，三姑娘和四少爺也真可憐，大夫人在的時候是何等的金枝玉葉，現如今竟落得如此，也是王家連累了大夫人……」

「這些話不要說，傳出去，我們都得不了好……」

聲音雖然小，但魏清莛還是聽得一清二楚，腳步聲也是越來越遠，她臉色有些怪異，按理說這兩人說的是私密話，應該很小聲才是，如果剛才她還懷疑對方是故意地放重腳步，那麼現在她就有些其他想法了，別人的小聲倒像在她耳邊低語似的！

魏青桐流著口水仰頭看姊姊手裡的碗，見姊姊不理他，就有些生氣地拽她的衣服。

魏清莛回過神來，和弟弟分食了碗裡的東西。

現在她知道使她受到這樣不公平待遇的是老夫人了，可是給他們下毒的又是誰呢？難道也是老夫人？這對她有什麼好處呢？還是另有他人？

魏清莛牽著弟弟到荒廢的後院，這裡有一些能吃的野草，她決定要充分利用資源。

「姊姊，姊姊！」魏青桐滿臉泥土，雙眼亮晶晶的舉著他剛挖的草莖，臉上明晃晃地寫著「誇我吧，快誇我吧」！

魏清莛毫不吝嗇地親了他一口，正要誇獎他，卻聽到雜草後面的圍牆那裡有敲擊聲。

魏清莛緊張的嚥了一口口水，聽說古人很純良的，應該不會是賊吧？

她抓緊了弟弟的手，噓了一聲，拿起一塊石頭，小心地撥開雜草，這才發現那裡本來就有一個小洞，外面的人卻還在擴大洞口。

魏清莛眼冒綠光，試圖將外面的人看做一匹狼，握著石頭的手微緊，和魏青桐蹲在一旁，決定趁外面的人一露頭就打暈他。

王麗娘顧不得手受傷出血，將石塊推到一旁，抱緊懷中的盒子就要鑽進去，到底嬌生慣養多年，腳下一絆就摔倒在旁，正巧躲過了魏清莛手中的石頭。

石頭擦著王麗娘的耳朵砸在地上，嚇了她一大跳，抬眼驚叫道：「姑娘！」

魏清莛見第一次打不著，正要舉手劈下去，卻發現那張臉有些眼熟，手中的動作就是一頓。

王麗娘卻撲過來抱住她，眼裡流下淚來。「姑娘，我的好姑娘，您怎麼成了這樣子？」

魏清莛有些猶豫地喊道：「乳娘？」

「欸，姑娘，老夫人有沒有為難您？您身邊是誰伺候著，怎麼讓您和少爺到這種地方來？這些狗眼看人低的狗奴才，這是見夫人去了就為難姑娘和少爺！」

魏清莛這才知道，原來他們雖然被關在這裡，身邊卻還是有伺候的人，只是不知道那些人是什麼時候走的。

「乳娘怎麼從這裡進來？」

王麗娘這才想起自己的初衷。

原來，王氏的喪禮一辦完，王家族就派人過來接收了王氏的嫁妝，說是等以後魏清莛和魏青桐成親後再歸還到兩個孩子的手上。

魏老夫人不能阻擋，本來就已經將兩姊弟遷到這裡來了，這下更是將王氏身邊的人都賣了，就是陪著魏清莛姊弟過來的幾個小丫鬟也被叫走，將兩姊弟孤立起來。

照王麗娘的說法，王氏在臨死前將一切都安排好了，如無意外，兩姊弟平安活到成年是沒問題的，只是王氏低估了魏老太爺的功利，高看了吳氏的胸襟，而且，王氏本來還打算捨棄那些嫁妝的。

吳氏想得到那些嫁妝，只是她還得顧著名聲，便只有討好兩姊弟，從他們手中騙取，但王氏的嫁妝豐厚，要是打算不那麼露行跡，這些東西撐到兩姊弟長大是綽綽有餘的，只是王家族的人突然插手，俞嬤嬤也覺得不能白便宜了魏家，並沒有阻止，誰知卻害得王氏從王家帶來的人一個不留的被賣了。

好在王氏還留有後手，王麗娘從懷裡掏出盒子。「姑娘，這是夫人交給奴婢保管的，奴婢當在當鋪裡，這才保了下來，這裡面是夫人留給您和少爺的，夫人說她有一筆錢存在太原耿家大奶奶秦氏那裡，小姐長大後可憑著盒子裡的信物取錢，那是給姑娘的嫁妝和少爺……夫人還說老太爺在臨走時給您和平南王府的四公子訂了親，信物在舅太太那裡……」

俞嬤嬤是王氏的乳娘，王氏生病期間就由她打理內院，也是王氏最信任的人，可是這麼重要的盒子卻沒有交給俞嬤嬤，魏清莛有些疑惑，不過她什麼都沒問。

王麗娘轉頭看好奇地盯著她看的四少爺，一時悲從中來，強忍著道：「奴婢是買通了牙婆，也只能待這麼久，以後要是有緣，奴婢還來伺候姑娘！」

說著就要將洞口封上，魏清莛連忙攔住她。「妳也說了妳不能久待，還是快回去吧，這些我來做就好。」

「這怎麼可以？」王麗娘瞪大了眼睛。「姑娘怎麼能做這種活？平時哪怕是一杯茶，奴婢也不捨得姑娘倒的。」

「今時已不同往日，妳出來也不容易，奶兄還在等妳，要是回去遲了，怕受苦的是他，以後我要是有能力了，一定去找乳娘和奶兄。」

「姑娘……」王麗娘抿緊了嘴，牙婆紅婆子是貪婪之人，要不是她說有一筆錢放在朋友那裡要來取，並許予重金，她怕是也出不來。要是回去晚了，丈夫和兒子可能真的會受苦。

王麗娘有些猶豫，只是看到後面的石塊時卻堅定了。「姑娘，奴婢很快就收拾好了。」說著用力的搬起石塊。

魏清莛卻滿心著急，她是不想把洞口封上好不好？

顧不得多想，魏清莛將盒子塞到魏青桐的懷裡，就一邊推王麗娘，一邊道：「乳娘快走吧，要不然我可要生氣了，這裡偏僻，又沒有人來，我一個人就好了。」

王麗娘從不知道姑娘的手勁竟這麼大，她迫不得已從洞口退出，見太陽已正空，擦了一把汗，心急道：「那姑娘小心些，別傷了手！」

魏清莛一一應下，將人送走後，就開心地鑽出去，見這條小巷深幽安靜，看得出不是常有人走動的，隔了好遠，才有那麼一戶人家開了一扇角門，看得不甚真確。

魏清莛咧嘴一笑，跑進小廚房裡搬出兩捆柴火，從裡面小心翼翼地運出去堵在洞口上，裡面則用一些雜草掩蓋住，這樣她就能隨時出去了，但還來不及得意，旁邊就傳來弟弟的痛呼聲。

盒子打開掉在地上，魏青桐手裡拿著一個鐲子，趴在地上眼淚汪汪地看魏清莛。

「你怎麼這麼不小心，」魏清莛將他扶起來。「你看，手出血了吧？」魏清莛銜他的手呼了兩口氣，哄道：「一下下就不痛了。」

卻沒有發現魏青桐手上的血沾上了手鐲，正慢慢地沿著鐲子上的百草紋絡滲透進去……

魏清莛張大嘴巴不可置信地看著手中的鐲子，她手中還殘留著魏青桐的體溫，可是就在剛才，她還在幫魏青桐擦手的時候，他就在她眼前突然消失了！

雖然她死了，又在這裡活了，但到底是在現代長到了二十七歲，她一點也不相信鬼怪，可是大白天的看著剛才還手握著手的人乍然從自己眼前消失，這個打擊不是一般的大。

「魏青桐？弟弟？」魏清莛站在原地，臉色蒼白的看著微風吹起地上的落葉，整個院子卻只有她一個人的呼吸聲。

雖然只是一天一夜的相處，雖然魏青桐的確是一個傻子，可是他長得可愛，又不煩人，她的記憶中還有原身的記憶，她雖然沒有將魏青桐當成自己的弟弟，可是感情還是有一些的，一個活人就這樣在自己的面前消失，她心裡止不住的惶恐和悲痛。

也許這世上真的有神佛！魏清莛原地跪下，希望老天不要怪她臨時抱佛腳！

可是祈禱了半天，院子裡還是一點反應也沒有，魏清莛猶豫了一下，還是在胸前似模似樣的畫了一下十字架，求上帝和耶穌保佑魏青桐。半吊子的魏清莛並不能肯定上帝和耶穌是不是同一個人，但她覺得都拜拜應該不會有什麼錯的。

一直到太陽西下，魏清莛將能想到的神佛都拜了一遍，院子裡還是一點反應也沒有，滿頭大汗的魏清莛耐心告罄，大怒地指著老天道：「祢連一個三歲的孩子都不放過，善惡不分，還把老娘弄到這鳥都不拉屎的地界，祢配做什麼老天爺？祢把魏青桐弄到什麼地方去了，趕緊把他給我還回來，不然我天天指著祢罵，詛咒全天下沒一個人信你！」

也許是老天被魏清莛罵醒了，也有可能是被魏清莛氣糊塗了，魏清莛話音一落，她就覺得右手一沈，魏青桐就突兀地出現在她的右手邊。

魏青桐抓緊姊姊的手，臉上早已眼淚鼻涕一大把，看見姊姊，嘴一癟，就要哭出聲，但也許是哭得太多了，他沒有流下眼淚，聲音也有些嘶啞，只是清晰地喊了一聲「姊姊」。

魏清莛有些恍惚，直到魏青桐的小手摸上她的額頭，她才驚醒過來，只是在看到他的小手時，她的眼眶又是一縮。

魏青桐的手上沾著黑色的泥土，她從小在鄉下長大，對泥土不說瞭若指掌，最基本的常識還是有的，這個院子不可能出現這種泥土。

她覺得這裡有些怪異，匆忙收起地上的盒子，見魏青桐牢牢地抓著手鐲，也不在意，一把抱起他就往他們住的那間房走去，說不定就是他們站的那個地方有古怪，還是早些離開的好！

短短半天時間，無神論的魏清莛已經變成了疑神疑鬼的典範。

晚上有僕婦送來食物，雖然已經冷了，但魏清莛並不介意，她現在滿心想的都是下午發生的事。

直到吃過晚飯，魏青桐的情緒才稍稍安定下來，但還是寸步不離地抓著魏清莛的衣袖，她並不覺得厭煩，畢竟這孩子下午才受了這麼大的驚嚇，而且她還不知道他離開院子後去了哪裡。

「你還記得你去了哪裡嗎？」魏清莛不知道該怎樣和孩子交流，只好一邊打手勢，一邊問他。

不過魏青桐並不能和她心有靈犀，加上魏青桐也不是一個正常的小孩，他只是一個勁兒的喊著「姊姊」。

「來，跟姊姊說，那裡是不是黑黑的，你被關在小房子裡出不來？」

「姊姊。」

「還是有什麼人在那裡陪你，你還記不記得他們跟你說了什麼？」

「姊姊。」

「……」

魏清莛用盡了辦法，依舊不能從他口中得到什麼有用的消息。

魏清莛有些洩氣，看來她前世應該去修修兒童心理學才對！

既然不能從魏青桐那裡得到有用的消息，魏清莛也就將注意力放在眼前迫在眉睫的問題上——生存！

她雖然不懂古代女子在內宅的生存哲學，可她知道不管去到哪裡，有些事情是有共通性的。

老魏家願意勒緊褲腰帶送她上學，四個姊姊雖然有怨言，但還是會不時的給她送一些錢，就因為她是他們親人，他們愛她，她倚仗的是他們對自己的親情。

可是在有限的記憶裡，她不能肯定魏志揚對她和魏青桐是否有感情，但這兩天，魏志揚沒有來看過他們，甚至都沒有過問，想來這個父親也不是多喜歡兩姊弟。

而從兩個僕婦的對話中，魏老夫人吳氏已經可以排除了，只是不知其他人是個什麼想法。

但是連親生父親都不管他們的死活了，魏清莛並不敢對別人抱太大的希望，而現在王家是怎樣的情況還不知道呢。

他們還有利用價值，可是這個價值並不足以讓魏家善待他們姊弟兩個，可他們不能永遠過這種日子，兩個孩子還在長身體的階段，再這樣下去，就算她能勉強活下來，體弱的魏青桐不一定能熬得過去。

此時，王麗娘卻送來了東西，盒子裡有一只鐲子和一塊玉珮，這是以後取錢的信物，她不能打主意，可是這個盒子好像也很不錯的樣子。

如果真的被逼無奈了，她不介意先拿出一樣來換錢，也許以後會取不出那筆寄存在秦氏那裡的錢，可關鍵是度過眼下的難關，活人還能被尿憋死不成？

魏青桐還小，並不懂得姊姊心裡的盤算，但孩子向來是敏感的，魏清莛如狼似虎的眼光盯上手鐲，他就打了一個激靈，緊抱著手鐲，戒備地看向姊姊，頭一次說了除姊姊外的另一個詞——「我的！」

沒想到還是一個小財奴，魏清莛不在意地點點頭，拿起玉珮，沒了手鐲，這玉珮好像也不錯！

第三章　手鐲

見姊姊沒有強搶的意思，小青桐才鬆了一口氣，喜孜孜地拿出手鐲看了看，就套在手上，自己欣賞猶覺得不夠，還湊到姊姊的眼前，獻寶似地「姊姊」叫著。

魏清莛平生第一次見到傳說中的羊脂玉，正好奇地打量著，聞言也抬頭看了看，應了一聲，正要低頭繼續研究手中的玉，卻突然猛地抬頭，脖子發出「喀嚓」一聲，她來不及呼痛，一把抓過魏青桐的小手，手鐲戴在他的手上，不大不小，剛好合適！

可是她明明記得那手鐲很大，就是她戴著也會覺得大，怎麼一眨眼就……有什麼在腦海裡一閃而過，卻快得抓不住！

魏清莛爬下床，將收好的黑土攤在魏青桐的眼前，盯著他的眼睛柔聲問道：「這是哪裡來的？你還記得嗎？」

魏青桐歪著腦袋不解地看著姊姊。

魏清莛又重複了幾遍，將黑土放下又抓起來幾遍，魏青桐漸漸地有些明白了，有些委屈地嘟著嘴。「姊姊，不在！」

魏清莛心中一喜，小心翼翼地道：「那弟弟還記得是在哪裡抓的嗎？」

重複了幾遍，魏青桐終於答道：「地上！」

「……」

雖然魏清莛很有耐心，雖然她漸漸學會了循序漸進，但累了一天的魏青桐還是撇下她一大堆的問題獨自睡覺去了。

魏清莛躺在他的旁邊，仔細回想著今天發生的一切，妄想得到什麼蛛絲馬跡，但即使是重活一世，她的腦容量依然沒有增加，向來靠勤補拙的魏清莛也想不出個所以然來。

可是她想不出來，並不代表她不會知道，因為她身邊還有一個人！

魏青桐腦子雖然燒壞了，但也只是比同齡人反應慢一些，懂事遲一些，會說的話少一些，身體弱一些……但屬於孩子的好奇和頑皮，上天並沒有剝奪，所以在魏清莛還在糾結要不要偷偷跑出去當掉盒子和玉珮的時候，魏青桐再次從她眼前消失了……魏清莛張大了嘴巴還來不及反應，魏青桐竟又笑嘻嘻地出現在她眼前，手裡還抓著一把黑土……

可能是昨晚見姊姊一直在「玩」黑土，魏青桐好心地將手中的土一把塞給姊姊，再一次從魏清莛的眼前消失……

魏清莛就這樣看著魏青桐樂此不疲地消失、出現、消失，她合上嘴巴，淡定地拍拍滿是泥土的衣服，看了看天上明晃晃的太陽，嘴裡輕輕地道：「真是坑爹啊！」

她沒有理會魏青桐，她現在已經大概明白是怎麼一回事了，既然魏青桐已經找到了方法她還有什麼可擔心的呢？

她掏出玉珮，雙手合十地念叨。「佛祖和觀世音菩薩保佑，我這個也是個大寶貝！阿彌陀佛！」

魏清莛忍痛咬了一下手指，將血滴在玉珮上，那血在她的灼灼目光下滲透進玉珮，漸漸消失得毫無蹤跡，她眼中的光芒更盛，可是直到腿腳發麻，她一屁股坐到地上，玉珮還是沒有其他的反應！

魏青桐也玩累了，用髒兮兮的小手抓住魏清莛的衣袖，嘟著嘴道：「餓！」

魏清莛卻想哭，難道寶貝認的不是人血，而是靈魂？這該死的東西知道她不是本尊，所以接受了本尊的血，卻不接受她？

魏清莛看著這個三歲的小豆丁，頓時有些羨慕嫉妒恨了！

魏家對兩姊弟的供應又正常了起來，雖然還是沒有什麼油水的青菜豆腐，可是卻每日三餐都有供應，但魏清莛並不十分放心，她沒有忘記那摻毒的飯菜，就是現在她依然不能肯定那些飯菜裡沒有毒藥，可是為了不餓死，就是明知道那是砒霜，她也得嚥下去。

手鐲裡另有乾坤，玉珮既然能吸收她的血，說不定有什麼奇怪的功能，所以她都不能當，可是要她提心弔膽地過日子，她自然是不樂意的，即使是前世最困難的時候她的心也是自由自在的，什麼時候受過這些束縛？

所以她打算出去了！

經過兩天的反覆叮嚀，魏青桐終於形成了條件反射，知道有別人在的時候不可以玩這個遊戲，不能將這件事告訴其他的任何人，在她叫他的時候就要出來……

在確定他的確很聽話後，魏清莛終於放下心來，打算今天好好的休息一晚上，明天就出去轉轉。

在睡夢中的魏清莛並不知道，也是在今晚，她和魏青桐才被魏家徹底地放棄了！

魏老太爺的書房裡徹夜通明，他的大兒子魏志揚就坐在他的對面。

今天，聖上發作了一連串和任家、王家有關係的官員。

他有些後悔和王家結親了，皇上的決心很堅決，四皇子和平南王府的四公子被送到北地去，平南王府讓出了富庶的江南，重新執掌貧瘠的兩廣，一切都不利於王家。

雖然王家還有很多優秀子弟，但真正在朝為官的卻沒有多少，這件事之後，王家幾個子弟更是直接辭官回鄉，剩下的一些都不是京官，所在的地方也不是非常重要，王家，眼看著就要倒了。

可他們是王家的姻親，大兒子的前程當初王家也出了力，王家的政敵也不少，王家的人都撤了，說不得那些人會把氣撒在他們身上，而且聖意難測，誰知道皇上會不會因為王家的事遷怒他們？

「明天讓小吳氏帶著孩子們回娘家走走吧，既然已經抬了她做平妻，該給她的體面還是要給的。」

魏志揚躬身應「是」。

兩人都沒有提及在秋冷院的兩個孩子，在他們心中，這兩個孩子已經不存在了，他們的出現只會讓人聯想到王家。

而今晚，王公的棺柩要連夜出城，百姓們都回家了，但東城門口還是聚集了一些人，這些人都是一副書生打扮，不斷地有人加入，大家看見相熟的人也只是點頭示意，並不交談，只是靜靜地站著望著一個方向。

京城的坊市關閉之後是不能隨便行走的，但那是針對普通老百姓，對有功名的人卻有一定的特例，很顯然，來這裡的都是在特例之內的人。

守城的首將緊張地看著他們，但他不能驅趕他們，皇上對此也早有預感，但皇上還是低估了王公的影響力，本來以為只會來那麼幾個人的，皇上一時雖然還不能將他們如何，可只要記住了人，以後再找由頭發作就是了，只是沒想到會來這麼多人。

這裡面有世家子弟，也有貧寒書生，但無一例外地他們都是官身，皇上要是動了他們，就相當於將半個朝堂都得罪了。

西街那邊靜悄悄地過來一行著白戴孝的人，書生們悄然讓開一個道，讓抬著棺柩的人出去，穿麻戴孝的人群中出來一人，對著眾人磕了一個頭，起身靜靜地跟在棺柩的後面離開。

而在此不遠的一條小巷裡，一個婦人牽著一個小女孩的手，身邊跟著一個男僕揹著一個少年正滿臉是淚的盯著那行人，見他們即將出城，婦人低聲道：「給你們的祖父磕個頭！」

小女孩哽咽的跪下，男僕也將少年放下，小心地扶他跪下，少年臉色蒼白，渾身顫抖地磕了三個頭，牙齒緊緊地咬著嘴唇，小女孩有些無措的看著母親。

婦人低聲道：「我們回去吧！你們的祖父已經收到你們的心意了！」

魏清莛並不知道昨天晚上她外祖父的靈柩離開了京城，一大早起來，她將玉珮戴在脖子上，將盒子用東西包了抱在懷裡，魏青桐躲到了空間裡，她將手鐲套在手上，就從王麗娘挖的洞裡爬出去。
魏青桐的手鐲空間很好，昨晚她有幸在魏青桐的帶領下進去了一次，裡面四周濛濛的一片，她用手觸摸，卻發現那些東西是實的，將她阻擋了，中間有兩畝左右的地，最讓她驚奇的是，有一條水瀑平空出現在半空中，垂直落入水池裡，而那水又流進白濛濛的一片裡。
那兩畝地上什麼也沒有，好在青桐這孩子聽話，搬了幾張桌子椅子進去，圍著它們就能玩上一整天。
更讓魏清莛覺得驚奇的是，據他說，他是可以看到外面的。
魏清莛瞪大了眼睛，還是不能從那白茫茫的一片中看到什麼，明白這只適用於主人，她有些失望。
京城一向是國家政治和經濟的中心，不管在哪個時代都是很繁華的，魏清莛從魏家出來時並不算晚，一吃完僕婦送來的飯菜後就出來了，可是這個時候街上已經有了不少的人。
賣胭脂水粉的，賣小吃的，賣水果的，還有各種的手工藝品，第一次逛古代街的魏清莛看得目不暇給，直到讓人不小心撞了一下，她才想起她的目的來。
她整了整衣服，舉頭望去，找了一家看上去還不錯的當鋪。
當鋪裡只有她一個客人，案檯很高，即使她踮上腳尖也夠不到，魏清莛無語，不是「客人是上帝」嗎？怎麼當鋪這麼不體諒消費者，難怪生意這麼不好。
「喂，有人沒有？我要當東西！」魏清莛用手敲了敲。
小夥計抬頭，微微皺眉，難道剛才是幻聽？

魏清莛翻著白眼，想也知道對方沒看見她。「我在底下呢，你們的櫃檯太高了。」

「哎呦，小客官，您要當什麼東西呀？」

「我，」魏清莛扭扭頭，直接將放在一旁待客用的椅子拖過來，一腳站上去。

小夥計看著突然冒頭的小孩愣了一下，道：「小妹妹好聰明！」

魏清莛露出一個甜甜的笑。「小哥哥過獎了，你會看東西？」對方怎麼看都是一名十三、四歲的少年，她雖然不懂古代人的事，也知道當東西是要經過鑑定的。

「那要看什麼東西了，貴重一些的自然不行，只是給師傅打下手久了，眼力還是有一些的。」

魏清莛搖頭晃腦道：「那你肯定看不了，我這個可是好寶貝，快叫你師傅出來！」

小夥計這才開始打量小孩，發現她身上穿的是半新不舊的淡綠色襖裙，顯得清新素雅，用的卻是南京雲錦。

的確不是一般人家能穿的，連忙道：「那妳等著。」

小夥計的師傅是個長得肥肥胖胖，雙眼笑咪咪，讓人一看就心生好感的長者，看到小女孩站在椅子上望他，微微一笑，歉然道：「都是鄙店的過錯，竟讓小姑娘如此勞累！」

一向尊老的魏清莛反倒不好意思了，「呵呵」笑了兩聲道：「大叔，你們這裡收不收古盒子呀？」魏清莛微微有些心虛地垂下眼眸。

師傅卻被她一聲「大叔」給震了一下，古今中外，不管男女，誰不喜歡別人說自己年輕？雖然小姑娘沒有明白的說出來，但任誰叫一個爺爺輩的人做大叔都是那個意思吧？

師傅回過神來，頓時眉開眼笑，也不管魏清莛說的名詞多不合理。「哦？拿來大叔看看。」

天知道，在魏清莛的心裡，師傅的確只是她大叔級的而已。

身後的小夥計打了一個寒顫，怪異地看了魏清莛一眼，暗罵一聲「馬屁精」後就乖乖地站在後面看。

魏清莛將盒子拿出來，小心地遞給師傅，樣子總是要做的。

師傅接過來一看面色漸漸嚴肅，仔細地看過後，又偷眼打量了一下魏清莛。

魏清莛心中一跳，以王氏的身分，應該不是別人的東西吧，難道這真是一個寶貝？

師傅看到魏清莛身上穿的衣服卻舒了一口氣，他就是幹這行的，自然知道她身上的衣服雖然素淨卻不菲，再看她身上的衣裳也是半舊不新了，以為是哪家落魄的小姐，就露出笑容道：「小姑娘怎麼想起當盒子？哪怕是根金釵、銀釵也好些呀？」

魏清莛控制著自己不翻白眼，她是很想呀，關鍵是沒有啊，那屋子裡連椅子、桌子都沒有幾套，要不是一些家具太過笨重，魏清莛都要懷疑魏家的人是不是也不會留下，剩下的就是他們姊弟倆的衣服了。

「家裡就只有這個了，剩下的都是一些衣服了。」

師傅卻以為他們家當得只剩下這個盒子和衣服了，心裡嘆了一口氣，倒是更憐惜她了。

「妳的父母怎麼不來，妳一個孩子家，一個人出來也太危險了些。」

魏清莛垂頭，有些咬牙切齒地道：「我爹死了，我娘病了，我弟弟在家照顧我娘，哥哥出去找生計了，只有我還有些空。」

師傅不好再問，安慰道：「妳也別傷心，既有哥哥支撐門戶，苦日子終會過去的。」

魏清莛點點頭。

「這個盒子上的圖案倒是刻得栩栩如生，不過它到底只是個盒子，妳要是活當的話，老朽只能給妳這個數，要是死當就是這個數。」說著伸出一個指頭晃了晃，又伸出一個手掌比了比。

五百錢？

魏清莛舒服了些，五百就五百吧，總比什麼也沒有好，不過五百能買什麼呢？看來她還得到糧店去走一趟，怎麼也得瞭解一下這個世界的物價吧。

魏清莛點點頭。「死當！」

師傅見她爽快，也快速的拿出三塊碎銀放在她的小手上。「這裡一塊是三兩，兩塊是一兩，出門在外還是零碎一些的散錢好。」

魏清莛有被餡餅砸中的感覺，這……這……這是五兩？

要不是還顧忌著兩人，魏清莛早就跳起來大叫一聲了，她不懂古代貨幣，卻看過電視劇《紅樓夢》，王熙鳳給了那什麼姥姥二十兩銀子就夠人家生活一年了，這個可是四分之一呀四分之一。

魏清莛咧開嘴笑嘻嘻的道謝，頭腦發熱的走出去，站在大街上被冷風一吹就回過神來了，古往今來，商人逐利，就是再有善心的商人最多也就給她一個平本，很顯然，那活了大半輩子的老頭不是這樣的人。

魏清莛頓時有些懊惱，早知道她應該講講價的，看來這幾天是讓這一連串的事搞昏了頭，要是她拿出她砍價的功力，起碼能再往上加個二兩。

出口既承諾，更何況錢她都拿到手了，魏清莛只好遺憾地走開。

裡面的小夥計則好奇地看著盒子。「師傅，您心地真好，竟然花五兩銀子買這個盒子。」一想想他一年也賺不到五兩啊。

師傅狠狠地敲了一下小夥計的頭。「心思放到哪裡去？讓你跟在身邊是學本事的，哼？你以為這是普通的盒子？不看材質，只看上面的雕工就不止五兩銀子，要是操作得好，利潤不下於十倍。」

小夥計張大了嘴巴，他還以為師傅善心大發……

師傅看出了小夥計的心思，笑咪咪地道：「師傅這次的確是發善心了，要是別人來我最多給他四兩……你要記住，發善心也是有底線的，我們是商人，再怎麼樣也不能做蝕本的買賣。」

小夥計端正了神色，恭敬地應了一聲「是」。

魏清莛小心地避過人群，拿出手鐲，低聲喚道：「弟弟，弟弟，快出來！」

魏青桐迷茫的看著周圍，魏清莛把鐲子戴到他手上，緊緊地牽著他的手。「弟弟，你一定要跟緊我知道嗎？」

魏青桐眼睛呆呆的看著姊姊，魏清莛嘆了一口氣，蹲下，耐心的說道：「弟弟要說『好』，來，跟姊姊說『好』——」

魏清莛重複了三、四次，魏青桐過了兩分鐘才怯怯地應了聲「好」，不是很準，但魏清莛還是聽懂了。她露出了一個笑，在他臉上大大地親了一口。「弟弟真棒！」

魏青桐第一次見到這麼多的人，呆呆的眼睛微微動了動，小手緊緊地抓住姊姊的。

魏清莛好奇地四處看，帶著魏青桐慢慢地走著，這副樣子落在大家的眼裡就是第一次進城的鄉下丫頭，而且兩姊弟穿著素淨，又因為多日的打擊受餓，兩人臉上都是面黃肌瘦的，這樣的事每天都在發生，大家看了一眼便沒放在心上，該幹麼還是幹麼。

魏清莛興高采烈地拉著魏青桐站在包子攤前。「弟弟，我們吃好吃的好不好？」她吸吸鼻子，有多久沒聞到葷腥了。

魏青桐咧著嘴看姊姊。

魏清莛不客氣地拉弟弟在一旁坐下，大喊道：「老闆，來兩個肉包子！」

「好嘞！」

魏青桐舔舔手指，呆呆的眼睛裡閃著亮光，口齒不清地道：「吃吃。」

魏清莛給他擦手。「已經吃飽了，晚上再吃，要不然晚上就吃不下了。」

魏清莛帶著魏青桐去買米麵糧食和鍋碗瓢盆，笑話，她都有錢了，難道還要去吃那可能有毒的食物？

嗯，最好再買些菜種之類的，以後就不用買菜了。

魏清莛看著呆呆的弟弟，感嘆有個手鐲就是好啊，買再多的東西也不怕拿不回去。

魏清莛揹著已經走累的魏青桐朝魏家走去。

突然後面一陣喧譁，有馬過來，魏清莛趕緊和眾人讓到旁邊，她實在也是累得慌，這個身體素質不錯，但畢竟只有七歲，走了一天，背上還揹著個人，她最多只能平視，想仰頭近距離看馬是不可能了。

魏清莛憤憤，不就是馬嗎？想當年，她想看就打開電視，想看多久就看多久……現在先來看看馬腿好了。

一陣馬過，周圍的人熱鬧起來，魏清莛正要走，身後就傳來說話聲。「我看這馬非同一般，身邊又帶了這麼多護衛，難道何大人要遠行？」

「正是呢，這一去想要再回來就困難了。」聲音有些低，但魏清莛還是聽得清楚。

魏清莛停下腳步，回身去看說話的人。

魏清莛是站在一家酒樓前面，說話的兩人雖然近門口，卻是交耳低語，魏清莛低頭沈思，身邊的人說話聽在她的耳朵很大聲，她又想起那天那兩個僕婦的低語……

魏清莛嘆息，她已經察覺到自己的聽力不一般，想著，她要是男的，一定能去做情報工作！

第四章 打獵

回到秋冷院，睡得迷迷糊糊的魏青桐坐在床上，魏清莛將他放倒，給他蓋好被子，道：「你先睡一會，姊姊給你弄吃的。」

魏清莛將東西一一搬進小廚房，好在這裡離前院挺遠，外面的人又不能開院門，就連每次送吃的都是從門邊的小洞遞進來，她們應該不會發現的，就是怕她們會從炊煙知道些什麼，魏清莛暗想，看來以後得在弟弟的手鐲裡做飯了。

接下來的兩天，魏清莛將空間整理了一下，將買來的菜種在圈好的地上種下，搬了幾塊石頭進來搭成了簡易的爐灶，好在秋冷院的房間不少，裡頭還是有一些家具的，魏清莛搬了一張床和幾把椅子桌子進來，雖然就這樣放在地上顯得髒髒的，可是現在的她一點辦法也沒有。

捏緊剩下的三兩六百二十文，她決定下次再沒錢，她就把家具拿出去當了，說來，這還是她這兩天想出來的辦法，雖然魏家把很多東西都搬走了，但大家具還是留了不少，而且質地還不錯，可是再怎麼樣，也不能坐吃山空吧？

魏清莛拿起地上好不容易找出來的繩索，長嘆一口氣，她昨晚將自己會的都列出來，卻發現除了小時候老爹教的打獵本事外，其他的都沒用！

魏清莛揉了揉手臂，看來她得練臂力了，然後去打一張弓和幾枝箭，鋤頭也得買一把，好設陷阱，清單列出來，魏清莛領著弟弟出去轉了一圈，再回來的時候，手裡就只剩下八百多文。

「姊姊……乖乖……」魏青桐看著臉色鐵青的姊姊，小心翼翼地抓住她的手。

魏清莛看著雙眼水潤潤看著她的弟弟，放下手中的箭，嘆道：「我們的日子一定會越過越好的……」魏清莛咬牙，好歹二十多歲了，難道還不能養活自己和一個孩子嗎？

魏青桐是一個很安靜的孩子，安靜到令人心疼。魏清莛沒有多餘的時間陪他玩，她要做很多事，除了一天三餐和照料空間裡的菜之外，就是不停地拉弓射箭。魏青桐則安靜的在一旁自己玩，有時魏清莛也教他說話，只是他總是要好久才能學會，反應比一般的孩子要慢得多。

其實她對射箭這種運動並不陌生，即使是已經上大學了，每年放假回家，老爹還是會拉上她帶著弓箭進山，她也就能獵獵兔子、野雞之類的，可是和肩不能挑手不能提的弟弟相比已經好太多了。

記得當年弟弟帶著大學同學回家，她也正好放暑假在家，還沒等他們從她和弟弟是龍鳳胎的震撼中醒過來，老爹就讓她帶著他們進山玩，二十一世紀的大東北，凶猛的野獸只在深山裡活動，一般人常活動的地方也就兔子、麅子多一些。

看著姊姊在前面打獵，弟弟的同學們興奮不已，紛紛要求試一試，只是最有力的男孩子也不能完全拉開那中等的弓，可她現在用的卻是小孩子拉的小弓箭，還因為臂力有限，她這幾天都得練習，順便打聽一下大眠山的情況。

大眠山是京城外連綿的山脈，據說穿過大眠山就能直接見到大海了，可是沒有誰有那個膽子去試。

也有人在大眠山打獵，不過大部分人都不敢深入，魏清莛還小，又怕死，自然也沒打算深入，魏家在城南，從南城門出去後就是大眠山，來回得要一個多小時，這還是在她腳程快的情況下，這樣就不能帶剛走穩的魏青桐了，可是將他單獨留在魏家她又擔心會出事。

眼光落在他手腕上的手鐲，看來，也只能讓他躲到手鐲裡面去了，這樣也好，就是打不到獵物，撿些柴火也不錯。

「弟弟，明天我們去樹林裡玩好不好？裡面有很多的樹和動物哦！」

魏青桐呆呆地看著姊姊。

魏清莛早已習慣，自顧自地說道：「……等賣了錢，姊姊就請你吃好吃的，好不好？你想吃什麼？冰糖葫蘆好不好？聽說小孩子都喜歡吃……」

魏清莛一邊說著一邊將手中的衣服剪開，用針線重新縫起來，她要去打獵，總不能還穿著那些小女孩的儒裙吧？打獵嘛，就要穿得幹練些。

第二天，魏清莛穿戴整齊，將還在熟睡的魏青桐搖醒，哄著他帶她到空間裡面去，將他放在空間裡的床上睡好，被子只有一條，魏清莛也劃拉到空間裡給他蓋上，這才出來，將手鐲戴到自己的手上。

好在手鐲看上去就是木質的——其實魏清莛也不知道這個手鐲究竟是什麼做的，顯得樸實無華，拿到地攤上也給人一種幾文錢就能買到的感覺，所以她才敢大搖大擺的戴在手上。

從洞口爬出去的時候，天還沒有亮，她揹著弓箭和繩子快步地朝南城門走去，等她趕到南城門的時候，零零星星的已經有些人挑著東西進城了，看到一個六、七歲的小男孩揹著弓箭出城，守門的官兵好奇地看了她一眼，魏清莛有些羞澀地衝他一笑，就快步朝大眠山走去。

守城的官兵立馬明白了，有些憐憫地看著她，窮人的孩子早當家，這麼小的孩子進山就算是不死，也很難獵到東西的。

清晨的大眠山很熱鬧，魏清莛深吸了一口清新的空氣，就開始查看四周，這還是在周邊，並沒有什麼獵物，只有一些小鳥停在樹枝上，好奇地看闖進來的人類，一點也不害怕她，看來經常有人來這裡。

魏清莛又深入了些，直到在地上發現有野豬的糞便她才停下，她知道，再進去就有凶猛的動物了，她還太小，並沒有太大的野心。

她拿了繩索做套，鋤頭還在空間裡，沒有魏青桐的帶領，她根本就進不去，她也不急，拿著弓箭四處查找，碰到她認識的野菜她也會摘一些，現在是秋天，能吃的野菜真的很少……

這裡的野草留有痕跡，有經驗的獵人可以看出有哪些動物出沒、數量有多少……魏清莛不是有經驗的獵人，可她老爹是。

老爹從小就把她當成繼承人來教，她多多少少還是會看一些的。

她在這些痕跡上留下記號，打算等一下在這裡設套，不然就設個陷阱什麼的。

她正要起身，耳朵一動，她眼露精光，抽了一枝箭，小心翼翼地朝發出聲響的地方走去，走了良久，才在一棵樹後看到了一隻白色的兔子。

看來她的耳朵真的很好使。

念頭閃過，魏清莛的箭已經射了出去，箭擦著兔子的脖子釘在地上，魏清莛有些懊惱，她的臂力不夠，失了準頭！

兔子一驚，跳起來朝後逃去，魏清莛追上，抽了一枝箭飛快地射出，箭沒有射中兔子，讓魏清莛瞠目結舌的是，箭射到兔子的右邊，膽小的兔子就急速地朝左邊逃去，結果正好撞到左邊的大樹上，一下就暈了過去。

魏清莛捏起兔子，看來守株待兔也不是不可能。

魏清莛很高興，這也算是開門紅了。幸虧老爹不在，不然非打她一頓不可，在獵人看來，拿這樣的「戰利品」做開門紅是沒有出息的表現。

老爹會叫她將兔子放走，只是魏清莛並不是一個合格的獵人，在她看來，現在最要緊的是生存！

魏清莛將兔子別在腰上，將兩枝箭撿回來，她總共也只有三枝箭。

她又走了一會兒，憑藉著出奇好的聽力又獵了一隻野雞，這次是真的射中了，野雞當場斃命。

她看了看太陽，現在大概是早上九點左右，魏青桐也該醒了，她轉身出去，找到了河流，見四周無人，就拿出手鐲喊道：「弟弟，弟弟，快出來啊！」

話音剛落，魏青桐就笑嘻嘻地出現，一下抱住魏清莛。「餓餓，姊姊，餓餓。」

「姊姊馬上給你做吃的，」魏清莛牽他的手。「帶姊姊進去。」

魏青桐早已經習慣了，聞言就牽著姊姊進去。

魏清莛不敢在裡面多待，拿了打火石、菜刀和一些鹽，以及鋤頭就趕緊拉著魏青桐出來了。

他們進去，手鐲並不會消失，而是落在地上，所以在外面她從不敢進去太久，就是在秋冷院，兩人一起進去的時候她也會找個安全的地方，大部分時間都是魏青桐在裡面玩。

「就在這裡玩，不要跑太遠，知道嗎？」

魏青桐盯著剛剛醒過來的兔子，高興地跑過來一把抱在懷裡。

魏清莛眉頭微皺，萬一跑了怎麼辦？

可是看魏青桐開心的模樣，又有些不忍，魏清莛很忙，大部分時間都是魏青桐一個人玩，很少有見他這麼開心的時候。

「弟弟，你到黑黑裡面去玩好不好？帶上小兔子。」

為了讓魏青桐好區分，他給手鐲取名黑黑。

魏青桐大大的眼睛裡滿是歡悅，舉著兔子開心的對姊姊道：「白白。」

「嗯，白白。」

兔子進了空間，牠再怎麼跑也跑不出她的手掌心。

魏清莛將野雞清理乾淨，取了一半丟在鍋裡燉，另外半隻收拾好來放到一邊，這是他們的晚餐。

將火生起來，放了足夠的柴火，她跑到旁邊摘了一些野菜，洗淨備用……

香氣飄散，多日不知肉味的魏清莛嚥了一下口水，見左右無人，這才將魏青桐叫出來。

魏青桐「蹬蹬蹬」的跑到她身邊，眼睛微微靈動。「吃！」

「嗯，再等一會兒。」魏清莛將東西盛在碗裡，先餵他，等他吃得差不多了，自己才開始吃。

「慢慢嚥。」魏清莛觀察魏青桐，發現他吃得很急的時候眼睛比一般的時候要靈動，心裡燃起了希望，要是能請醫問藥……

看來，最要緊的還是錢呀！

魏青桐捧著碗小口的喝著雞湯，雖然已經很飽了，可他依然不捨得放下。

鍋裡還剩下一些，她收拾好放到空間裡，囑咐魏青桐。「弟弟，等一下要是餓了就叫姊姊，姊姊再給你熱。」

這個時代一天吃兩餐，她雖然不必遵守，但她現在也只是有一天吃兩餐的能力，可魏青桐還只是個三歲的孩子，她不願委屈他。

魏青桐狠狠地點了下小頭，這句話姊姊經常說，他記得。

一吃飽就容易犯睏，魏清莛將打呵欠的魏青桐安排在空間的床上，這才拎著鋤頭去挖陷阱。

她現在力氣不大，能挖的陷阱很小，只能抓一些兔子、野雞之類的小動物，她又用帶來的繩索捒著有動物出沒痕跡的地方設了幾個套。

這個身體之前好像一直有在鍛鍊，並不像養在深閨裡的女孩子一樣無力，可就是這樣一番動作下來也夠嗆，她雙臂痠疼，實在太累了就在附近撿柴火或是挖野菜，等休息夠了才又動手。

這樣斷斷續續的也忙到了未正，這時候太陽是亮晃晃的，幸虧是在樹林裡，不然一定會被曬壞的。

魏青桐已經玩累了，坐在樹底下，拿著樹枝逗樹下的小螞蟻玩，嘴裡念念有詞，魏清莛仔細聽了一會兒，猜測他可能使用的是嬰兒語言，她沒聽懂。

魏清莛坐在他身邊，他立馬扔掉手中的樹枝，趴到姊姊的懷裡，睡眼矇矓地道：「睡睡……」

「我們到黑黑裡面去睡好不好？」魏清莛摸摸他的頭。

魏青桐茫然，不知道姊姊在說什麼。

魏清莛指著手鐲，重複了兩、三次，魏青桐這才理解，連忙搖頭，一下躺倒在草地上。

「這裡，睡睡。」眼睛濕漉漉的看著她，是個人都不忍拒絕。

「睡吧……」魏清莛覺得今天所有的勞累都消散了，將人攬在自己懷裡。

這裡只是周邊，魏清莛並不擔心有大的動物出沒，動物們都有自己的活動範圍，不會輕易改變。

忙碌了大半天，除了早上有收穫之外，她倒是碰到不少的小動物，只是她臂力不夠，準頭也不大好，全都錯失，看來她早上的運氣實在是太好了。

所以當她空著手、揹著弓箭疲憊地進南城門時，守城的那個大兵憐憫地看了她一眼。午飯還擺在秋冷院的遞飯口，早已經冷掉，她將飯菜都倒掉。自從她當掉那個盒子後就自己買了米菜，不敢再吃外面送進來的東西。

魏青桐歡喜地抱著小兔子白白玩，經過一天的相處，白白好像也喜歡上了魏青桐，不再想著逃跑，魏清莛也樂得魏青桐有一個小夥伴。

魏青桐手裡抓著一把青草，嘴裡磕磕巴巴地念著姊姊剛教他的話。「白白乖乖……吃草草，啊嗚……」

魏清莛看著不由笑出聲來，掂掂手中的銀塊，心裡有些憂愁，希望明天的收獲多些，不然他們真算得上是坐吃山空了。

魏清莛從魏家溜出來，一路朝南城門奔去，城門已經開了有一刻鐘，路上和一輛青布馬車擦肩而過，左耳朵不自覺的動了動，馬車裡的聲音準確的傳入她的耳裡。

「嬤嬤，我們直接往魏家去是不是不大好，還是先遞個拜帖吧？」

「哼，我們大奶奶是三姑娘的乾親，來看三姑娘是天經地義的事，用的著什麼拜帖？」即使是乾親也沒有上門不遞拜帖的道理，嬤嬤這番做也不過是怕魏家推託，打對方一個措手不及罷了。

「三姑娘也太可憐了些，也不知四少爺怎麼樣了？沒娘的孩子到底可憐些……」

馬車漸行漸遠，魏清莛也到了城門口，那些對話雖然入了她耳卻不入她心，現在她滿心裡都是山上設的陷阱和套子。

四個陷阱全被破壞了，可除了最後一個裡有一隻兔子之外，其他的全逃脫了，套子倒是套到了不少的兔子野雞。

知道是陷阱淺了，又找了幾處有動物出沒的地方做記號，打算回頭再把陷阱加深。將獵物放進背簍裡，趁著還新鮮去趕早市，說不定能賣得多些。

魏清莛剛要揹起背簍，耳邊聽著足踏草發出的聲音，想了想，放下背簍，小心翼翼地朝聲音走去，一隻成年的麅子正在草叢中找著什麼。

她調節呼吸，沒一下她就進入狀態，呼吸綿長平穩，眼神犀利地看著麅子，手悄悄地拉開弓……

麅子似有所覺的抬起頭四處看，眼睛剛掃到魏清莛這邊，箭就「嗖」的一聲射出，麅子扭頭要跑，那箭就射進了牠的脖子，牠死命的掙扎了幾下，不動了。

魏清莛這才上前，踢了踢牠，喃喃道：「叫你亂動，本來只能射進你的腰腹的，現在好了，一箭封喉了吧……」

第五章　秦嬤嬤

魏清莛七歲了，揹著四隻兔子，三隻野雞沒什麼，可要再加上一隻麅子就困難了，可是現在魏青桐也沒醒，她不能將獵物放進空間裡，想了想，只好咬牙將麅子也放進去，上面用野草蓋住。

實在太累了就停下歇歇，好在她為了方便，沒有選離城門很遠的地方，停了兩趟終於進了城門。

米有米市，布有布坊，這些野味也一樣有自己的市場，只是那地方離南城門卻有些遠，魏清莛覺得自己怎麼也揹不過去的。

只是事有例外，每個地方都會留出一小塊給人互通有無的，只是這樣的地方都養成了慣例，魏清莛一個初來乍到的小女孩可不敢去，從小老爹就警告她——出來混就要守規矩，試圖打破規矩的，一般都沒有好下場。

魏清莛沒有那個勇氣去打破規矩，因為她還很惜命。

於是，腳下一轉，進了離南城門不遠的一條街，十里街，這裡有一個小集市，進口處有一家飯館——「福運來」，在這裡還可以看到城門口，來往的客商都喜歡在這裡停下一段，打聽些消息，所以客人還挺多。

掌櫃的聽到沈沈的腳步聲抬頭就喊了一句「有客到——」，卻沒發現有人，就聽底下有人喊「掌櫃的」，一低頭就看見一個背簍伏在一個孩子身上，除了背簍，他啥也沒看到。
魏清莛小心地放下背簍，掌櫃的連忙幫了一把手，這才看清對方是個七、八歲的小男孩，頓時有些納悶地看向「他」。
魏清莛不好意思地笑笑。「掌櫃的，你們這兒收野味嗎？」
「小兄弟是要賣野味？」
魏清莛點點頭。
掌櫃的卻看向他的身後。「你家大人呢？怎麼讓你一個人來，小孩子揹這麼重的東西……」
魏清莛羞澀地一笑。「我爹摔斷了腿，我娘在家照看他呢，這是我叔叔進山打的，他還要和我爺爺進山去就讓我來了，只是那地方太遠了，我揹不過去，所以……我聽說，掌櫃的這兒也收野味的。」
魏清莛可憐兮兮的看著掌櫃的，七歲大的孩子再精明也有限，她只好走賣萌路線。
掌櫃的則有些鬱悶，魏清莛這樣他收也不是、不收也不是了。
魏清莛趕緊將上面的野草掀開，露出麅子，麅子的血跡還沒乾。「掌櫃的，我家的野味很新鮮的……」
掌櫃的微微有些詫異，一摸，還溫熱，好像是剛獵的。
魏清莛就解釋道：「這野雞、兔子是昨晚上獵的，這麅子是今天叔叔在林子裡打的，想著新鮮的比較好賣……」

掌櫃的了然地點點頭，挑挑揀揀一番，指出了其中的幾點不足，將價錢砍下了一些，除了麅子的價格沒變外，其他的每斤都降了一、兩文，一向不拘小節的魏清莛不覺得有什麼，反正她也節省了不少時間不是？

拿著手裡的幾百文錢，魏清莛鬆了一口氣，每天只要有這一半的好運氣就成了，到了冬天應該也能過活。

魏清莛在攤子上買了幾個包子就重新回到了林子。

魏青桐醒來就抱著白白一起吃早餐，魏青桐吃包子，兔子白白吃草。

雖然魏清莛移了一些草進空間，但要等長到能收割了給兔子吃還不知要到什麼時候，所以現在兔子吃的還是牠家鄉原生態的綠草。

說來也怪，現在就是趕，白白也不願意離開魏青桐，倒是對魏清莛挺害怕的，每次魏清莛一靠近，牠就死命地往魏青桐的懷裡鑽。

「來，桐哥兒，我們一起鬥牛。」因為和外面有了接觸，魏清莛也知道這個時代人家叫家裡的男孩子親近些的都是叫什麼什麼哥兒，她也只好入鄉隨俗了。

魏青桐開心地放開白白，雙手朝地的跪好，雙眼眨呀眨地看著姊姊，也許是因為血脈的關係，魏清莛每次看到心都軟得一塌糊塗。

兩人的額頭頂在一起，魏清莛喊「開始」魏青桐就呀呀的叫著使力，魏清莛也呀呀的叫著，魏青桐的興致更高，腦袋一轉一轉的，直到最後笑趴在魏清莛的懷裡。

魏家的氣氛可沒有這麼好，吳氏揉著額頭喊頭疼，小吳氏驚慌失措地圍著她打轉，整個屋子亂作一團，秦嬤嬤面色寒冷的立在一旁，冷眼看著這場鬧劇。

她剛提出要見三姑娘，吳氏派了人去叫，老半天才回來，卻說什麼姑娘憂傷過度，臥床不起。

我呸，傻子都聽得出是推辭，她還沒來得及提出親自去看望，吳氏的病就犯了，看著小吳氏梨花帶雨的樣子，她心裡一陣厭煩，王姑娘當初那麼聰明伶俐的一個人，竟是被這樣一個人鳩占鵲巢！

小丫頭扯了扯秦嬤嬤的衣襬，示意，要不先走？

秦嬤嬤心裡冷笑，站著不動，冷眼看著眼前的人，她倒要看看，她們能演到幾時？她們不嫌累，她一個看戲的有什麼好介意的。

秦嬤嬤在魏家一直待到魏志揚下衙回來，魏志揚聽到後院的動靜，想了想，還是決定不理會，他要是出面更不好推辭了。

吳氏這下是真病了，演了一天的戲，呻吟了一整天，灌了兩、三碗藥，一天下來顆米未入，眼前來來往往的人，不病也累出病來了。

小吳氏也累壞了，只是姑母加婆母還在床上躺著，客人還在一旁噓寒問暖，她總不能獨自下去歇息吧？不只累壞了，她也餓壞了，從早上到現在，她乘著空隙塞了兩、三塊點心之外就沒吃過其他的東西。

妳們當裝病是那麼好裝的？秦嬤嬤看著人仰馬翻的魏家人，這才心滿意足地離開。

而此時的魏清莛正滿臉興致的殺兔子做兔子肉，這是她後半晌獵的，她沒賣，自己拿回來加餐了。

兔子肉可是好東西，她有好長時間沒吃了，上次吃還是因為寒假放假回家她抽空回家窩了七天吃的。

想到冬天的時候也沒有活計，就想著，以後要是能抓到活的都丟到空間裡去養，不管是兔子還是野雞，當然，除了這兩樣不傷人的，她也不能養其他的了。

不過這也就是計劃，她總得把籬笆弄上吧？不然空間裡滿是動物亂跑也是很討厭的。

這時的她並不知道因為吳氏的私心，今天僥倖逃過了一劫，不然，當魏家人打開門定會發現他們家的三姑娘和四少爺不見了……

不過很快她就知道了，兩個婆子給他們送晚飯的時候，魏清莛老早就守在那裡，和往常一樣，耳裡仔細聽著兩人的交談，照例只有那多話的婆子在說，另一個時不時地提醒她有些話不能說。

可就是這樣，對於魏家她也獲得了不少的情報，果然瞞上不瞞下，底層的奴僕知道的比主子還要多。

「……聽說老夫人和大太太都累病了，妳說明天那秦嬤嬤還來不？」

「……」

「要我說就是來也沒什麼，耿家三老爺現在可是中書令，封侯拜相也是指日可待，難道老太爺和大老爺還敢得罪耿家不成。」

「唉，只是最後苦了三姑娘和四少爺……」

外面說話聲頓了一下，腳步聲愈近。

魏清莛這才知道原來今天母親的閨蜜秦氏派了貼身的嬤嬤來看他們。

魏清莛擦了一把額頭上的汗，好險，好險，看來明天不能出去了，希望對方明天還會上門並戰勝她祖母取得階段性勝利，將她和弟弟從這裡救出去。

魏清莛雖然因為不會宅鬥而甘願窩在這裡，但有更好的生活條件的時候，她也不會拒絕的。

大不了她在人前低頭裝懦弱不敢說話就是了，對了，就是像《紅樓夢》裡的迎春一樣，做一個透明人，總比他們現在在這裡擔心吃喝要幸福得多吧。

現在還好，若是魏青桐漸漸大了，她都沒時間教養，也沒能力上學什麼的，難道他要做一輩子人家眼裡的傻子？

只是夢想是豐滿的，現實是骨感的。

魏清莛為了等人一連兩天都沒有出門，不對，是出洞。魏青桐因為不能到林子裡玩，噘著嘴巴不悅地圍著姊姊轉了兩天，可是兩姊弟還是沒等來秦嬤嬤。

魏清莛可以確定，那秦嬤嬤沒有來，或者來了進不了魏家的大門。

魏清莛臉色難看的背著魏青桐，站在魏家的大門前等了半天也沒等到人，她可以確定，秦嬤嬤因為不知名的原因放棄見他們了，而魏家也因為那個原因硬氣起來。

據多嘴的婆子說，耿家很有權勢，和泥腿子出身的魏家不知強多少倍，而母親的閨蜜秦氏的娘家也是簪纓世家，強強聯合還搞不定一個魏家？

吳氏是內宅婦人，她可以不懂這些，但魏老太爺卻是不敢拒絕的。

魏清莛猜的差不多，的確是出事了，還是大事，她的未婚夫，平南王府的四公子和四皇子在前往北地的時候遭盜匪襲擊，現在生死不知，其中還有鎮國公府的獨子獨孫竇容。

竇容的母親溫氏和秦氏一樣，都是王氏生前的好友，秦嬤嬤從魏家出來就跑到竇家去了。

第二天要出門的時候就傳來這樣一個消息，溫氏昏厥過去，秦嬤嬤只好推遲到訪的時間，溫氏緩過勁來就拉著秦嬤嬤的手哭。「我和三娘竟都是命苦的！」

秦嬤嬤一個勁兒的安慰。「這消息不是還沒準兒嗎？」

溫氏搖頭，唯一的兒子可能死了，她也沒了往日的機靈。「朝中不知有多少人想要四皇子的命，他們縱然能逃過一時，卻不知前路有多少凶險等著他們……三娘是拋下孩子受苦，自己去了，我卻是要白髮人送黑髮人……」

溫氏擦了一把眼淚，恨聲道：「妳也不用再去，像魏家那樣趨炎附勢的，聽到這個消息是不可能再讓妳見他們姊弟了，要不是礙著王家和我們這幾個姊妹，說不得還會對他們姊弟下手呢……」

溫氏的奶娘滿頭大汗，連忙捂住溫氏的嘴，連聲叫道：「快去叫大姑娘來！」轉頭對溫氏喊道：「夫人，您想想大姑娘，大姑娘可只有八歲啊！」

溫氏一愣，雙眼呆呆地看著前方，鎮國公世子竇明大步從外面進來，也來不及在意客人、下人們還在，連忙抱過溫氏，溫聲道：「安慧，沒事，有我呢！」

不知世子哪句話觸動了她，溫氏「哇」地一聲哭出來。

溫氏的奶娘鬆了一口氣，不好意思地對秦嬤嬤笑笑，屋裡的下人悄悄地退下去。

秦嬤嬤無奈地退下，站在回廊上看著朗朗天日，心中像堵了一塊抹布似的，王氏大喪，大奶奶本是要親自來的，只是還沒有出門，七老太爺就趕巧去了，畢竟是大奶奶的叔公，七房又是嫡支，大奶奶只好強忍著悲痛辦了喪事。

現在大事已定，剛請示了世子夫人想往京城來，偏太夫人又病了，到底是七十多歲的老人，家裡怕有個萬一，大奶奶又是親親的曾孫媳婦，自然要在一旁服侍，但到底不放心魏家姊弟，這才派了她來看看。

卻是沒想到只是來看看都這麼艱難。

秦嬤嬤眼色不明地看了一眼溫氏所在的內室，當年溫氏、王氏和她們奶奶結成金蘭，按說溫氏在京城多少應該知道一些才是，只是……到底嫁了人，什麼都不一樣了，大奶奶也不得以耿家為重嗎？

就是可憐了無母的魏家姊弟。

秦嬤嬤打起精神，雙眼堅定的看著前方，不管怎樣都要見上一面才是，也算全了大奶奶和王氏的情義。

秦嬤嬤想盡了辦法也沒能見到魏清莛姊弟，胸中生怒，卻又無可奈何。

現在正是多事之秋，三老爺是不會為魏家姊弟出頭的。

溫氏又正是傷心徬徨的時候，秦嬤嬤只好給太原秦氏寫了一封信，打算先在京城住下，等溫氏緩過來再請溫氏出面。

她是下人，溫氏卻是鎮國公府的世子夫人，魏家可以拒絕見她，卻不會拒絕見溫氏。

這一等就到了中秋。

魏清莛給魏青桐穿好衣服，這才拉著他出空間，外面已經有了寒意，空間裡卻依然溫暖如春。

白白開心地在草叢裡打了個滾，又跳到魏青桐的腳邊，一人一兔就在草叢裡鬧起來。

魏清莛給火加了一根柴，看一眼鍋裡的野菜、野雞粥，就丟它在那裡，拿了新買的繩子做套，這段時間她已經重新換了一個地方，不過也相差不遠。

過了秋天就是冬天，她得趁著第一場雪下來之前多賺些錢，秋冷院雖然有不少的衣服，卻沒有足夠的被子過冬。

還有木柴，他們總不能窩在空間裡過冬吧？在魏清莛看來，空間只是一個儲存東西的地方，魏青桐不是很喜歡待在裡面，她也不喜歡，覺得整個天地都被擠壓起來，整個地方小小的，一眼就能看盡，更關鍵是，天不是藍的。

他們要在外面過冬，就得有足夠的木柴，或者，炭。

她還要收集一些材料，魏青桐早上和中午總有一段時間要待在裡面睡覺，她打算到冬天沒事做的時候就到空間裡建一間茅草屋給他，能放進一張床和一張桌子、一把椅子就好。

現在的魏青桐已經能幫她做一些事了，撿木柴，挖野菜，三歲的他雖然做的不是很多，可是看著他日漸開朗，眼睛也越來越靈動，魏清莛覺得很開心。

魏青桐拖回來一根樹枝，當著姊姊的面扔進空間，笑嘻嘻地要誇獎。「姊姊，我的。」

魏清莛嘴角抽抽，要不要這麼耍寶？明明一接觸就可以把東西扔進去，一定要當著她的面？

不過魏清莛還是摸著他的腦袋誇獎。「桐哥兒真厲害，能幫姊姊做這麼多事。」

魏青桐有些不滿的看著姊姊，憋紅了臉。「姊姊，餓餓。」一邊將頭轉向不停散發出香味的粥。

魏清莛估計也好了，連忙牽他過去。「要先洗手才能吃哦。」

魏青桐狠狠地點頭，白白在他腳邊歡快地跳來跳去，一下卻跳到樹後面，幾個跳躍就消失了。

魏清莛已經淡定了，想起第一次白白這樣做的時候，魏青桐在一邊拍手叫好，她手中的箭差點就穿過牠的咽喉，最後還是看在桐哥兒的面上放過牠，讓魏清莛詫異的是牠還會回來，看著牠嘴上手上的青草，敢情人家嫌棄她給找的草地不夠好，自己出去找吃的了。

之後魏清莛就沒再管過牠，魏青桐對白白每天消失一小會兒也已經習以為常。

魏青桐捧著碗小心的吸著粥，滿臉的幸福讓魏清莛心中一暖，哄他的話就脫口而出。「桐哥兒，我們晚上吃月餅好不好？姊姊給你買好吃的月餅。」

魏青桐只聽懂了好吃的，連忙點頭，重複一句。「要好吃的！」

月餅雖然有些貴，但她也不是買不起，空間裡的青菜已經能吃了，肉食是自己獵的，柴火在樹林裡到處都是，她的花費也只是米麵罷了，這些日子也有一些積蓄了。

第六章　來客

魏清莛又獵了兩隻兔子，其中一隻還是活的，將牠丟進空間養兔子的籬笆裡，想了想，家裡還剩大半隻野雞，今明兩天都不用擔心，就將那隻死的賣了。

魏清莛將魏青桐放進背簍，手中提著兔子下山。

城門口的兵士已經換了一批，他們比原先的兵士要肅穆得多，對來往的人都細細盤查，可她覺得還是原來的那些好點，濃濃的人情味，每天她出城門的時候，那個圓臉濃眉的兵士都會咧開嘴，眼睛瞇成一條縫的衝著她笑……

聽說今晚京城有大活動，可能當今還會出面與民同慶，這時候入京的人不少。

魏清莛望著天上明晃晃的太陽，這才早上十點吧？要不要這麼心急啊？但還是老實的排隊進城。

兵士奇怪的看著魏清莛和她背簍裡的孩子、以及她手上的兔子。

魏青桐滿眼好奇地盯著那個兵士看，還格格笑著含著手指。

魏清莛的臉色則有些難看，對方不是要索取賄賂吧？

雖然不捨得，但她還是將手中的兔子遞給他。

兵士詫異，板著臉問道：「你是哪的？進城幹麼？」

「我家住在東市，我是出來打獵的，我爹殘了……」這套說辭是她在和福運來的掌櫃說過之後就不變了，人家只要一問她是哪的，為什麼只有一個人或是帶著個孩子，就熟練的脫口而出，這套說辭她都差不多能倒背了，沒辦法，古人太純良，好像不問清楚，你就是壞人，買賣就有些困難。

更關鍵的是，每次她這樣說之後，大家都會對她比較寬容，魏青桐也因此在十里街裡沒人欺負，交到了好幾個小朋友。

那個兵士上下掃了她幾眼，覺得對方實在太小，還造不成什麼危險，就將攔人的手收回，不耐煩的揮手。「快走，快走！」

魏清莛鬆了一口氣，這隻野兔起碼能賣四十文，好一點的米能買兩斤了，他們平時吃的能換四斤……

魏清莛一邊往裡走一邊在心裡計算，繼而暗啐了自己一下，什麼時候變得這麼斤斤計較了？

魏清莛牽著魏青桐的手走在東市上，京城最熱鬧的就是東市了，那隻野雞是零賣的，好在今天是中秋，她剛停下就有人過來問了。

魏清莛拿著錢抱起魏青桐。「桐哥兒，你想吃什麼，姊姊買給你。」

魏青桐雙眼亮晶晶的指著前面的糖人。

「師傅，糖人怎麼賣？」

「三文錢一個。」

真貴，都夠她吃一碗麵了，但她還是掏出錢給桐哥兒買了一支兔子的。

魏青桐拿在手裡又不忍心吃了，可憐兮兮地道：「白白。」

魏清莛嘴角抽抽，又掏出三文錢。「再來一個……馬的吧。」

魏青桐滿足的一手拿著兔子，一手舔著馬，沿路的幾個孩子羨慕地看著他。

魏清莛買了豬骨頭、一些豬肉和一些點心，還有兩個月餅，這才揹著背簍，抱著魏青桐回家。

現在的她臂力和體力都練出來了，好在她所在的東市離南城的魏家也不是很遠。

魏清莛見整條巷子都沒人，這才移開東西，將魏青桐塞進去，自己才爬進去，將洞口掩上。

「我想和白白一塊兒玩。」魏青桐抱著大兔子白白。

白白和魏青桐一樣不是很喜歡待在空間裡，只要找到空就纏著魏青桐出來。

魏清莛將買來的東西放到空間裡，將身上的衣服換下，打了一個呵欠，強制性的抱著魏青桐上床睡覺，一腳將白白踢下床，轉頭威脅道：「要睡午覺，要不然就不讓白白陪你玩了。」

魏青桐睜著大大的眼睛看著姊姊，孩子是最聰明的，這段時間魏青桐已經感覺到他這樣做的時候，姊姊總是會答應他的要求。

但這回魏清莛卻無動於衷，桐哥兒每天都要睡午覺，不然晚上一定會嚎哭不止。

魏清莛輕輕地拍著他的背，哼著以前姊姊們為了哄她和弟弟睡覺的歌謠，魏青桐的眼睛漸漸閉起來，鼻翼發出輕微的呼吸聲……

魏清莛打了一個呵欠，給兩人蓋好被子，翻身睡去。

魏清莛才入睡沒多久就被吵醒了，門外傳來的腳步聲和說話聲讓她有一瞬間的愣怔。這是秋冷院，是魏家最安靜的地方，她睡覺都習慣了開著聽力睡，並沒有受過打擾……

「……等一下見到三姑娘和四少爺，就趕緊把四少爺帶走……不怕她不聽話……」

斷斷續續的聲音傳來，魏清莛聽了個大概，看了一眼側身睡在她身邊的桐哥兒，緊握了一下拳頭，忍著心中的怒氣。

他們現在還不能脫離魏家，或者說他們一輩子都不可能脫離魏家，現在的他們沒有任何反抗的權力。

魏清莛將魏青桐挖起來，一邊給睜不開眼睛的他穿上衣服，一邊哄他。「桐哥兒，等一下姊姊找人來陪你玩好不好？」

魏青桐還沒清醒，但還是習慣地點頭。

魏清莛就囑咐他。「我們就比賽，看看你能不能看著他們不說話，不管他們說什麼、做什麼，你都不要開口說話，你能做到嗎？你要是贏了，晚上姊姊給你烙餅吃……」

賴嬤嬤進來的時候就看見姊弟倆正坐在床上，四少爺將手中的石頭扔出去，三姑娘就撿回來遞給他，四少爺再扔，三姑娘再撿……

她眼裡閃過輕蔑，微微給兩人屈膝行禮。「三姑娘，家裡來了客人，老太太叫妳出去，妳收拾一下隨我來吧。」

媳婦子收到她的眼色，連忙上前要抱魏青桐。

魏青桐嚇了一跳，躲進姊姊的懷裡，從她的手臂裡偷眼看眾人。

魏清莛安撫地拍了拍他的背，眼睛犀利地看向她們。

賴嬤嬤帶的人不少，大家接觸到魏清莛的目光，有的眼露輕蔑，但奇怪的是，大多數都低下頭，不敢和魏清莛對視，就是賴嬤嬤，臉色雖然難看，卻也不敢說什麼，看來魏清莛以前還是有威望的。

「是哪家的客人要見我？是單見我一個還是連弟弟也一塊見？我正在孝中，這時候出去見客只怕不妥。」

賴嬤嬤身後的一個媳婦子忐忑地看了魏清莛一眼，開口道：「三姑娘，是鎮國公世子夫人來拜訪夫人，家裡的幾位姑娘都去了，老太太想著三姑娘也好久沒出來逛逛了，這才叫奴婢來叫三姑娘去的，四少爺身邊又不能離人，幾位少爺又都去念書了，老太太讓奴婢先帶著四少爺，等三姑娘從前頭回來，再將四少爺交給您。」

這是明白的告訴她，魏青桐要做人質了？

她在外面幾天也知道，鎮國公府也算是實權功勛，剛做官三代的魏家根本不能與之相比。

可世子夫人為什麼要見她呢？

正屋裡言笑晏晏，魏清莛一進來，屋裡的笑聲一頓，大家都面色各異的看著她。

好歹活了二十幾年，又一向是個臉皮厚的，魏清莛面色不變的看了一圈，正中間坐了個四十多歲的婦人，看來她就是吳氏了，身邊是個身著華麗，看上去才二十多歲的女子，正含笑看著她。魏清莛覺得她眼熟，可是想不起是誰，只好閉嘴不語。底下一溜兒的小姑娘，有兩個和她歲數差不多，其他的都比她小，看來這些就是她的「妹妹」們了。

魏清莛心裡思索，腳下卻不停，直走到中間，才照著記憶中的禮儀屈膝行禮。

吳氏滿臉憐愛的衝她招手。「小三，快過來，讓祖母看看。」

魏清莛腳下一踉蹌，嘴角抽抽，就衝她這句話，魏清莛打死也不讓她如願。她抬起頭，看著上面的兩人，眼裡淨是忐忑害怕無措……

世子夫人溫氏身後出來一個年長的嬤嬤，將她拉到溫氏身前。「三姑娘不記得世子夫人了？世子夫人和我們家夫人都是您母親的好朋友，王夫人出殯的時候我們夫人沒能來，心裡一直歉疚著，想著您和四少爺也是在熱孝中，也就沒避諱這麼多，讓奴婢來看看您。」

魏清莛偷眼仔細打量她。

秦嬤嬤笑道：「三姑娘只怕不記得我了，我是您表姨身邊的嬤嬤，姓秦，您還記得您表姨嗎？她是文英伯世子夫人，與您的母親從小一塊兒長大的。」

她握著魏清莛的手百感交集，這雙手布滿繭子，一看就是平時做慣粗活的，她一個老嬤嬤的手都比她光滑。

魏清莛的確沒見過溫氏幾次，溫氏和王氏雖然同嫁在京城，但鎮國公府是掌握實權的國公府。

溫氏生下兒子竇容後，就將兒子留在京城給公公婆婆帶，自己陪著外放的丈夫在任上，也是一年前才回來的，那時王氏已經病得起不了床，她也只是來探望過兩次，而那幾天來往的人太多了，魏清莛記不住並不稀奇。

魏清莛不像王氏，倒像王公，溫氏看著她，想起年少時那無憂無慮的日子，可是現在姊妹幾個天各一方，而聰慧的三娘卻已經……心下一酸，原先的敷衍也帶了三分真情，她朝魏清莛招手。「過來，讓姨母看看。」

溫氏摸著她的頭，感慨道：「瘦了，可還傷心著？妳還有弟弟，就是為他想也要堅強些才是，妳娘在天上看了也欣慰呀。」又問她最近吃些什麼，弟弟的身體怎麼樣之類的。

吳氏身子微僵，臉上笑著，卻用凌厲的眼光看向魏清莛，眼裡滿含警告。

她知道，一旦她說出什麼來，魏青桐就會出事。

溫氏並不是她什麼人，就算能傳出輿論，也並不能傷害吳氏什麼，可是從此她和弟弟的日子就要難過了，溫氏就算知道，也沒有立場。

更何況，溫氏未必會為了他們出頭，不然，她為什麼對溫氏毫無印象？王氏為什麼將財產交給遠在太原的秦氏打理，卻沒和同在京城的溫氏說一聲？

魏清莛含著笑，細聲細語地答道：「因為守孝，我和弟弟平時只在院子裡為母親抄寫經書，有祖父、祖母照顧著，我和弟弟的身體都很好……」

吳氏露出滿意的笑，底下的幾個姊妹都眼神怪異的看向魏清莛，在魏家，魏清莛姊弟被軟禁在秋冷院並不是什麼秘密。

秦嬤嬤將底下人的反應都看在眼裡，心裡更是焦急，低頭去看溫氏，卻見她沒有出頭的打算，心裡一涼，垂下的眼睛裡閃過苦澀，想了想，悄悄地將身上僅有的錢都塞進一個荷包裡。

溫氏並沒有打算留下來吃晚飯，見魏清莛過得還不錯，只略聊了幾句就起身告辭了。

秦嬤嬤笑咪咪地看著魏清莛，委婉地提出要她相送。

吳氏正巧沒機會打消秦嬤嬤剩下的疑慮，反正魏青桐在她手裡，不怕魏清莛不聽話，就起身相送。

魏清莛站在溫氏身邊，後面就是秦嬤嬤，秦嬤嬤在過門檻時靠近魏清莛，不著痕跡地將手中的荷包塞給她……

吳氏轉身看了魏清莛一眼，有些厭惡地皺眉道：「好了，妳回去吧，以後沒事就繼續在院子裡為妳母親抄寫經文。」

嘩啦一群人就跟在吳氏的身後離開，看也不看魏清莛一眼。

魏清芍從魏清莛眼前經過時略微停頓了一下，嘴巴微合，眼神複雜的看著她，最後還是什麼都沒說，轉身離開了。

魏清莛好奇地看著魏清芍，自己是認得魏清芍的，是小吳氏的女兒，也就是她的庶姊，不過魏清芍在她的記憶裡一直是清高的，很少在她面前露出這樣的神情。

待吳氏等人看不見身影了，魏清莛這才轉身要去找魏青桐回去，他應該是在小吳氏那裡。

只是她才一轉身，吳氏派了送她回去的僕婦就一下撞到她身上，力氣之大，讓她徑直的向一側倒去。

魏清莛情急之下用手肘撐地，這才沒有跌得很狼狽，只是右手手掌一陣火辣辣的疼，魏清莛大怒，大腳就踹向她。

「哎呦——」那僕婦始料不及，跌倒在地，扶著腰震驚的看著魏清莛。「三姑娘，奴婢不是有意的……」眼裡閃過惱色和輕蔑。

魏清莛爬起來，低頭正好看見，憋了一天的氣就這樣爆發出來，本來今天她是想和桐哥兒好好過個中秋節的……

「狗奴才！」魏清莛一腳踢在僕婦的腰上，轉身就朝小吳氏的院子跑去。

「哎呦！」那人沒料到嬌生慣養的三姑娘這麼大的勁兒，腰部一抽一抽的生疼，讓她好一會兒爬不起來，等她站起來，魏清莛早就沒影了。

魏清莛滿臉怒氣地闖進梅園，沿路的丫鬟們都膽顫心驚地看著她。

小吳氏聽到動靜，連忙出來，魏青桐早看見姊姊了，飛奔過來一把抱住。「姊姊，姊姊。」

魏清莛緩和了一下臉色，說了一句「乖」，將人拉到後面，瞇眼看向小吳氏，似弱柳扶風，看著魏清莛的眼裡都有些膽怯，的確很能激起男人的保護慾，可惜她不是男的。

「吳姨娘，既然父親將家中的事交給妳，妳就該上心些，我知道你們吳家不大講究，可我們魏家也算是耕讀之家，不能由著你們壞了規矩，妳要是真的沒那個本事，我看二嬸和三嬸也是有空的。」

小吳氏臉色一白，身子晃了晃，身邊的丫鬟連忙扶住她，吳嬤嬤大怒。「三姑娘說的什麼，我們奶奶是您的長輩，沒見過晚輩對長輩如此無禮的，奴婢還聽說王家是……」

魏清莛冷哼一聲，打斷她。「長輩？吳嬤嬤莫不是魔怔了？什麼時候妾也可以算是我正經的長輩了？按說，上面有祖母，下頭有兩位嬸嬸，我們魏家怎麼也輪不到一個妾當家吧？」

小吳氏嘴巴微合，喃喃道：「我是平妻……」

「哦？」魏清莛很不喜歡現在的自己，可卻知道她要是不做點什麼，以後魏家的人一點點小事就來找她，動不動就拿桐哥兒來威脅她，惡毒的話還是衝口而出。「婚書在哪裡？什麼時候上的族譜？王家簽的同意書在哪裡？我怎麼什麼都不知道？還是，還是吳姨娘心裡妄想，就把它當了真了？」

小吳氏軟下身子，慢慢地滑下去，要不是有她的貼身丫鬟和嬤嬤扶著，說不定她會一下子坐到地上。

魏清莛撇撇嘴，連她都不如，這樣的人是怎麼在王氏的手下生了三個孩子的，還是王氏和她一樣？可他們不是說王氏很聰慧嗎？

魏清莛說的沒錯，她沒有上族譜，而上族譜需要得到王家的同意書。她臉色蒼白的看著魏清莛，王家書香世家，幾百年的底蘊，這樣的家族即使再落魄也不會寫那樣的同意書的，魏家長房的女主人只能是續弦了。

魏清莛將輕蔑的眼光還給圍觀的人，這才牽著魏青桐的手回秋冷院，等吳氏得到消息趕來的時候，魏清莛已經將自己鎖進秋冷院了。

吳氏恨鐵不成鋼的看著小吳氏，小吳氏弱弱地叫了一聲「姑母」。

魏清芍滿臉鐵青，陰鬱地看著秋冷院的方向。

兩人的伙食再次變差，甚至三天兩頭的斷餐，魏清莛知道是小吳氏的人下的手，不過她嗤笑一聲，就是送來了她也不敢吃呀，還省得倒了！

小吳氏病了，即使魏志揚對她信誓旦旦，但她還是病了，她在族譜上一日是妾，她的心病就一日不去。

吳嬤嬤看著她日漸消瘦，又是焦慮又是傷心，連日的勸說：「……大老爺對太太這麼好，身邊除了太太再沒有別人，太太又何必聽那賤人挑唆？」

小吳氏眼呆呆地看著上面的蚊帳，幾不可聞地低聲道：「王氏說的沒錯，男人是不能相信的，尤其是老爺這樣的男人。」

吳嬤嬤大驚，瞪大了眼睛看她，王氏什麼時候和吳氏說過，她怎麼不知道？

「他當年也說要娶我，兩家都已經在商議了，可他還不是下水救了王氏？娶了王氏？他讓我等，我就等，轉眼卻變成了貴妾……王氏助他青雲之路，可妳看現在那兩個孩子過的是什麼日子？」

「太太！」吳嬤嬤驚駭地看著她，這幾乎是大老爺的禁忌，當初王氏被人算計著落水，本不用魏志揚救，身邊有的是會水的僕婦，但他還是跳下去，王氏這才不得不嫁給他，王氏對大老爺一直淡淡，府中無人敢提及當初的事。

小吳氏眼一眨，扭過頭來看她，眼裡顯出淡淡的羞怯，淡淡的溫柔，和平時的小吳氏不差分毫。

「妳醒了？」老爺的聲音在內室響起，吳嬤嬤將發抖的手攏在袖子裡，低頭退出去，將內室讓給小倆口。

吳嬤嬤耳邊聽到小吳氏一如既往輕柔的回答。「今日好多了，這幾天你累壞了吧？」

第七章　異常

那個撞了魏清莛的僕婦低聲對賴嬤嬤道：「奴婢撞過去的時候摸清楚了，沒有什麼東西，奴婢做這個那麼多次不會出錯的。」

賴嬤嬤眼裡閃過迷惑，沒有東西？那秦嬤嬤到底來幹什麼？

賴嬤嬤帶著些疑惑的回去與吳氏稟報，吳氏揮手道：「妳只看緊了秋冷院就行，就算遞了東西過去，沒有門路又有什麼用？」

而此時，魏清莛正洋洋得意地從褲子裡掏出一個荷包來，正是秦嬤嬤給她的，前世小的時候二姊帶她出去喝喜酒，為了多拿幾把喜糖，將東西藏在哪裡怎麼藏都是琢磨過的，當然，這些事不用她費心，她只要照著二姊的話做就是了，沒想到現如今這也派上了用場。

魏清莛將荷包拆開，裡面滿滿的小額銀票，有一兩的、二兩的、五兩的、十兩的，最大的一張也就是二十兩，不是好容易攢的，就是用來打賞人的。

魏清莛數了數，有八十七兩整，她鬆了一口氣，看來秦嬤嬤也沒有準備，今天的事應該在她的預料之外，在之前溫氏是怎麼和她說的？

魏青桐見姊姊只看荷包，有些不悅地噘起嘴，小手扯她的頭髮。「姊姊，姊姊！」

「怎麼了？」瞧他兩眼淚汪汪的，魏清莛跳起來。「是不是有人欺負你了？」

魏青桐噘著嘴。「我不喜歡她們，我要姊姊！」

魏清莛抱住他安慰。「好，我們不要她們，以後姊姊不會讓她們再帶走你了。」

直到魏青桐的肚子叫起來，魏清莛才鬆開他。

魏青桐抱著肚子，可憐巴巴的看著姊姊。

魏清莛就連忙進空間裡給他做飯，今晚可是中秋呢，怎麼也要好好地吃一頓。

平白多了八十多兩銀子，加上她自己存的，也有將近一百兩了，有了錢，魏清莛就有些鬆懈下來，她抽出兩天的時間帶著魏青桐逛了書店買了兩本最便宜的百家姓和千字文，在經過北市的時候，她也想過要不要去鎮國公府找秦嬤嬤，不過想想，秦氏能幫她的也就是保管那些財物，對於魏家的家事，真心幫不上，將她扯進來讓人為難不說，她和弟弟的日子也不見得會好過多少。

魏清莛將柴火堆好在旁邊的廂房裡，掩上門，看著樑上的雕花，嘴角抽抽，自娛自樂的想。「怕是皇宮也不會拿這麼好的房間來堆柴火吧？看來以後魏家花費在修繕這一項的銀子不會少的。」

魏青桐渾身髒兮兮的出現在她身邊，手上還抓著一把柴，雙眼亮晶晶的看著姊姊。「姊姊，柴柴，我的。」

「桐哥兒真厲害，」魏清莛摸著他的腦袋道：「不過廂房已經裝滿了，剩下的就留在裡面好了。」

看了看陰沈沈的天，估計再過幾日就要下第一場雪了。

心裡有些擔憂，她不知道古代的雪要什麼時候下才正常，而且這個世界的地理格局和她原來的世界還是有些不同的，可這時候才進十月，天已經陰沈下來……

魏清莛摸摸他身上的夾層，問道：「冷不冷？」

魏青桐歪著腦袋想了一下。「有點冷。」

「等一下我們去買棉衣好不好？漂亮的棉衣和漂亮的棉被。」

魏青桐咧開嘴。「我要吃糖人！」

說穿的扯到吃的，魏清莛有些無奈，但還是答應了。

魏青桐熟門熟路的跑到賣糖人的面前，指著其中幾個道：「這是馬，這是兔子，這是猴子……我要這個，還要這個……」魏青桐扳著小手指數了數，姊姊答應給他買一個，他撿了柴火可以買一個，他幫著姊姊打掃可以買一個。

他的眼睛在動物們的身上來回轉了轉，最後還是指著大公雞惋惜道：「我不要這個了。」

賣糖人的早和魏青桐混熟了，知道這孩子講話慢，反應也慢，就拿了大公雞逗他。「小公子在我這兒也買了不少，不如這個大公雞就送你了。」

魏青桐搖頭，看了姊姊一眼。「不能要。」

賣糖人的一愣，繼而笑開，心中感慨，這家將孩子教得真好，將大公雞塞進他手裡。「小公子買了這麼多，送你這個是應當的，快拿著，拿著。」

都是小本生意，對方又能賺多少去？魏清莛幫著推辭，桐哥兒眼神雖有些失望，一下又興奮地看著自己點中的三個糖人。

糖吃多了對牙齒不好，魏清莛試著給他分析。「……你今天吃一個，過兩天吃一個，再過兩天又吃一個，你就能吃三次，你要是一下買了三個，你就只能吃一次了。」

魏青桐眨眨眼睛，沒聽懂。

魏清莛就扳著他的手指數給他看，老半天，賣糖人的攤前來了人又走了人，直到魏清莛後背出了一身汗，魏青桐才搞明白，他想了想，魏清莛也不知道他想了什麼，反正後來他只選了一匹馬，只是在走後一個勁的提醒她。「姊姊，還剩兩個。」

魏清莛有些無奈。「嗯，還剩兩次，你要記清楚哦，不然姊姊會忘記的。」

魏青桐狠狠地點頭。這點他繼承了魏清莛，對於別人欠他的，他一向記得清清楚楚。

魏清莛領著魏青桐到成衣鋪子裡給兩人各選了兩套棉衣，魏清莛摸著手下的布料，還不錯，只是和王氏給他們備的自然不能相比，好在他們雖然沒有棉衣，但王氏給他們準備貼身的衣服卻有不少，而且從小到大都齊備了。

當初他們搬到秋冷院的時候，乳娘們也全都將那些東西搬進來了，要不然魏青桐嬌嫩的皮膚也不知受不受得了外面這些衣服。

「小兄弟，我看你兄弟也正在長個子，這衣服一個冬天下來就不能穿了，不如買大一號的，明年還能繼續用，也能省筆錢。」老闆娘見魏清莛要將棉衣捆起來，趕忙插了一句嘴，一般人家都是這樣做的。「回頭啊，讓你娘把後腰的針線收收，再將袖子縫上，兩、三年也是穿得的……」

魏清莛壓低了聲音道：「我娘病了……」

老闆娘看了一下才七歲左右的魏清莛，嘆了一口氣。「世道艱難哪！」轉身從碎布裡抓了幾把。「拿回去給你娘，做些小東西也好。」

魏清莛哭笑不得。

她雖然也會到處去逛逛，但買賣東西還是會在自己熟悉的地方，南城門向裡拐的這條十里街離魏家最近，人流量和攤位都比較固定，來往都是這些人，她在這兒混跡三個多月；出入都帶著一個三、四歲的弟弟，只賣自家打的野物，父親摔斷了腿，爺爺年邁，只有一個叔叔帶著兄弟倆上山打獵，現在娘也病重了……這條街上的人多多少少都知道一些，就像她一樣，對各家的情況也有一些大致的瞭解。

像這個老闆娘，這家成衣鋪子是她和丈夫一起開的，生了兩個兒子，老大穩重，家裡正供著讀書，打算讓他走科舉，老二頑皮，沒少被老闆打，卻打得一手好算盤，小小年紀就已經可以陪著老闆在外面跑生意了，現在老闆應該是出門進貨去了。

「老闆娘這樣說，可是出了什麼事？」

老闆娘憐惜地看向她。「你還小不知道也不怪，」說著看向外面。「今年的天冷得太快了，過幾天怕是雪就下來，十月早雪，只怕……今年也不知要凍死多少人呢……」

魏清莛心一凜，竟連本土人也覺得異常。魏清莛從來不會小看平民，一年是旱是澇，不問天氣預報，而是請教老農，這是村裡的習俗，看來她得多準備一些東西了。

「多謝嬸嬸了。」想了想，她又買了些棉和布料，到時實在冷得厲害，她也可以給桐哥兒做雙手套、襪子之類的。

魏清莛揹上背簍牽著魏青桐走，老闆娘就追出來道：「你要是買被子就到拐角錢家鋪子去，可別貪近去東市買，那邊的人又坑，給的棉還不是好棉。」

「知道了。」魏清莛頭也不回地應了一聲。

因為心裡有事，她不像往常一樣收斂心神，而是敞開聽力，仔細地聽周圍的人談論各式各樣的事情，這邊畢竟不夠繁華，她聽了一路都是一些擔憂今年天氣和明年播種收成的事，想想，她決定等下買了棉被、米麵之後到東市逛逛。

東市多酒肆，來往的人三教九流都有，她仔細一些，說不定還能碰到達官貴人，哪怕聽聽上面是怎麼說的也好啊，而且她還想買一些常用藥備著。

掌櫃的看小夥計將五十來斤的米給魏清莛裝好，就好奇地問道：「王家小兄弟，你這次怎麼一次買這麼多了？」

魏清莛有些不好意思地將棉衣放在米上面。「我姑母在村裡的日子不好過，我爺讓我多買些，回頭等我叔回來了好給她送去一些，而且快要過冬了，家裡也要備一些……」

「那倒也是，日子艱難哪，」掌櫃的見魏清莛要這樣揹著，微微皺眉。「你這小胳膊怎麼受得了，我這有個小推車，要不借給你，回頭你還回來就好了。」

「真的，真是太好了，我等一下還要過來買棉被，到時再給掌櫃的送過來吧。」魏清莛正在擔心累著魏青桐呢，有了小推車正好，她可以推著魏青桐過去。

掌櫃的失笑。「你呀，佔便宜占得一點也不害臊。」低頭就正好看見魏青桐睜著清澈的大眼睛好奇地看著他，話語一滯，繼而笑道：「罷了罷了，你只要明天給我送回來就好了。」

出了糧鋪，魏清莛在魏青桐臉上大大地親了一口。「桐哥兒是姊姊的福星。」

旁邊鋪子裡的一個夥計剛好聽到，撇嘴道：「好好的哥們，取這麼一個小名，難聽死了。」

魏清莛回擊他。「總比你叫狗蛋好吧。」

夥計得意。「大家都是這麼叫的，我們村光狗蛋就有三個，你叫『姊姊』，難道你還是娘們不成？也不怕以後真變成娘娘腔！」

她本來就是娘們！魏清莛衝他吐舌頭。

狗蛋就衝她做鬼臉，裡面的掌櫃見了，兩根手指扭住他的耳朵就把人扯進鋪子裡了，一邊還對魏清莛喊道：「莛哥兒，回頭到我鋪子來看看，也照顧照顧老丈的生意。」又道：「以後狗蛋再欺負你，就告訴我，我來收拾他。」

魏清莛歡快地應了一聲。

魏青桐雖然不大清楚，但也感覺到了姊姊的歡樂，連忙拍著小手，學著前兩天小夥伴們「喔喔」的叫著。

魏清莛將人抱到推車上，推到僻靜地方，將他的手放在米袋上，魏青桐早就習以為常，米袋就從背簍裡消失，出現在鐲子空間裡。

魏清莛將手推車推到珍饈樓底下，看著上面的幾排窗戶，微微一笑，能在珍饈樓三樓包有窗的包間的非富即貴，她就在底下聽牆腳好了。

只是姊姊願意，魏青桐卻不樂意了，這裡好冷，他還很餓，他見姊姊坐在推車上就不動了，就嘟著嘴道：「姊姊，我餓！」

「啊？哦！」魏清莛趕忙收起心神，四處一看，見斜對面的麵攤上人還挺多，就問道：「桐哥兒，我們吃麵好不好？」

魏青桐想了一下，搖頭道：「不要，要吃那個。」手指著一個人手裡的餛飩，還不自覺地嚥了一口口水。

魏清莛點了一下他的額頭。「怎麼就這麼饞，每天不是野雞就是兔子，還有豬骨頭湯喝，怎麼就像是永遠吃不飽似的？」話雖如此說，她還是從背簍裡找出三個竹筒，牽著魏青桐的手去攤位上買餛飩，眼角餘光看見一個清秀的少年從她的推車上經過，嘴角微微一挑，背簍裡什麼也沒有，那些人要失望了。

這也算是報復他們吧，誰讓他們總是想從她這裡順東西。

東市繁榮，街上小偷也多，魏清莛就差點被偷過，所以她每次來東市都會耗費極大的心神，回去後簡直連手指都不想動一下。

「老闆，來兩碗餛飩，再給我們一碗湯。」說著將三個竹筒遞給他。

魏青桐高興地用雙手抓著竹筒，吸了一口氣，高興地道：「香香的。」

「要慢慢吃，不能燙著。」魏清莛將竹筒上的繩子掛在他的脖子上，這樣竹筒就不會傾斜了。

魏青桐點頭，乖巧的拿著勺子靜靜地坐在推車上自己吃東西。

魏清莛剛將熱湯蓋好放在背簍裡就渾身一震，側耳仔細地聽著樓上傳出來的聲音，雖然周圍吵雜，樓上的人又是刻意壓低了聲音，但她集中精神還是聽了個大概。

「……欽天監算出來的，斷不會有假……」

「只是各地傳回來的奏章一切如常……會不會是弄錯了？我以為只我那一個縣如此。」

「……讀傻了……都是四王的人……」

「他們怎麼敢？欺瞞皇上……若是真有雪災，朝廷不做好準備，百姓……」

「低聲，上面……要限制米糧供應，藥材……早作打算……」

魏清莛看了一眼手中的餛飩，嘆了一口氣，看來明天她還得出來，得趁著政令下來之前多準備一些米麵，在明年六月之前，糧價是不會再下降了。

魏清莛給魏青桐擦了一下嘴，耳朵動了動，發現樓上五花八門說什麼的都有，只是她已經聽到了她想知道的，便收起了心神，揉揉額頭，她最討厭嘈雜的環境了，每次都疼。

不再聽樓上的對話，專心吃起餛飩。

而此時，三樓的一個包廂裡，耿十一押著安語，低聲斥道：「你要真為了百姓好，就趕緊回去，憑你一己之力保你全縣百姓，也不枉我冒險通知你。」

安語自然知道，耿十一是太原耿家的人，他叔父又是中書令，因兩人是同窗好友才會特別提醒他，他雙目通紅的問道：「那天下百姓呢？他們就合該受苦？」

耿十一想敲開這書呆子的腦子，但這畢竟是酒樓裡，他只好壓低了聲音道：「皇上雖不知全情，但十之八九還是知道的，大家現在不過是揣著明白裝糊塗，你現在將實情捅出來，不論哪邊都不領你的情，這倒罷了，朝上鬧哄哄一片，最先做的一定是追究責任，再將你下獄審理，最後派人下去勘察實情，等到結果出來，第一場雪都不知壓死凍死了多少人，朝上再鬧哄哄的商議救災……事情只會比原來更糟，要是你這個知縣被下獄，有誰來主持救災？你那整縣的百姓還活不活了？」

安語知道他說的是真的，一下心灰意冷，伏倒在桌子上不說話，眼淚一顆顆的往下掉。

耿十一就在旁邊看著他，良久，聽到他哽咽道：「要是王公還在……」

耿十一用力地抓著椅背，眼睛沒有焦距的看向窗外，心裡不由自主地想到，要是王公還在……

安語像個孩子一樣伏在桌上嚶嚶地哭著。

「別哭了，」耿十一堅定的看著他。「哭泣是懦夫的選擇，王公堅韌一生，我們做不來他的豐功偉績，難道連面對困難的勇氣都沒有嗎？」

安語抬眼看他。

耿十一點點頭。「你趕緊收拾行李回去，有我給你遮掩，不會有人知道你上過京城的，你只要，只要管理好一個縣就是了。

「你別以為一個縣城容易管，當年王公被貶至延邊任縣令時，可是花了將近六年的工夫才讓那裡的百姓安居樂業，王公也因此重新得到先帝的賞識，官復宰相。」

「你說的極對，我得先將一個縣管好。」

第八章　準備

魏清莛花了兩天的工夫將過冬的東西備好，空間裡也準備好了到明年六月的糧食，現在她手裡只剩下七十多兩的銀子，想了想，還是拿出十兩來準備藥材。

她的身體還好，但魏青桐卻有些體弱，要是突然生病，總歸要有個準備。

魏清莛牽著他去看大夫，老大夫摸摸鬍子，笑道：「你弟弟沒病，只是體虛，平時多注意些就是了。」

魏清莛則要求開些平時用的藥。「要是感冒，不，是風寒了怎麼辦？還有發燒、咳嗽這些，大夫還是給我們開幾張方子吧，我們抓上幾副在家備著。」

老大夫皺眉道：「平常人家也有備藥的，不過你們不懂醫理，豈能亂用，年紀不同，脈象不同，所用的藥和量都是不同的。」

「大夫只給弟弟抓就行了，家裡人的身體都好，只弟弟弱些。」

老大夫看了看白白嫩嫩的魏青桐，又看了一眼肌膚微黑的魏清莛，微微點頭，拿出三張紙唰唰地寫下藥材，邊寫邊囑咐道：「你們也不要太嬌養他了，孩子嘛，跑跑跳跳的，身子才好。」

魏清莛也覺得魏青桐的體虛一半是天生的，一半是後天嬌養的，只要在泥土裡打幾年滾，還怕養不壯嗎？

「這是發燒的，這是風寒的，這是咳嗽的……不過人要是生病了，最要緊的還是趕緊來把脈，對症下藥才最有效。」

魏清莛趕緊應下，各抓了十副藥，又要了一些傷藥就離開了。

十月十二，今年的第一場雪覆蓋了整個京師，陰沈了好幾天，老天似乎要一下子將天上的雪都傾倒下來，飄飄揚揚的從下午下到晚上，又陸陸續續的飄到了早上。

魏清莛老早就燒上炕，整個房間都暖和得像是春天，穿著夾層進到空間裡做好飯菜，姊弟二人就在炕上看著外面的風雪吃飯。

這時，魏清莛才真是覺得幸福，也是第一次覺得魏家不錯。

她不喜歡魏家，但也說不上恨，可這時她真確的知道，如果沒有魏家，說不定她和魏青桐連一個容身之處也沒有，她會和很多人一樣，帶著幼弟窩在胡同裡，忍饑挨餓。

魏清莛用硬紙板畫了些動物，寫上動物的名字，用來教魏青桐認字。

魏清莛先拿出「兔子」，指著上面的簡易畫對魏青桐說：「桐哥兒，快看，這是兔子，兔子。」

魏青桐歪頭看了一下，有些嫌棄的別開臉，自己抓了紙筆，抖抖的在上面畫了一隻兔子。

「呀，桐哥兒畫的真好……」魏清莛本來只是想象徵性的誇一下，誰知魏青桐畫的真比她好很多，她看看他畫的，再看看自己畫的，有些不能接受，難道古人就比較有天賦？為什麼一個三、四歲的小不點畫的比她還好？

魏青桐卻有些不滿意，丟開紙，又扯了一張，魏清莛見他連筆都還不會拿，連忙扯過，這些習慣可不能養成，不然以後很難改過來的。

魏清莛想，是不是該讓魏青桐去書院。

魏青桐有些委屈地喊了一聲姊姊，俯身就要去搶。

魏清莛趕忙哄他。「桐哥兒，你現在還不能用這個畫，等你學會了拿筆再畫好不好？」

魏青桐扭著身子去抓筆。「要，畫兔子，我的。」

「是，是你的，只是現在還不能用。」

魏青桐不能理解，見姊姊不給他，他一張嘴「哇」地一聲哭出來，聲音大得嚇了魏清莛一跳。

她有些發愣，她來了這麼久，第一次見魏青桐這樣哭，以前這孩子都是小聲地抽泣，流流淚，只要一哄，他就會乖乖停下來的那種，所以她一直很喜歡這個孩子，覺得這孩子太可人疼了。

可是現在見他哇哇大哭，她反而鬆了一口氣，桐哥兒和所有的孩子一樣呢。

「好好好，給你，給你，」魏清莛毫無原則地將筆塞給他。「別哭了，明天我們去書店好不好，專門給你買畫畫的筆。」順便讓老闆教你拿毛筆。

魏青桐這才停下來，只是臉上掛著淚珠，肩膀一抽一抽的，低頭拿筆在紙上亂畫。

魏清莛已經將視線投向外面，這場雪比預料的要大，看來雪災更嚴重，想了想，覺得明天最好還買一些肉存上，很長的一段時間她可能都不會出去了。

閔婆子站在門前擔憂地往秋冷院張望，趙婆子趕緊從裡面出來拉她。「妳想凍死啊，趕緊進去烤火啊。」

「我剛剛好像聽到四少爺的哭聲了。」

「哎呦，這麼冷的天，連件冬衣都沒有，能不哭嗎？」趙婆子眼裡閃過憐憫，拉著閔婆子道：「行了，這是上頭的事，我們可沒那個本事去管，誰讓大夫人走得早呢……」

閔婆子低頭沈思。

趙婆子心一跳，低聲警告她。「妳可別胡來，想想妳家的小子，妳要是得罪了上頭，遭罪的可是他，他今年有十六了吧？再不謀個差事……」

閔婆子喟嘆，回屋將廚房送來的魏清莛姊弟的飯菜熱了，又從自己的口糧裡勻了一些出來放進他們的食盒裡。

「來，腰要挺直，手微微抬起，握筆不需太過用力，只要……」書店老闆糾正好魏青桐的握筆姿勢。「對，就這樣，來，寫個字看看。」

魏青桐抬頭去看姊姊。

魏清莛趕忙道：「畫橫線，一橫，兩橫……」邊說，邊用手給他比劃。

魏青桐照著姊姊說的在紙上畫出來。

書店老闆卻滿臉黑線，看著魏青桐眼睛裡的清澈，想了想，還是委婉地勸道：「科舉一途很是費錢，有人終其一生都停留在童生這個位置上，令弟單純，你家又艱難，不如另選一途。」

魏清莛眨眨眼，老闆好像誤會了。「難道只有科舉的人才能讀書嗎？讀書的人一定要參加科舉嗎？先生，我讓弟弟讀書，一是為了他明理，二是為了他長些本事，三則是因為他有興趣。」

書店老闆垂頭不語，若有所思，來他書店買書的都是為了讀書，讀書的都是為了科舉。讀書明理，是誰都知道的事，可真正只為了明理，不為名利讀書的，他卻沒有見過，那些人大概只有不靠子弟科舉出仕的世家裡才有吧？他讀書讀書，竟忘了先人讀書的初衷。

魏清莛不知他發什麼呆，不過看桐哥兒握筆已經似模似樣了，也就不再杵著，自己跑到書架裡找有關飼養動物的書。

空間裡的兔子就要生兔寶寶了，餵雞她會餵，兔子以前她也養過，不過都是一隻、兩隻的養著玩，可是空間裡的兔子有八隻，五隻是母的，這樣繁衍下去，就是一群了，各方面都要注意，畢竟現在他們做飯在裡面做，萬一出個禽流感怎麼辦？古代可沒有疫苗打。

魏清莛選了兩本書，再加上魏青桐的筆墨紙硯，老闆數了數。「一共二兩六百七十八文，你就給二兩六百七十五文吧。」

「您乾脆把零頭給我去了得了，以後我弟弟少不得還從您這裡買呢。」

「這已經是最便宜的價錢了，你不到我這裡來買，難道還去東市？近倒是近了，只是再沒有我這個價了。」

老闆說的是實話，東市的確比這邊貴多。

「只是五文錢而已，先生還在意那個嗎？這五文錢就當是先生請桐哥兒吃糖人了。」

魏青桐耳裡只聽到「糖人」兩個字，流著口水抬頭看兩人，嘴裡念道：「吃糖人，吃馬馬。」

老闆搖頭苦笑。「罷、罷、罷，免了就免了吧。」

「多謝先生了。」魏清莛笑得兩眼彎彎。

「你呀，也將這砍價的脾氣改改，不然你長大後誰敢嫁給你？斤斤計較似個女兒家似的。」

她本來就是女的啊。

小夥計則有些羨慕地看魏青桐拿著糖人的背影。「我怎麼就沒有這樣一個好哥哥，傻子也給念書，我看傻的是莛哥兒吧……」

老闆一巴掌拍在他的腦門上。「在嘀咕什麼呢？還不快去把新到的書都擺好來。」

小夥計噘著嘴不情願地跑到後堂去，老闆則看著姊弟倆的身影低聲道：「那可不是傻，不過是心疼……」

第一場雪雖然下得大，但沒過兩天就放晴了，只是魏清莛並不能感覺到暖意，那風又冷又躁，颳在臉上好像刀子似的，現在她已經不敢帶著魏青桐出去了，好在她準備的木柴夠多，加上有溫暖如春的空間，每天給房間通風的時候，姊弟倆就躲到空間裡勞作。

空間的五隻兔媽媽已經生了，除了被壓死的小兔子外，現在空間裡一共有二十八隻兔子。

魏清莛在角落裡圍上籬笆就算是牠們的家了，旁邊則是野雞待的地方，每天她能從中收獲三、四個雞蛋，她打算留著自己吃。

空間裡的菜長得很好，量也夠多，為了給新建的木屋騰地方，魏清莛拔去了不少，不過供應姊弟倆和空間裡的動物還是綽綽有餘的，她先前移進來的野草則無處不在地自己找生存空間了，害得她每隔幾天還得給菜除一次草。

魏清莛站在桌子上，拿著錘子一下一下地搥著木樁，她人小力氣小，但信奉的是鐵杵磨成針，每天進空間裡來搥那麼半個時辰，既能建房子，又能鍛鍊身體，還可以練臂力，一舉三得。

魏青桐滿臉通紅的往這邊拖著一根樹枝，白白在他腳邊打轉，牠是唯一自由的兔子，累了就坐在樹枝上休息，在出空間前，魏清莛打了水給他擦臉擦手擦腳，他興奮地道：「姊姊，又近了，五步。」

「嗯，桐哥兒真厲害，再過幾天姊姊就能用到樹枝了。」

到了魏青桐睡覺的時間，桐哥兒打了一個哈欠，眼神有些矇矓。

魏清莛抱他上床，給他蓋了薄薄的一層被子。「你先睡一會兒，姊姊出去燒炕。」

看著魏青桐翻了個身睡去，魏清莛這才從空間裡出來，寒風從門窗灌進來，魏清莛打了一個寒顫，即使出來前加了一件棉衣棉褲，她還是覺得冷的慌。

她趕緊關好門窗，拿過在空間裡燒成的炭放進炕肚裡……屋子燒暖和還得一段時間，魏清莛將門關好，在院子裡巡視一圈。

僕婦送來的飯菜還在關口擺著，魏清莛將它們倒了，剛要轉身回去，就聽到外面傳來輕輕地腳步聲，魏清莛停下腳步，支耳聽著，腳步聲在關口停下，魏清莛全神貫注的去聽，可以聽到對方的呼吸聲。

良久，外面的人才小聲地喚道：「三姑娘，三姑娘？」

見沒有人應答，閔婆子左右看了看，這才放心地微微提高了些聲音。「三姑娘，奴婢一直注意著這邊呢，剛才看您拿走了飯菜，您一定還在，您要是在就應一聲，奴婢家的小子當年是大夫人救的。」

這是要報恩嗎？魏清莛低低地應了一聲。「嬤嬤貴姓？」

「不敢當，在主子面前，奴婢哪當得起貴字？三姑娘叫奴婢閔婆子吧。」

「閔嬤嬤。」

閔婆子左右看了看，估摸著去拿炭火的趙婆子快要回來了，便長話短說。「三姑娘，前兩天太原耿家來給您送年節禮，其中有一個是秦大奶奶身邊的丫頭，聽說想要見您……」

「多謝嬤嬤提醒，我和弟弟記著您的恩情。」不管有用沒用，對方都是好意。

「大夫人是個好人，老天爺一定會保佑三姑娘和四少爺的，姑娘和少爺也要注意身體才是……快要有人來了，奴婢能做的也只有這麼多了。」

閔婆子遠遠地看到趙婆子回來，連忙招呼一聲，朝她們的房子走去。

魏清莛在牆角站了一會，模糊的聽到外面有人說話就轉身回去了。

她很想和秦氏的人搭上話，起碼那樣她能有足夠的經濟基礎，魏青桐漸漸大了，各種事情都需要錢，可她不敢貿然托人去聯絡她，要是被魏家知道了……

她只能等，等秦氏來找她，秦氏和王氏的關係應該很好，幾次來給魏清莛姊弟送節禮也沒有引起魏家的懷疑。

魏清莛想著明天是不是應該去找找秦氏的人。

只是她注定和他們錯過，當她從魏家拐到耿家在京城的宅子時，秦氏的人已經隨著耿家的隊伍出了城。

魏清莛給角門的小廝塞了五個銅板，這才離開。

京城的兩道上不知不覺多了些乞丐，三三兩兩地擠在一起，任由雪落在頭上、肩上，有的人甚至已經被雪掩蓋，只能從外面看得出裡面是個人。

魏清莛右手摸了摸左手腕上的手鐲，桐哥兒可在裡面，心中一慌，快步跟上前面的幾個大人，不遠不近地跟著他們，直到接近南城門，魏清莛腳下一轉，轉進十里街，快步走到第四個鋪子敲開門。

書店老闆看到魏清莛微微一愣，魏清莛不好意思地一笑，壓低了聲音道：「先生，有人跟著我。」

老闆一驚，越過魏清莛的肩膀往外一掃，就看見有三個乞丐模樣的人正倚在牆角往這邊看，連忙將她拉進來。「大冬天的，你家裡人怎麼讓你一個人往外跑？」

過年的時候書店生意冷清，加上城門口聚了不少的災民，大家都怕出事，老早就關門歇業準備過年了。

魏清莛幫忙將門闔上，這才鬆了一口氣。「我叔跟著人出去建房子了，家裡的藥用完了，爺爺就讓我出來買些，一出門我就覺得不對勁，剛進了東市就覺得有人盯上我了，這才趕緊往這邊走，先生，外面怎麼突然多了這麼多的乞丐？這都快要過年了。」

書店老闆給她倒了一杯熱茶暖手，聞言嘆道：「前頭下了五、六場雪，一場比一場大，不知壓壞了多少民房，朝廷說要賑災，卻遲遲沒有動靜，上個月就開始有災民進城，這幾天就更多了……人為了活命什麼都做的出來，你這幾天不要往外跑知道嗎？」

魏清莛擔心的卻是另一個問題。「朝廷不賑災？可就要過年了！到時為了朝廷體面，這些災民……」

老闆臉色微白，聲音幾不可聞。「聽說朝廷正在清理大眠山腳……」

這是要把災民趕到城外大眠山腳了。

魏清莛想起剛才在路上看見的孩子，和桐哥兒一樣大小，小小的一團，努力窩進母親的懷抱裡……這樣的天氣，大人也熬不過的，更何況是孩子。

魏清莛嘴巴微合，喃喃道：「聖上也不管嗎？」

老闆嘆了一口氣，他雖然是書生，但能知道的也有限，也不知道聖上為什麼這樣做，照著以前他的作為來看，他還是很愛護百姓的。

正午的時候街上是最熱鬧的，書店老闆等外面人多後才送走魏清莛，這樣也比較安全些。

魏清莛從書店的後門離開，拐過兩條街就到了魏家，這邊是官宅，乞丐很少，也比剛才安全多，魏清莛站在洞口，仔細地聆聽周邊的動靜，確定無人後她才鑽進去。

想到現在越來越危險，魏清莛將洞口全塞上石頭，堵好，這才安心了些，只是每晚入睡之前她都會將門窗鎖緊。

第九章 生病

魏清莛翻身的時候習慣性的去摸桐哥兒，看他是不是踢被子了，入手卻滾燙，魏清莛還有些迷糊，摩挲著去摸他的額頭……

魏青桐難受地「嗯」了一聲，困難地睜開眼，兩眼淚汪汪地看著姊姊，祈求地叫道：「姊姊……」

魏清莛給他換一條棉巾，邊拍著他哄道：「我們桐哥兒最乖了，等一下就不難受了……」邊把擰乾的毛巾伸進被子裡給他擦拭身體降溫。

只是效果並不明顯，棉巾剛放上額頭沒多久就要換掉，魏青桐的臉也越來越紅，魏清莛焦急不已，想了想，將雪包在棉巾中壓在他額頭上給他降溫……

「桐哥兒，快醒醒，我們起來吃藥好不好？」魏清莛慶幸當初為了預防藥價上漲，她準備不少各種類型的藥，而且都是依照魏青桐的年紀開的。

魏青桐雖然已經有些不清醒了，但還是記得這藥汁不好喝，緊抿著嘴，將頭撇到一邊。

「桐哥兒乖乖地喝藥，姊姊就給你買糖人，好不好？一次買兩個，好吧，買三個。」

有糖人的誘惑，魏青桐這才喝了大半碗，但還是伸著舌頭叫苦，魏清莛給他塞了買來做零食的糖，這才安心睡下。

用厚厚的被子捂著，魏青桐直到凌晨才發了一些汗，溫度有所下降，魏清莛鬆了一口氣。
聽到外面的聲音，知道魏家的人起床了，她用瓦罐放在爐子上煲粥，外面的米是備用的，並沒有多少，大多數都是放在空間裡，中午是必須進到空間裡才能做飯的。
怎麼也要給桐哥兒請一個大夫才好，想到外面不太平，魏清莛第二次敲響了秋冷院的大門。
閔婆子和趙婆子也是剛起，聽到秋冷院大門咚咚的響著，兩人都嚇了一跳，驚疑地對視一眼，閔婆子趕忙跑過去，遲疑地喊了一聲。「三姑娘？」
院裡就傳來一個急切的聲音。「……桐哥兒病了，妳們快去回稟老夫人，讓請一個大夫來，」頓了頓，又道：「他渾身都燒得厲害。」
小吳氏正在梳妝，吳嬤嬤輕輕走進來，上前接過丫頭手上的梳子。「太太的頭髮還是這麼好。」
小吳氏微微一笑，她的頭髮烏黑亮澤，魏志揚很喜歡。
吳嬤嬤從匣子裡取出一支赤金鑲蜜蠟水滴簪。「太太戴這個怎樣？」
小吳氏點頭，問道：「嬤嬤怎麼來這麼早？」
吳嬤嬤給她攏好頭髮，不在意的道：「剛秋冷院的守門婆子過來說裡面的四少爺病了，要請大夫，奴婢就過來請太太示下。」
小吳氏的手一頓，道：「老夫人是發了令的，秋冷院的事都要回她，我一個做媳婦的哪敢拿主意？等一下妳去找賴嬤嬤說一下吧。」

吳嬤嬤應了一聲，退了下去。

小吳氏揮退丫鬟，呆呆地看著鏡子裡的自己。

吳嬤嬤見閔婆子還守在院門外，心下有些不悅，面上卻不露分毫。「……我們太太也沒有辦法，老夫人早先就說了秋冷院的事得她老人家拿主意，要不，妳到正屋那兒去找找賴嬤嬤？」

以閔婆子的身分根本就不能靠近正屋，看著吳嬤嬤溫和的臉，眼裡卻滿是淡漠，請求幫忙的話就堵在喉嚨裡怎麼也出不來。

閔婆子滿嘴苦澀，強笑道：「是，多謝老姊姊了。」

雖然知道不可能，閔婆子還是跑了一趟正屋……

魏青桐雖然發了汗，但臉色還是不正常的潮紅，魏清莛將他挖起來給他餵了幾口粥，看外面天色已將近巳正，她是卯正的時候通知閔婆子的，想到魏家的為人，魏清莛的眼裡閃過陰霾。

魏清莛剛把銀票貼身放好，外面就傳來敲門聲，因為有了準備，她並沒有抱多大的希望，果然，閔婆子有些歉然的聲音傳過來——

「……奴婢見不到老夫人，魏總管說知道了……」

卻沒有提小吳氏。

「多謝閔嬷嬷了，我們姊弟在此還多虧了您照顧，清莛在這兒謝謝您。」雖然對方看不到，但魏清莛還是照著這個時代的禮節一福。

「不敢，不敢，」閔婆子有些慌亂，脫口而出。「三姑娘，奴婢到角門那裡守著，要是見到了大老爺就請他過來……」一說完閔婆子就後悔了，這樣所有的人都會以為她是先前大夫人的人，不說大太太，就是老夫人也容不得她的。

魏清莛拒絕了，倒不是她擔心連累閔婆子，而是她已經決定帶魏青桐出去看大夫了，要是沒這條路的話，她一定會接受對方的好意的。

閔婆子卻覺得三姑娘體恤她，畢竟這是目前唯一的一個方法了，心裡愧疚，卻不敢再提剛才的話題，只是將事托給了趙婆子，打算出去給四少爺抓一些退燒藥。

魏清莛將魏青桐包嚴實，揹著他快步往東市走去。

那邊的醫館最多，大夫素質普遍較高。

魏青桐咂巴咂巴乾燥的嘴唇，覺得口又乾，頭又暈，趴在姊姊的背上像小貓似的無意識的哭出來，魏清莛聽了只覺得心臟被人抓了一把，眼眶酸澀，腳下飛快地走著。

眼角看到一家醫館，趕忙揹著魏青桐衝進去……

大夫一手搭在魏青桐的脈上，一手摸了摸鬍子，問魏清莛：「怎麼只你一個孩子來，你家大人呢？」

魏清莛覺得他的眼神讓人很不舒服，還是耐著性子道：「我家大人都有事……大夫，我弟弟如何了？他從下半夜一直燒到現在。」

大夫卻答非所問。「你家大人竟也放心？現在世道亂著呢，身上放那麼多錢也不怕……」

魏清莛氣急，強忍著性子胡亂點頭，還是問道：「大夫，家弟如何了？要不要緊？」

大夫見狀，嘴角幾不可見的上揚，又摸了幾下，嘆道：「你弟弟這是出水痘呢，你先前是不是用雪給他降溫了？」

魏清莛呆呆地點頭。

「糊塗啊，你這一降溫就將痘給逼回去了，得讓他發出來，發出來就好了，你這樣一來卻是弄巧成拙了……」大夫可惜地搖搖頭。

「那怎麼辦？」魏清莛急得跳腳。「他現在燒得這麼厲害，再燒下去……」還不把人給燒傻了！

「那也沒辦法，本來昨晚上他就應該發出來的，誰叫你動作這麼快的。」又道：「不過也不是沒有辦法，得下重藥，用藥將水痘逼出來。」

魏清莛連連點頭。

「只是你弟弟身子弱，怕是承受不起那麼重的劑量，得用人參補一些。」

魏清莛連連點頭。「大夫快開方子吧，要是可以，我們能不能在這裡熬藥？」

「自然可以。」大夫寫了一張單子，說道：「這人參最好用十兩銀子的，太好的你們也用不起，太次的，怕是沒多少效果。」

幸虧她帶了一半的錢出來，魏清莛習慣性地接過藥單子看起來。

大夫一愣，魏清莛卻眉眼一跳，放下單子，雙眼冒火的看著大夫，指著上面的藥道：「您開了多少黃芩給他？」

大夫有些心虛地解釋道：「你弟弟需要下重藥……」

魏清莛氣得跳起來將藥方摔在大夫的臉上，不受控制的尖叫道：「重藥？那也沒有給一個三、四歲的孩子開五錢黃芩的！五錢，這是五錢，就是身強力壯的大人也才用三錢！」

大夫沒想到這小子還懂得醫理，一時沒反應過來。

魏清莛卻無比慶幸上次她去買備用藥的時候聽說黃芩比較貴，就讓老大夫多給她開一些，老大夫很生氣地訓斥了她一頓——「大人也只用三錢，你弟弟一個小娃娃身子又弱，用個一錢就夠了，多了倒是害他了。」

她那時就記住了。

魏清莛雙眼冒火，但看著魏青桐又開始變紅的臉頰，知道此時不是追究的時候，丟下五文看診錢，揹起魏青桐就走。

大夫臉色脹得通紅，但近日來生病的人不少，小小的醫館裡圍了不少人，大夫只能眼睜睜的看著魏清莛離開。

站在大街上，魏清莛滿臉寒霜的看了一眼醫館的名字，大踏步向同仁堂走去。

同仁堂就是上次她抓藥的藥店，在京城也是數得上號的，不過它在東市深處，從這兒往那兒，最快也得兩刻鐘……

同仁堂裡圍了不少人，魏清莛能感覺到貼著她的桐哥兒還在發熱，甚至比她剛出來那會還要熱，她咬咬牙插到前面去。「大叔，大嬸，麻煩你們讓讓……」

「哎呀，這個小孩怎麼插隊呀……」

「我都等了一早上了……」

「家裡老人還等著吃藥呢……」

抓藥的夥計聽到叫聲，連忙過來喝道：「你幹什麼呢，沒看見大家都排隊嗎？趕緊到後面去，這大冬日的，生病的人多，要都像你這樣……」

魏清莛忍不住哭出聲來。「小哥，你給我看看我弟弟吧，他一直燒著，現在已經不清醒了……」

小夥計皺眉，伸手去摸魏青桐，一下跳起來，咋呼道：「這麼燙！你怎麼這時候才送來？趕緊進來。」扭頭衝裡面叫道：「于大夫，于大夫，您快出來看看吧，這孩子快要燒糊塗了。」

「亂嚷什麼？」老大夫從裡間出來，緊皺著眉頭看小夥計，小夥計膽怯，但還是托著魏青桐道：「這人燒得厲害……」

「是你？」老大夫看向魏清莛，微微有些詫異，他還記得這孩子。他探了探魏青桐的額頭。「趕緊送到裡面去，從什麼時候開始發熱的？都用過什麼藥？」

「昨晚上後半晌發現的，我給他敷了冷水和雪，又餵了上次您給我配的退燒藥，今早上退了一些，可剛才在東市進來的金氏醫館裡看過，那大夫說桐哥兒是發水痘，我不知道該怎麼辦。」

旁邊圍著的人一聽說是水痘，連忙後退了三步。

「胡說！」老大夫眼裡閃過惱色。「這明明是著涼引起的熱症，怎麼說是發水痘？更何況，你弟弟已經發過水痘了……真是庸醫，真是庸醫！」

魏清莛一怔，繼而大怒，但眼下最要緊的是魏青桐。「那怎麼辦？」

「先把人弄到裡間去，要是再燒下去……」老大夫淨了淨手，對魏清莛道：「等藥好了，你給他餵下就行了，最要緊的是今晚上，要是熬過了今夜，明天就沒事了。」

魏清莛點頭，用心地照看火爐，一邊還給魏青桐換毛巾。

老大夫出去看診。

「哎，」小夥計端了一碗熬得爛爛的粥進來。「等你弟弟醒了，就餵他吧，吃飽了才有力氣康復。」

「你懂得的還真多。」

「那是自然，」小夥計有些驕傲。「這是于大夫和我說的。」小夥計看了魏清莛一眼，猶豫了一下道：「于大夫還說，你弟弟的身子實在是太弱了，就是這次熬過去，也得好好補一補了，不然的話……」

要不是瞭解魏青桐的身體，魏清莛真以為這小子和剛才的大夫一樣是想哄她買好藥賺她的錢呢。

「我知道，已經叫了老大夫幫忙開一些補氣益血的方子了。」想起早上她差點就害了桐哥兒，心中的火就怎麼也壓不住，要不是現在桐哥兒身邊離不開人，她早就把那醫館給砸了。

小夥計看著她眼露殺氣，嚇了一跳，連忙離她三丈遠。「你可別亂來啊，那人既然能在東市開醫館，又一直沒人去找麻煩，多多少少還是有一些關係的，你要真做了什麼，只怕以後在東市就難混了。」

說的也是，只是這筆帳她會一直記著，等桐哥兒的身體好些，她非喬裝改扮去砸了他的醫館不可。

魏清莛走的時候帶走了十兩銀子的補藥。

閔婆子從關口裡塞進兩包藥，低聲囑咐道：「……用兩碗水熬了給四少爺服下，要是還不退燒，奴婢再想想辦法。」最後一句話，她說的也很沒有底氣，她實在是想不出什麼辦法了。

魏家門禁管的雖然不是特別嚴，但她從外面帶進來這兩包藥都很費功夫了，更別說想帶個大夫進來了。

魏清莛卻很感激，不管怎麼說也是對方的一個心意。

趙婆子卻拉著閔婆子道：「妳也太小看三姑娘，她可是大夫人手把手教大的，我早上，還有剛才都聞到了藥味……那裡頭別說藥了，就是柴火也沒有多少，三姑娘是怎麼熬藥的？」

閔婆子不在意道：「妳也說了大夫人厲害，她總會留一些東西給三姑娘的……我也只是想報答一下大夫人的恩情。」

趙婆子八卦的心頓時熄了一半，但有時她還是會忍不住想，三姑娘到底是哪來的藥呢？好在她在大宅門裡幾十年，雖然嘴碎，但也知道什麼能說什麼不能說，所以一直沒跟人提起，也就偶爾拿出來和閔婆子討論討論，只是閔婆子又是個嘴緊的，大多時候都是她在自問自答。

魏青桐噘著嘴扭過頭去。「不吃……」

魏清莛哄他。「再吃一勺好不好？等一下吃藥的時候姊姊給你兩顆糖吃。」

魏青桐皺著小鼻子，委屈道：「不想吃……」

魏清莛嘆氣，為什麼孩子生病都不愛吃東西呢？

「就吃一點點，要不然晚上要餓肚子了。」

魏青桐張開小嘴，就含了幾粒米就怎麼也不肯張開嘴了。

魏清莛也不再勉強他，把他的玩具放在炕上，拉過被子就睡覺，她晚上要守著他，肯定是不能睡覺了，只能現在先瞇一下下。

魏青桐睡了一天，現在燒暫時退下去了，也恢復了精神，見姊姊睡覺，就一個人乖乖地在炕上擺弄著玩具。

今夜除了魏清莛沒睡，小吳氏和閔婆子也沒睡，兩人想的都是魏青桐的病，小兒發燒最易取人性命，更何況魏青桐那樣一副身子，他能不能熬過去也就這幾天的事……

遠處的皇宮大院裡，皇帝也同樣失眠，他在龍床上翻來覆去，最後還是披衣起身，內侍聽到動靜，要進來服侍，皇帝擺手道：「行了，下去吧，朕自己可以。」

這已經是後半夜了，天上又開始下起雪來，雖然只是一點一點的，但是滴落在人的皮膚上一定很冷……

皇帝的臉色有些難看，眼裡閃過憤懣，卻是擔憂居多。

臣子可以拿百姓的性命和他博弈，他卻不能，那些，都是他的子民！

今天他要是真任災情擴大，後世會如何評論他？

皇帝握了握拳頭……

朝廷下了政令，由朝廷主持在南北城門外建災民收容所，每日午時朝廷按人頭發放濟粥，太后娘娘更是主動拿出體己吩咐人在城門外開了五個粥棚，京城富戶聞風而動，不少人都派出家奴在兩個城門外開設粥棚……有的人家還給災民送去棉被、棉衣，可就是這樣，每日從城外送到火化場的人依然不少……

第十章　遇上

快要過年，大街上都張燈結綵的，因雪災而有些冷清的東市也熱鬧了不少，因為將災民都驅逐出京城，滿大街竟然看不見一個乞丐，沒有了那些餓得發綠的眼神緊盯著她，魏清莛有片刻的怔忡，心裡有些疼痛，卻又有些安心。

她快步往同仁堂走去，因為朝廷對一些藥進行了限量管制，她必須每天都到同仁堂去排隊。

小夥計看到她，咧開嘴笑了一下，想起了什麼，又板著臉一本正經地道：「你今天來得太晚了，你看，人都排到外頭去了，今天估計你得排到晚上去了。」

魏清莛微微皺眉，她每天花在排隊上的時間越來越長了，都怪魏青桐，今天早上也不知為什麼，死活就是不肯進空間，非要抱著白白在炕上滾。

她又實在不放心他一個人在家，萬一他又頑皮跑出去玩怎麼辦？上次他發燒就是因為趁她不注意的時候跑出去玩雪著涼引起的。

現在雖然已經沒什麼大問題了，可魏青桐的身體卻變得更差了，每天的藥都不能斷，她因為覺得是藥三分毒，還花錢給他買了幾兩燕窩燉著吃，可效果都不大。

「小哥哥，你能不能和老大夫說說，讓我一次買兩天的藥，你也知道，我每天還有很多事要做，可現在買藥的人越來越多……」

小夥計左右看看，將魏清莛拉到一邊，低聲道：「沒用的，現在城裡病的人越來越多，大半都是風寒發燒之類的，聽說城外更嚴重……我們店裡的儲備也沒有多少了，我私下裡聽掌櫃的說，要從北直隸那邊調貨呢。」小夥計滿臉的憂愁。「只是那邊的藥也不多，不知能勻多少過來……」

魏清莛嚇了一跳，低聲問道：「城裡生病的人很多嗎？」

小夥計點頭，用下巴示意人群道：「你看，各個藥鋪都圍滿了人，你也快去排隊吧，要不然今天恐怕就買不到了。」說著，丟下還在發呆的魏清莛，跑進藥鋪裡忙活起來。

魏清莛卻覺得心微涼，她怎麼聽著這麼像流感呢？

說真的，她以前還真不怕流感，電視裡播出的時候也就看看，感嘆感嘆，每年的流感時期又到了。

可，現在是古代啊，連買個藥都要排上大半天，估計未來一段時間內還會斷藥……呸，說斷藥，誰信哪，特權階級是一定買得到的，魏家可能屬於特權階級，可他們姊弟卻不在受庇護之列。

看著街邊跑來幾個人加入排隊大軍，魏清莛沒動。

她得想想辦法，魏青桐是不能斷藥的，風寒比感冒還嚴重，完了還會咳嗽，咳嗽有可能會變成肺癆……魏青桐才四歲，她不能冒這個風險。

摸了摸左手上的手鐲，魏清莛暗暗咬牙。

同仁堂裡有三個大夫，除了老大夫姓于，另一個也和東家同族，大家都叫他小于大夫，他什麼都不愛，只愛錢！

魏清莛來買藥的時候見過他幾面，加上小夥計的抱怨，她也知道了對方的一些事情，據說老大夫為這事沒少教訓他，只是對方是屢教不改。

魏清莛兩輩子加起來都沒做過行賄的事，懷裡踹著剛跑回魏家取的銀票，在同仁堂的後門裡徘徊不定。

正想著等一下見到了人該怎麼說，後面就被人敲了一下，魏清莛嚇了一大跳，臉色微白的回頭看。

小于大夫正滿臉笑意的看著她。「小子，你在我們藥鋪的後門幹什麼？難道是想幹什麼不軌之事。」

「沒有，沒有，」魏清莛連忙搖手，腆著笑臉道：「小于大夫，我是想去找您來著，可又不知您在不在，所以才在這兒等著。」

「找我？」小于大夫上下打量了一下魏清莛，有點眼熟，可能是病患，就背著手揚高了聲音問：「找我幹什麼呀？」

魏清莛左右看了看，做賊似的小聲問道：「小于大夫，您能不能私下賣我些藥？」

小于大夫斜睇了他一眼。「你？小小年紀就學會投機倒把了，趕緊回家去，好好跟你家大人學學啥叫仁、義、禮、智、信。」說著將她的腦袋推到一邊，晃晃悠悠地要進門。

他還知道啥叫仁義禮智信？

魏清莛一把拉住他。「小于大夫，我買藥不是為了轉手賣出去，而是為了我弟弟，您不記得我了，上次我還不小心將茶水潑到您身上了呢。」

小于大夫皺眉想了一下，狐疑地看著魏清莛。「是你啊，你弟弟的病還沒有好？」

魏清莛苦著臉點頭。「小于大夫，現在買藥的人越來越多，我每天只能買兩劑藥，連個午飯都吃不成，家裡還有那麼多的活等著我呢。所以，您看……」

小于大夫摸摸下巴，沈吟道：「這也不是不可以，你要多少劑？」

「我想要是一次能買半個月的，我也好在家裡過年……」

小于大夫眉毛微挑，一巴掌拍在魏清莛的腦袋上。「敢騙你于大爺！」

「沒有，沒有！」魏清莛是真的不知道談的好好的，對方幹麼突然翻臉。

「還說沒有？」小于大夫不解氣的又拍了她幾下腦袋，問道：「你家很有錢嗎？」

魏清莛搖頭。

「沒錢你一下子買半個月的藥，你是哄你于大爺呢，還是哄你自個呢？」

魏清莛眼裡閃過疑惑，解釋道：「老大夫說了，弟弟這病要調理著，這藥有一大半是要調理身體的，只是他的病有些反覆，所以想買些預防著，並不是現在吃。」

「拿藥單子我來看看。」

魏清莛趕緊掏出來給他。

字，的確是老傢伙的字，小于大夫信了一半，只是上下打量了一下魏清莛，道：「這是調理身體的，現在雖還有存貨，但這價錢可也提了不少，至於你說的預備的藥，現在都搶瘋了，你家拿得出這麼多錢嗎？」

魏清莛臉上閃過苦澀，這次是真心的。「家裡也就只有這一根獨苗，就是傾家蕩產，我也得把錢湊齊。」對王氏來說，魏青桐真的是獨苗了，她是冒牌的啊！

小于大夫眼神怪異的看著魏清莛，魏清莛這才反應過來自己說了什麼，不安地挪挪腳。

小于大夫嘆了一口氣。「搞了老半天，你是你們家收養的啊，我就說嘛，你們家死命的使喚一個正常的，卻讓一個傻子去念書……」

魏清莛心中不悅，攏起眉頭。

小于大夫見了擺手道：「好了，好了，我不說就是了，十五天的藥，另一份要多少？」

魏清莛比劃了一下。

小于大夫皺眉道：「十劑？也還行，你拿十五兩來，我就給你。」

魏清莛張大了嘴巴，她知道和他買一定會貴，可沒想到他黑成這樣。「這，到前頭去買……」

「打住，既到了我這兒，就不要說什麼前頭的話，我這還是看你艱難的分上才收了這些，換了別人，我不扒出一層皮來我就改姓。你仔細想想，我是不是騙你。」

魏清莛摸了摸懷中的銀票，咬牙道：「我買，您這兒還有燕窩嗎？我花五兩銀子和您買，您可得算我多一些……我弟弟不樂意吃藥，連東西都不愛吃了，就指著燕窩……」

「知道了，知道了，」小于大夫四周看了看，道：「你在這兒等著。」打開後門轉身進去。

魏清莛在夾道裡跺著腳等候，心裡算計著還能剩下多少銀錢，心裡有些發慌，秋末的時候她就不應該覺得有錢了就懈怠，害得現在都沒錢了，這些錢也不知道能不能熬到春天到來。

將近一個時辰過後，

小于大夫再出現的時候手裡就拿了個不起眼的袋子，是所有鄉下人進城都會揹的袋子。

小于大夫遞給她。「趕緊數數。」

魏清莛熬了好幾天的藥，對這些藥味也有了一些瞭解，聞了聞，又拿出燕窩來看。

小于大夫四周看著催促她。「行了，難道我還能矇你不成？我人就在這裡，要是有差隨時來找我，那老東西這幾天盯我盯得緊……」

燕窩的確不錯，五兩銀子能買到這些還是對方放水了呢，魏清莛對他的惡感消了一些，將袋子捆好揹在背上，笑嘻嘻地道：「老大夫也是為了你好，要是你們本家知道你私自拿藥鋪裡的藥出來賣，一定饒不了你，不過你可以偷偷的賣給我，我嘴很緊的。」

「一邊去，小毛孩子跟我耍心眼，」小于大夫拍著她的頭道。「這本來就是屬於我的，更何況，我不過是與人方便，本錢我又不是不給他。」

魏清莛急著回家，也不願再和他瞎扯，將二十兩的銀票給他。

天已經陰沈下來，冬日日頭短，魏清莛加快腳步，魏青桐已經獨自在空間裡待了大半天，要不是她壓制著，他早跑出來了。

還得去菜市場買兩根骨頭燉湯。

雖然有天災的陰影籠罩著京城，但熱鬧的地方還是熱鬧如昔，魏清莛提著兩根豬骨頭快步穿過鬧市，米價雖然上漲了，但肉類的價錢卻沒變多少，還奇跡般地下降了一些。
再轉過一條巷子就到魏家了，魏清莛有些心急，就抄了近路，她雖然不知道魏青桐在空間裡出了什麼事，可卻能感覺到他不想待在裡面，也就顧不得抄了近路。
反正現在災民都被趕出去了，安全了不少。
才想完，旁邊的草堆就塌下，露出一個人來。
魏清莛嚇了一大跳，奪路就逃開，可偏偏昨晚上才下了一場小雪，路上結了冰，腳下一滑，就摔倒了……
魏清莛迅速地爬起來，往後頭一看，卻發現躺在草堆中間的人一動不動，從她的角度，只能看到對方已經花白的頭髮。
魏清莛有些猶豫，覺得她要是真的掉頭就走，雖然沒損失什麼，但未來時不時地想起，心裡一定會過不去。
順手抓起身邊的一根棍子，眼睛緊盯著他，一步一步的移過去，
老人仰躺在草堆中間，雙眼緊閉，臉色發青，滿臉的皺紋褶子，看上去年紀不輕，魏清莛嘆了一口氣，看來是逃過官府的追趕遺留下來的，想了想，掏出剛才買的肉乾，上前死命地掐對方人中穴。
許是魏清莛掐對了，許是對方疼醒的，反正是醒了。
老人看到魏清莛也是一愣，呆呆地看著對方回不過神來。
魏清莛摸得出手下的衣服沒有多少料，看得出對方雖然是穿著棉襖，但裡頭已經沒有多

少棉花了。

她將肉乾塞到對方手裡，低聲道：「您快吃吧，這天，還是要小心些，要是……」要是被官兵發現，老人一定會被打一頓的。

老人看見肉乾，平靜地接過，快速卻不顯得狼狽地吃完。

魏清莛就有些疑惑。「老伯伯，您怎麼不出城呢？我聽說城門口有粥棚，起碼出去吃是不成問題的，更何況現在朝廷還給災民搭建了棚子。」

老人看著眼前的孩子，扯著嘴角想笑一笑，只是可能很久沒有笑過，有些僵硬，他可能也發現了，還是垮下來繼續板著臉，慢條斯理的道：「那些都是騙人的。」

魏清莛疑惑。

老人眼裡閃過譏笑，緩聲道：「粥棚裡的粥除了部分人家，大多數都是黴米熬的，但我們這些人也沒那麼精貴，只要有一口吃的也就行了，不過裡頭有不少的青壯，像我這種老骨頭，出去了就只有死路一條，我領的粥會被搶，我身上穿的衣服也會被剝走……在城裡，我還能多活幾天。」

魏清莛一震，脫口而出。「難道朝廷就不管嗎？」

老人搖搖頭，道：「他們也難，一個不好，就容易引起民變。」

老人看著眼前局促的孩子，眼裡難得的閃過笑意。「快走吧，天都快要黑了，現在世道亂著呢。」

魏清莛點點頭，幫老人將草墊好，又掩蓋起來，這樣從外面看不出來裡面有一個人了，魏清莛才疾步回家。

才一進屋，魏青桐就從空間裡出來，手裡抱著肥肥胖胖的白白，一臉控訴地看著她。

「餓！」

魏清莛睜大了眼。「姊姊不是把吃的給你放在黑黑裡……」魏清莛看見炕上的飯菜，這才懊悔的拍了一下頭，她正是忙暈了，竟然忘了拿進去。

一轉眼看見魏青桐只穿著夾層，連忙用被子把人包起來。「你怎麼也不多穿一件衣服？在床上待著，姊姊把炕燒起來，馬上就給你熱菜。」

魏青桐圍著被子，嘟著一張臉，看著姊姊忙進忙出，等將飯菜熱好，炕也熱起來了，魏青桐感覺有些熱，將被子放下，抓起雞腿就要啃。

魏清莛趕忙幫他把袖子弄好，又在他胸前圍了一塊布，這才任他吃。

「慢一點，桌上的都是你的，都怪姊姊，竟然忘了把菜帶進去……」

魏清莛將買好的藥放好，掏出豬骨頭來，魏青桐見了拍手道：「喝湯湯，喝湯湯。」

魏青桐這一病，本來好不容易養起來胖嘟嘟的臉蛋又瘦下去了，看得魏清莛心酸，打算天天給他熬豬骨頭湯喝，魏青桐還真喜歡喝，每天晚上和早上都是一碗。

「好，我們晚上就熬骨頭湯喝，為了晚上多喝一點骨頭湯，現在吃少一點好不好？」

魏青桐看著桌上的飯菜，有些不捨，道：「不，」又指了豬骨頭道：「晚晚上喝。」

魏清莛一愣，晚晚上，就是夜宵的時候，點著他的鼻子道：「真是個貪吃鬼，好吧，湯就慢慢地熬著，留到夜宵吃。」

魏青桐高興的在床上蹦了兩下。

魏清莛卻想到了剛才的那個老人，心裡微微一黯。

魏清莛將骨頭湯倒在用布包著的竹筒裡，和饅頭一起放在裝好菜的籃子裡。

魏青桐順溜地爬下炕，蹬蹬地跑到姊姊的身邊，期盼地道：「姊姊，我也要去看老爺爺。」

魏清莛摸摸他的頭，到底是小孩子，哪裡就願意整天待在房裡的？才跟他提起那位老爺爺的事，就說著要去了。不過她安撫說得等天氣暖一些了，肯定帶他一起去。

有幾次天氣暖和了，魏清莛也願意帶他出去，她又要每天都給那個老人送一些吃的去，魏青桐也就隨著她見過老人幾面。

見姊姊和往常一樣的往籃子裡裝東西，就知道姊姊是給那個老爺爺送東西去，纏著也要一塊兒。

魏清莛看外面的太陽，覺得也不是很冷，而且再過三天就是除夕，今天也要出去買一些東西。

「好吧，不過你要聽話哦，」魏清莛給他套上棉衣、棉褲，還將自己做的棉手套戴在他的手上，就連襪子也是棉的……

魏青桐不自在地動了動，嘟囔道：「熱。」

「出去了就不熱了，你才停了藥，可不能著涼，要不然又要吃苦苦的藥了。」

魏青桐苦著臉讓姊姊給他打理。

魏清莛看著在腳下轉悠的白白，道：「把白白丟到黑黑裡面去，還有，不許牠偷吃裡面的菜，不然五天不許牠出來。」
魏青桐好久沒帶著白白出去玩了，聞言摟緊了兔子，道：「帶出去。」
「這可不行，白白會凍壞的，」魏清莛不懷好意地看了一眼白白，道：「當然，你要帶出去也可以，不過牠生病了，我可沒有藥給牠吃哦。」
白白被她的眼光嚇到了，鑽到魏青桐的懷裡，偷眼看魏清莛。
這隻死兔子真是越來越聰明了。
魏青桐只好把兔子放到空間裡。
魏清莛給他戴上帽子，一手牽著魏青桐，一手提著籃子，從洞口裡鑽出去。
才出來，魏青桐就有些困難地倚在牆上喘氣，生氣地扯衣服。
魏清莛連忙按住他。「在外面可不許這樣，會生病的。」
魏青桐委屈地嘟嘴。
他才三、四歲，小小的一個，魏清莛怕他冷到，給他穿了不少的衣服，整個人都是圓滾滾的，剛才從洞裡爬出來就非常的困難。
魏清莛有些好笑地劃著他的鼻子。
老人正躺在草堆上曬太陽，明明應該是溫暖的一幕，魏清莛卻感覺到了腐朽，腳步不由自主地停下。
老人聽到動靜，回過頭來看她，見是他們，微微一笑，招手道：「過來。」

魏青桐鬆開姊姊的手，蹬蹬地跑過去，仰著小臉脆聲道：「許爺爺！」

老人眼裡滿是笑意地應了一聲。

魏清莛將竹筒拿出來給他。

骨瘦如柴的手微微顫抖地接過，老人含笑道：「辛苦莛姊兒了！」

魏清莛拿著饅頭的手一顫，不可置信地看著老人。

老人不在意的一笑。「你們快去趕集吧，這會兒正是熱鬧的時候，下晌回來的時候，莛姊兒一定要來看看我，我有要緊的話跟妳說。」

魏清莛從未告訴過他自己是女的。即使養了半個冬天，魏清莛曬得微黑的臉也沒有白多少，加上她本身長得就像她外公王公，現在又還是孩子，舉止之間也沒有什麼女氣，身邊又有魏青桐精緻的臉蛋比較著，平日來往的人中都沒人發現，他是什麼時候知道的？

雖然魏清莛笑著離開，心裡卻有些發沈，暗暗決定下午回來的時候不再來看他了，甚至以後都不會了，她雖心善，但那也是在保護好自己的前提下。

魏清莛帶著魏青桐去十里街，街上很是熱鬧，就連已經關門許久的書店都開門了。

魏清莛牽著魏青桐的手過去找書店老闆。「先生，最近有什麼新書進來嗎？」

書店老闆抬頭看了她一眼，道：「有你也不買，乾看著又不給錢，我幹麼告訴你。」

魏清莛笑道：「可是我買筆墨啊，您要是有新書進，給我翻看翻看，我就買您的筆墨，要是沒有，我就到別家去。」

書店老闆忍不住地撇撇嘴，一把拉過魏青桐，抱著他坐在腿上，輕聲道：「桐哥兒，以後你可不能學你哥哥，像隻鐵公雞似的，以後沒有女孩子喜歡的。」

桐哥兒看看書店老闆，又看看姊姊，最後開口道：「是姊姊。」

書店老闆笑道：「是，是姊姊。」

魏清莛不理兩人，自顧自地走進書店看書。

書店老闆就抓了魏青桐的小手道：「來，先生我教你寫字。」

魏清莛身上已經沒有多少錢了，不過筆墨還是買得起的，走的時候帶了兩刀紙。

書店老闆有些痛惜。「你們哪裡用得了這麼多，肯定是浪費了，練字的時候要兩面都要練，蘸墨的時候要小心些，不要太多，那樣太壞紙……」

魏清莛嘴角抽抽，嘴裡一邊應著，一邊牽著魏青桐出去，今天他們還要買其他的東西呢。

魏青桐拿了姊姊新給他買的玩具跑去找先前結識的玩伴，大家擠在一起玩。

魏清莛在一旁看著，心思卻飄出去了，她心裡一直記掛著那個老人，他找她到底是有什麼事呢？

魏清莛有些煩躁地晃了晃頭，不管是什麼事，她都不能去，要是出事了怎麼辦？

京城裡最近丟了不少孩子，十里街就有一家的孩子被拐了，要是……她手無縛雞之力，只能任人宰割。

心裡想的很清楚，可是當她牽著魏青桐的手越過巷子，打算走大路回去的時候，她還是忍不住頓下腳步。

魏青桐不解地看著姊姊，魏清莛迎上他清澈的眼睛，心裡一頓，垂下眼眸想了一下道：「我們回家。」

魏青桐滿眼信任的點頭，回到家中，玩累了的魏青桐自己脫掉小棉襖，爬到炕上扯過被子就睡。

魏清莛坐在炕邊發呆，見了，就順手給他蓋好被子。「桐哥兒，你乖乖的在家好不好？」

魏青桐打了一個哈欠，隨口問道：「姊姊去哪裡？」

「姊姊想給許爺爺送點吃的去，很快就回來了。」

魏青桐點頭，微微側過身子，呼吸漸漸變得綿長，魏清莛等了一下，走到隔壁，拿了弓箭，想想，又放下，將匕首綁在自己的腿上，這才從洞口爬出去。

站在巷口，魏清莛自嘲地扯了一個笑，她什麼時候變得這麼杯弓蛇影了？

第十一章　交付

草堆還是魏清莛走時候的樣子，老人躺在草堆中間，臉色一如既往的青白，只是魏清莛覺得他身上的腐朽氣息越發濃厚了，她感覺到不舒服。

老人察覺到有人來，嘩的一下睜開眼睛，看到魏清莛，嘴角一扯，眼裡閃過笑意，搖頭道：「妳這孩子還是太善良了。」

魏清莛看著他不語。

老人困難地坐起來，只是他好像沒有多少力氣了，身子一歪，又倒下了。

魏清莛一嘆，上前扶起他，讓他靠在牆壁上。

老人喘息道：「孩子，要是我把妳賣了，妳來看見的是兩個身強力壯的壞人怎麼辦？」

魏清莛垂下眼眸。「既然是壞人，那人又怎麼會給您錢？您沒有好處，又為什麼要害我？」

老人哈哈一笑，卻被嗆住，良久才道：「要害妳有很多種方法，這只是一個比方，老頭子就是想知道妳會怎麼做。」

魏清莛眼睛清亮的看著他，道：「出其不意之下，我未必不能逃脫。」

「哦？」老人感興趣的巡了她一周，最後眼睛定在她的右腿上，點頭道：「老頭子知道了，看來莛姊兒也不是太笨。」

魏清莛卻鬆了一口氣，她先前給老人送吃的，只是單純覺得他可憐，更何況她準備的食物夠多，每天又只送一次，她還是送得起的。

只是相處了幾次之後，她也察覺出老人不簡單，你說他是貧民，他身上又有一種平常老百姓不具有的氣勢，你說他是上位者，他偏偏比一般人老得還要快，雙手布滿老繭和傷痕，一看就是常年勞作的人。

最關鍵的是，一般人是看不出她是女子的，據她猜測，現在知道她是女孩的也只有同仁堂的老大夫，可那也是因為他是資深老大夫，老人又憑什麼斷定她就是女孩呢？

「您叫我來是為了什麼？」魏清莛向來不善於猜人心思，不如直截了當地問他。

「老頭子是有一樣東西想送給妳。」老人摩挲著解開領口。

魏清莛蹙眉，想入非非的道：難道是什麼貪官的名單、帳冊之類的？還是武功秘笈？要不就是什麼傳家之寶……

老人將一本書拿出來。

魏清莛眼裡露出「果然如此」的神色，只是不知道他是官場的人，還是江湖上的人……

老人摩挲著書本的封面道：「這是從我祖父就傳下來的東西，經過三代，我前不久才完成的，本想著我要是死了一定會先將它毀了的，只是沒想到會遇到妳，到底是祖宗的遺願，不忍心啊！」

那這到底是什麼啊？魏清莛靜靜地看著老人，等待他將謎底揭開。

老人不捨地將本子給魏清莛。「這是我許家三代鑑定各類玉石的經驗總結，妳一定要保管好！」

魏清莛下巴掉到地上，不過因為老人微仰著頭抑鬱地仰望天空而沒有看見。

魏清莛拿起書本，翻開皮面，道：「這個有什麼用？」

老人也看出魏清莛雖然神色尊重，卻沒將它放在心上，也是，她一個女孩家又怎麼會對這個感興趣呢？就是感興趣，她的身分也不能做什麼，可惜了外頭不知多少人想得到許家秘笈，求而不得。

老人面上露出一個怪異的笑容。

這是一個很普通卻也讓人痛苦的故事，老人，也就是許爺爺的祖父是個落魄的秀才，好容易湊足了錢要上京趕考，偏臨行前和妹妹到縣裡去玩，被知縣兒子看到了，知縣兒子對秀才妹妹一見傾心，強要納妾。

許家雖然貧困，卻傲氣不減，自然不會答應。

知縣兒子求而不得，乾脆趁著秀才上路趕考時強搶，衝突中將人老爹打殘，秀才妹妹不堪受辱，直接一頭碰死了，許家老兩口受此打擊，身體都受不住，更何況許老爹還重傷了。

所以沒等許秀才趕回來，許家老兩口就相繼悲憤離世。

知縣知道兒子闖了禍，叫人布下天羅地網，許秀才前腳一踏入縣城，後腳就被以偷盜的罪名緝拿。

加上買通了教諭，竟將許秀才的功名革去，連公堂都沒過，直接被發配到採石場採石，採的就是藍田玉石。

採石場看管嚴厲，別說他逃不出去，就是逃出去了報仇的機率也幾乎等於零，看著不時有商家到來花大把大把的銀子買石頭，他親眼看著他們從貧窮變得富有或從富有變得貧窮。

神仙難斷玉，沒有誰知道買下的石頭裡，裡面是價值連城的玉，還是白花花一文不值的石頭。可是，人類卻可以根據規律提高賭贏的概率。

許秀才就利用這個便利，十年如一日的觀察，一一將它們記錄下來，可惜直到他死去，他依然不能離開採石場，反而被轉賣了好幾個採石場。

他將他的仇恨和希望都寄託在了他養子及孫子身上。

這本書就這樣傳到了老人身上，在老人三十二歲的時候，他終於從採石場走了出來，從賭石發家，一步一步地走向富貴的頂端……

魏清莛撐著下巴認真地聽他講述，這個故事放在現代就是一部復仇勵志電視連續劇，放在現在嘛，魏清莛上下打量了一下老人。「您不是說您掙了很多錢嗎？怎麼變成現在這樣子？難道是那知縣的後代幹的？」

老人眼裡閃過冷光，嘴角微翹，道：「他的後代都已經變成枯骨了……」

魏清莛打了一個冷顫。

老人看著魏清莛，眼裡閃過笑意。「我並不是一個好人，可誰又能說我就是一個壞人呢？不過是為了活著，為了更好的活著。」

可也不能為此去傷害別人啊！魏清莛張張嘴，到底還是說不出來。

「成王敗寇，我落到這個地步是我技不如人，可要我把許家三代的心血燒了，我又怎麼甘心？我一直想將這本書送出去，可這一年來見到的人不是太過善良，性子太懦弱，就是貪心不足，性子狂妄……就想著，與其讓人墮了許家的名聲，不如將它燒了……沒想到臨死前還能遇到妳這個小朋友。」

魏清莛皺眉道：「只是我也沒有本錢啊。」

老人笑道：「我把它送妳是看上妳的人品，妳自用也罷，送人也罷，總之我信得過妳。」

魏清莛連忙搖手道：「可別，我連自個都信不過，說不定我缺錢的時候就把它拿來換錢了。」

「那就算是我還了妳的恩情了。」

「不會有仇家來追殺之類的吧……」魏清莛有些不願意接手。

老人眼裡泛出冷光。「他們？他們還沒有那個本事。」老人這樣覺得最深的原因還是魏清莛是女兒身，更是沒錢的女兒身，賭石是很燒錢的職業。

老人見魏清莛接過書，微微一笑，輕聲道：「這樣我也就安心了。」

魏清莛吃驚地看著他，可是老人已經漸漸閉起了眼睛。

魏清莛不是第一次看見死人，當年她爺爺過世的時候她就守在身邊，可卻是第一次獨自面對死人。

怎麼辦？當作沒看見，然後讓巡邏隊把人丟到亂葬崗讓狗啃？或是拉到火化場……

古人講究入土為安，不管是哪樣，拿了他的東西，她都沒有勇氣視而不見。

魏清莛有些疑惑又有些惱怒地看著他，難道他將她叫來就是為了算計這個？

魏清莛有些喪氣，但還是沒有辦法的去找書店老闆，這是她唯一能想到會幫她的人。

書店老闆微張著嘴巴看著平躺在地上的乞丐，嚥了嚥口水道：「你要為他收斂？」

魏清莛有些傷感的點頭。「我不認識棺材鋪的老闆，而且還得叫人抬到城外去埋了……」

書店老闆嘆氣。「你身上還有多少錢？就算不辦喪酒，最便宜的棺材加上請人，最少也得五兩銀子。」

魏清莛也嘆了一口氣。「足夠了。」

書店老闆得了話，連忙幫著請了八個人，又好說歹說才便宜些買了棺材，魏清莛則給老人買了壽衣和些紙錢。

她是死過一回的人了，雖然不知道有沒有去過地府，但她現在對這些是敬畏的，聊勝於無吧。

書店老闆在分別前還是忍不住問了。「你為什麼要替他收斂呢？城裡乞丐多的是。」

魏清莛有些惆悵。「那人在臨死前傳了我一道手藝，也算是有師徒之情了，我總不能看著他曝屍荒野吧。」

什麼手藝是一早一夕就能學會的？這笨小子一定是被騙了。書店老闆青著一張臉，但還是什麼都沒有說，難得他一片赤子之心。

魏清莛回到家中，魏青桐正為找不到姊姊而哭泣，小小的人抱著白白坐在被子間，眼淚嘩啦啦的往下落，嘴裡一個勁地喊著「姊姊，姊姊」。

魏清莛心疼地抱起他。「都是姊姊不好，回來太晚了，桐哥兒打一下姊姊好不好？我們桐哥兒最乖了，不哭，不哭，不哭……」

桐哥兒趴在魏清莛的肩膀上，嚶嚶地哭著。

他還小，知道的不多，可每次他醒來總是可以看見姊姊，這次著實把他嚇壞了。之後很長的一段時間裡，魏青桐都緊緊跟著魏清莛，哪怕是到院子裡去洗衣服，他也非要跟著，一時看不見，他就會扯開嗓子哭起來，晚上睡覺更是緊緊的纏著姊姊，讓魏清莛又是心疼又是著急。

魏青桐對她太依賴了，是因為他的生活中只有她陪伴嗎？那以後他長大些怎麼辦？這種依賴在小時候還好，長大後卻會變成他的一個弱點，甚至會養成懦弱的性子。

魏清莛暗暗皺眉，教養孩子怎麼這麼困難？她記得當年她並沒有費老爸老媽多少勁兒，在林子裡跑了幾年就長大了，還懂事得不得了。

不管怎樣，除夕到了。

令魏清莛沒想到的是，魏家的人竟然放他們出去一塊過年，當看到大廳裡圍了一圈又一圈的人後，牽著魏青桐的魏清莛終於知道原因了。

過年，族裡的人要拜年的，而魏老太爺這一支算是魏家裡最有權勢的，所以大家聚在了魏家。

關起門來，魏老太爺可以不管吳氏和小吳氏是怎樣對這兩姊弟的，但這種不得不出現的場合，魏老太爺絕不容許讓人詬病。

吳氏看見相攜而來的兩人，笑著招手道：「快過來，讓祖母看看，身子可好些啦？藥吃了沒有？」

魏清莛低頭含羞笑，吳氏也不介意她回不回答，只指了身邊一個丫頭道：「帶四少爺過去老太爺那裡。」

魏清莛抓緊魏青桐的手，對吳氏笑道：「祖母，弟弟還小呢，哪裡就能陪祖父招待客人了，不如就留了他在這裡吧，而且他身子弱，前不久又發了高燒……」

「也是，」吳氏笑著改口。「那就照顧他吧，仔細著，別受了涼。」

「是。」魏清莛帶著魏青桐給廳裡的長輩都一一問過安，這才在魏清芍的下首坐下，丫鬟看了看魏青桐，就在她旁邊給他添了張椅子，魏清莛就對下首的魏清芝抱歉道：「四妹妹，桐哥兒身子弱，就讓他坐在這裡好不好？我也好照顧。」

剛五歲的魏清芝冷哼一聲，將頭扭到一邊去。

魏清莛抽抽嘴角，五歲啊，她五歲的時候在幹麼？再看人家，才五歲就知道這樣面對別人的請求了。

魏清莛也不理她，反正今天是除夕，她是不在乎影響的，可魏家的人除了她和魏青桐之外全都在乎，那就好辦多了。

可能是打過招呼，不然就是族裡多多少少也聽到或者瞭解他們的情況，一整天下來都沒人搭理他們，魏清莛也不在意，帶著魏青桐在他們身後吃吃喝喝，只吃別人吃的東西，只喝別人喝的東西。

等送走族裡的客人，就是自家守歲了，魏老太爺皺眉看著姊弟倆，冷聲道：「你們要是累了，就先回去吧，不用守歲了。」

當她願意在這裡看他們的臉色嗎？魏清莛低著頭拉起魏青桐，團團行了一禮，牽著魏青桐就離開。

大家都是一愣，他們以為魏清莛多多少少都會為自己爭取一下。

魏老太爺眼裡泛起冷光，臉色鐵青地看著姊弟倆離開。

魏清莛早就想明白了，據說她的外祖父是為了救太子和保住任家才死的，所以，只要王家和任家不倒，魏老太爺就不會主動要她的命。

現在她吃的穿的都不用魏家的，她還有什麼好擔心的呢？

魏青桐將紙鋪在炕桌上，嘴裡念念有詞的拿著毛筆在上面寫寫畫畫，魏清莛則坐在另一邊，將所有的錢都倒在炕上，數著。

因為她準備了到六月的米糧，還有魏青桐的那一場病，她又不願委屈了魏青桐和自己，在吃食上很是費心，不說其他，每天兩根豬骨頭是一定的，所以秦嬤嬤送來的八十多兩銀子已經用完了，剩下來也只有十四兩半錢六十八文。

這在一般農家來說也很多了，據她在十里街得到的情報，一般人家都沒有這麼多存銀呢。

只是他們不是一般人，誰也不知道魏青桐會不會再生病，而他們也不像一般人家那樣節省，起碼，他們吃的喝的都比那些小地主還要好很多。
空間裡野雞下的雞蛋，產的青菜，還有時不時的殺一隻野雞，十天左右買一次豬肉……所以魏青桐臉上那肥嘟嘟的肉也是有原因的。
她要是還想繼續維持這種生活就得賺錢。
可現在雪還未消融，她又不能上山，魏清莛拿了筆列出她所擁有的東西。
青菜是不能賣的，野雞要留著下蛋，雞蛋要留著變成雞，家具可以，不過搬運有問題，剩下就是兔子了。
養兔子的人有，冬天上山打兔子的也有，只是她空間裡的兔子還小，一隻兔子也就四十文左右，這得賣多少隻啊？
魏清莛轉著腦子想，怎樣才能把兔子賣給上層階級，讓牠的身價也水漲船高？
魏清莛盯著在炕沿打瞌睡肥肥胖胖的白白，不由自主地想道——要是把白白賣了，說不定能得兩百文左右。
不要問她為什麼，除了魏青桐，不會有人願意抱著一隻幾乎有自己三分之一大的兔子的，兔子一旦長大就醜醜的，怎麼也找不到那種靈動的感覺了。
魏清莛感觸尤深，這個房間雖然很大，據她目測，怎麼也有五十平方左右吧，屏風什麼的又被人全都拿走了，整個屋子除了椅子、凳子、桌子之外就是一張炕了，裝姊弟倆肯定是綽綽有餘的，可是因為有了白白，這隻兔子最喜歡做的就是纏著人的腳，空間一下子就變得狹小了。

沒有愛心的魏清莛，好幾次都想一腳把牠踹到外面去。

等等，魏清莛眼珠子轉了轉，大兔子人家不喜歡，那小兔子呢？

魏清莛蹲在空間裡，手裡抓著一隻小兔子，這窩兔子才出生不到二十天，長得白白嫩嫩的，很符合大眾的審美觀。

魏清莛嘿嘿一笑，在籃子裡墊上乾草，抓了三隻小白兔進去，等魏清莛再出現在炕上的時候，手裡就提著一個籃子。

第十二章　攢錢上學

剛過了初七，街上擺攤的人也漸漸多了起來，但並沒有魏清莛要找的家庭富貴的少爺小姐，可是她知道有個地方一定有，那就是南坊的東南方向，那裡是書院聚集地，過了初七，孩子們就要回書院上學。

過了書院路，往裡一拐，最大的兩個書院就在那裡，在這裡上學的小部分是成績優異的貧寒子弟，其他的非富即貴。

魏清莛牽著魏青桐的手，在書院不遠處停下，從籃子裡抱出一隻兔子給魏青桐抱著。一個粉可愛粉可愛的金童抱著一隻小白兔，的確很賞心悅目，已經有好幾個孩子往這邊看過來。

魏清莛又掏出一把草給魏青桐，讓他餵牠。

古代的孩子好像都很矜持，她表演了老半天，他們雖然眼巴巴的看著，卻不上前問價，難道她表現得還不夠明顯？難道要叫賣出聲？

只是書院街大家一向很有默契的不叫賣的，就是怕影響書院裡的孩子念書，她也來過這裡幾次，還是懂得這些規矩的。

魏清莛有些猶豫，要不，還是主動去問他們買不買吧，孩子的臉皮就是薄。

她才要動身，那邊就有一個七、八歲的孩子帶著自己的書僮過來，站在魏清莛的前面，比魏清莛還高那麼一點，他抬起頭飛快地看了魏清莛一眼，就不好意思地扭過頭去。

魏清莛好奇地看著他。

書僮咳了一聲，有些不自然地道：「那個，我家少爺想問一下你弟弟的兔子是在哪裡買的？」

周圍的人也支起了耳朵。

「兔子是我家養的，」魏清莛頓了一下，掀開籃子上的布，露出一角道：「我這兒還有兩隻，你們要買嗎？」

「你是賣兔子的呀，」書僮微微有些不悅。「那你怎麼不把牠們擺出來？害得我還白問你一句。」

魏清莛哪裡曉得他們不知道？「我就是來這裡賣兔子的呀。」

書僮還要抱怨，他家公子卻擺手道：「行了，先問問兔子什麼價。」

魏清莛也不用書僮再轉達，直接答道：「一兩銀子一隻。」

公子還沒說什麼，書僮就跳起來道：「一兩銀子？你搶劫呀？一隻兔子要這麼貴嗎？」

魏清莛老臉微紅，支吾道：「要不我送你們一些餵養的青草，這些都是我家種的……」

「那可不行，」書僮高高仰著脖子道。「就一把、兩把青草能吃多久？起碼，起碼也得送五把。」

魏清莛眨眨眼，看書僮外厲內荏的樣子，暗暗唾棄了自己一下，竟然被一個孩子給糊弄了，也是心虛弄的。

想了想，道：「行，五把就五把。」

書僮打小跟在少爺身邊，雖然是伺候人的活，但也跟個小少爺似的不食人間煙火，但他有一個比較的概念，就是他一個月的月銀是二兩銀子，這一隻兔子就是他半月的月銀，他怎麼也要為少爺多拿些東西才值當。

少爺眼巴巴地看著，書僮只好掏出錢來付了。

兩個孩子一接過兔子就笑咪咪的圍著牠看，書僮更是拿了青草逗牠。「少爺，你看牠想吃都吃不到。」

少爺一把搶過青草。「這些東西要省著吃，不然回頭沒了怎麼辦？」自己卻拿了一個勁的餵牠。

魏清莛就道：「要是青草吃完了，可以給兔子吃青菜，也可以餵牠吃蘿蔔，每天都要用布巾給牠擦澡……你要是還想餵牠吃青草的話可以和我買，一文錢兩把……」

那邊見有人買了，連忙圍過來，看著籃子裡唯一的一隻兔子。

「這隻也賣嗎？我想要。」

「我也想要……」掩在人群裡的孩子微弱著道。

魏清莛用手托著兔子將牠給最先說話的孩子，左手卻一直抓著魏青桐的手，笑著道：「也是一兩銀子，我也送你五把草好不好？」

魏清莛抱過魏青桐懷裡的那隻，道：「這隻也賣了。」

其他人關心的卻是另一個問題。「你家還有兔子嗎？」

「有啊，不過都比較大一點，但是也很可愛的。」

「明天還來嗎……」

和眾人相約明天再來賣兔子，魏清莛就牽著魏青桐的手出來。

幾個家奴看著魏清莛離去，眼睛又去找自家的少爺，這種事他們早已見怪不怪了，總是有人拿了新鮮玩意過來賣給少爺們，只要不是太過分，他們是不會干涉的。

魏青桐卻不願離開書院路，而是拖著姊姊，指了另一個方向道：「小黑，小黑在那邊。」

小黑是十里街糧鋪老闆的兒子，今年才五歲，當然，虛歲是七歲。因魏清莛時常去十里街出售獵物，桐哥兒與十里街的孩子一塊兒玩，其中與小黑玩得最好。

「在哪？」

「在那邊。」魏青桐拉著姊姊過去看。

兩人在一棵槐樹前停下，這是一座小院子，門是虛掩著，孩子稚嫩的讀書聲從裡面傳出來。

有多久沒聽到這種最熟悉的聲音了？魏清莛一個恍惚，魏青桐卻掙脫開姊姊的手，快速又歡快地推開門跑了進去，快得魏清莛也只來得及觸及一片衣角。

「小黑，小黑！」魏青桐蹬蹬地跑進去。

魏清莛半張著嘴巴看著自己的手，聽到裡面的讀書聲好像是答錄機因為突然停電而關掉一樣整齊地停下。

魏清莛閉了閉眼，板著臉走進了被打開的門。

先生拿著書，滿臉不悅地看著魏青桐。

魏青桐卻渾然不覺，跑到小黑身邊揚起笑臉看他。「你怎麼在這裡？我去找你玩都不見你。」

小黑也很高興能碰到桐哥兒，只是他還未來得及說什麼，身邊就接二連三響起驚喜的聲音，好幾個十里街的夥伴都跑過來圍著魏青桐。

先生的臉上帶著些許惱怒和無奈，嘴上喝止他們，卻並不見多嚴厲。有兩個孩子微微不好意思地看了先生一眼，想轉身回座位上去，又有些不捨，只好在那裡磨蹭。

小黑三個卻完全沒有注意先生，只拉著魏青桐說著過年時候的事。

桐哥兒也很高興，仰著一張小臉燦爛的笑著，魏清莛一進來就被那笑容閃了一下，腳步不由自主的停下，心中有些惆悵。

再怎麼努力和魏青桐相處，她也是一個成年人了，並不能完全理解孩子的行為，更不可能帶著魏青桐痛快地玩耍，她能做的就是給他買一些玩具，或者在他玩的時候在一旁湊熱鬧。與其說她是他姊姊，不如說，她充當的是母親的角色。

可是她知道這遠遠不夠，魏青桐應該和同齡人在一起。

「先生，」魏清莛似模似樣地行了一禮，恭敬地道：「我弟弟打擾您了。」

先生回身看這個孩子，又回頭看了幾個頑皮一眼，嘆道：「你隨我來吧。」對著課堂上已經有些鬧哄哄的二十三個學生道：「現在休息，等為師回來再上課。」

課堂上爆發出一聲歡呼聲，七零八落地響起。「是，先生！」

魏清莛仰著頭看這個看上去約有十七、八的先生，感嘆，看來是第一次做先生，不然不會這麼沒有威嚴，想當年她讀初中的時候就遇到過一個剛畢業出來的老師，也是這樣，因為和同學們打鬧太過，面又嫩，以至於在同學們面前都沒有一點威嚴。

「先生，」魏清莛又行了一禮，道：「請先生收下家弟。」

先生詫異地看著魏清莛，他以為是這個孩子來投學才對，想起剛才那孩子的年紀，婉拒道：「令弟還太小了……」

「回先生，家弟今年虛歲六歲，已經不算小了，家裡也不指望著他考科舉，只是想讓他多識得些許字，明白為人處世的道理。」

先生有些皺眉，來他這裡大多都是為多認一些字，多讀幾本書，等長大了還回家繼承家業，沒有幾個打算走科舉的，心裡雖然有些喪氣，但因為他還只是個秀才，要說教出什麼人才來卻不可能，他學識比不上那些舉人進士，閱歷更是比不上那些年紀大的人。

把孩子送過來的家長也都知道，之所以還送來不過是看上他要的束脩低，人品還可靠。眼前的孩子獨自將弟弟送來，大抵也是因為其家人信得過他的原因，心裡就有些躊躇，那孩子雖然小些，也不過比一般孩子小了一歲。

他哪裡知道魏清莛今天是臨時起意，她之所以敢打聽都不打聽就把魏青桐留在這兒，是因為十里街幾個要讀書的孩子幾乎都在這兒了。

魏清莛不認識眼前的先生，可是她瞭解十里街的人啊，那幾個人平時看著和和氣氣的，一旦觸及自身利益，可是很斤斤計較的，特別是小黑的父親糧鋪劉老闆，當初他大費周章地為小黑選書院的事她也聽說了，到現在去十里街找人問，大家還當笑話一樣津津樂道。

來這裡的幾個孩子都是決定不走科舉之路的，整個十里街只有兩家的孩子決定供孩子科舉，剛才她仔細看過了，那兩孩子不在其中。

看來大家都抱著差不多的心思，眼前年輕的先生學識可能不夠好，但人品肯定過關，又不像一般的老學究動不動就打學生手板子，正好合適魏青桐那樣的狀況。

只是要怎樣和先生說魏青桐的情況呢？

魏清莛還在思索，先生就已經同意了魏青桐進學。「……明天就開始上學吧，我要先教他《三字經》和《千字文》，筆墨紙硯也是自帶。」

魏清莛大喜，繼而有些為難。「多謝先生，只是家弟，他的反應要比一般人慢一些，還請先生多多照看他。」

先生張大嘴巴，不是應該請他該打就打，該罵就罵嗎？當年他爹送他進學的時候是這樣說的，他的學生被送來的時候，家長們也是這樣說的，怎麼……

魏清莛則想著，只要先生在課堂上不為難魏青桐，她私底下再和小黑幾個說護著魏青桐一些，應該就沒有大問題了。她剛才也看出來了，小黑在班級裡也算是頭號頑皮，這類人，同學們要麼是跟在他後面，要麼就是不願招惹他。

「他既是來上學的，自然要和其他同學一視同仁，」先生板著臉道。「不過。他只要不犯什麼錯誤，我也不會懲罰他。」

「只是家弟資質愚鈍……」

「天資乃是天生，我又怎會為此而去責難他？」先生嚴肅道。「學習重在後天，只要足夠勤奮，總比天資聰穎卻又不努力的更受人尊重，你們家長也不要逼他太過，免得損了他的身子和意氣。」

魏清莛眼睛一亮，一揖到底。「先生說的是，王莛受教了。」魏清莛為了方便走動，將名字改為王莛，桐哥兒也改為王姓。

之後的先生後悔不已，魏青桐的反應並不是比一般人慢一些，而是慢很多，平時看不出來多少，只是覺得這孩子嬌憨，可是一拿起書本，連最不用功的小黑都把書背下來了，他還在努力地認字。

先生嘆氣的同時，又對他多了一些憐惜，所以上課的時候對他多有照顧，加上課下又有小黑等人護著，魏青桐就這樣被呵護著長大，眼睛一如既往的清澈。

這是後話，現在的魏清莛拉走魏青桐，往十里街而去。

她得去問清楚先生的束脩是多少，還得把《三字經》給買了。

「你要送桐哥兒去書院？」書店老闆有些詫異地道。

魏清莛點頭。「先生，您幫我看看，上學還得買些什麼，我好一次全買好了。」

書店老闆看了一眼乖乖坐在凳子上的魏青桐，一邊給她挑了兩枝筆，一個一般的硯臺，問道：「送去的是哪個書院？先生為人如何？教的都是哪些學生，品性如何？家境如何？這些可都打聽清楚了？」

幸虧書院不是她自己找的。

「就是小黑他們上的那個遠志書院，我看那個先生還不錯，小黑他們又都在那裡。」

「是他呀！」書店老闆聲音降了八調。

「先生認識他？」

「怎麼不認識，和我也算是同科，人家是少年英才，我是糟老頭子了。」

魏清莛點頭。「先生和他比自然是糟老頭子。」

書店老闆怒目而視。

魏清莛又煽了一把火。「先生這是妒忌了。」

書店老闆吹鬍子瞪眼地看向她。

魏清莛嘻嘻一笑。「行了，先生，您的學識可能比不上人家，但您的閱歷那是甩人家好幾條街的，我聽說，考舉人可是很注重閱歷和自身見解的。」

這是誇他呢，還是貶他呢？書店老闆冷哼一聲。「今天的東西一分錢都不能少。」

真小氣！

不過一會兒，魏清莛又笑嘻嘻地湊過來和他打聽那位先生的情況。

書店老闆雖然惱她，也不過那麼一會兒時間。「他叫柳青，家就在京郊外的柳家莊裡，家裡尚有父母及一個兄長一個妹妹，十六歲就中的秀才，也算是揚名了，要不是去年收成不好，他也不會在這個時候出來教書了。」

魏清莛不解。

書店老闆敲著她的頭道：「真笨，今年就是三年一期的鄉試，要是可以，自然是在家讀書最好不過了，不過聽說他家今年出了病人……唉，所以說，人得什麼都可以，就是不能得病啊，這一病，就斷了一個家的生計了。」

魏清莛深以為然。

「不知他的束脩要多少？」

「一兩，」書店老闆伸出一根手指道。「半年一期，一期一兩，你現在進去還是賺了呢，一般書院要到二月份才開始招生。」

「先生和柳先生真是不能比，柳先生先前連束脩要多少都不好意思和我說，先生在這裡倒算得仔細。」

書店老闆撇嘴道：「他是死鴨子嘴硬，你情我願的有什麼不好意思說的？我這是坦坦蕩蕩無畏懼，他那是讀書讀傻了的。」

魏清莛只是覺得柳先生太靦覥，不願對方這麼驕傲，就道：「先生也是讀書人，我聽說讀書人都是不聞銅臭味的，不如先生就將這三個銅臭讓給我吧，讓我替先生受著。」

書店老闆對魏清莛講價已經見怪不怪了，又敲了一下她的腦袋，道：「想得倒美，貶了我，還想占我的便宜，天下哪有這樣的好事？」見魏清莛將買的東西放到籃子裡帶回去，眉頭一皺，道：「難道你要叫桐哥兒帶著籃子去上學？還是買一個書箱吧，孩子們都帶那個。」

魏清莛去看那書箱，她抱著還行，魏青桐拿著則有些重了。

「我記得有專門放筆墨的盒子，不知是哪一種？」

書店老闆指給她看。「只是要了盒子也得買書箱呀，不然怎麼帶去？抱著多難看呀。」

魏清莛點頭，她打算給魏青桐做一個書包，最好也給十里街的五個小孩也做了，請他們照顧魏青桐的時候，他們也會盡心些。

魏青桐知道自己明天開始要和小黑他們一塊上學，興奮地在床上翻來翻去，最後滾到姊姊的身邊，看她拿著針小心地縫補，清亮的問道：「姊姊，妳在幹麼？」

魏清莛摸摸他的頭。「姊姊給你做書包，明天你就揹它去上學。」

「還有白白。」

「白白不能去哦，桐哥兒是要去認字的，帶著白白去怎麼可以，你看小黑都不帶他家大黃去，而且白白也要在家帶牠的寶寶呀……」

魏青桐很是不捨，但還是拗不過姊姊，當晚就抱著白白抽泣地睡過去。

當魏青桐挎著包出現在書院的時候，孩子們都好奇的看著他，當他們看到他從書包裡掏出書，掏出筆墨紙硯的時候，哄地一下全都圍了上來。

「桐哥兒，這是什麼？」

「姊姊說，是書包。」魏青桐慢條斯理地答道。

「你哪裡來的？」

「我姊姊幫我做的。」魏青桐很是驕傲。

「真好，我也想要一個……」

「我也要我娘給我做一個，我娘的針線可好了……」

「我讓我小姑給我做……」

「桐哥兒，我能看看嗎？」一個弱弱的聲音響起，大家都停下，眼巴巴地看著魏青桐。

魏青桐大腦消化了一下他們的話，教室裡靜了一會兒，魏青桐才點頭。

大家就爭搶著看，從一個人的手中傳到另一個人的手中，最後傳到了柳青的手中，柳青翻來覆去看了一下，共有三個袋子，中間的最大，前後的較小一些，好像還能裝不少東西，只是針線不夠細密，但好在結實。

柳青也就好奇地看了幾眼就還給魏青桐，不過孩子們對書包很好奇，所以他就被小黑扶著站在凳子上，磕磕巴巴地拿著書包解說道：「這個，放書，放紙，這個放，放盒子，這個放好吃的。」魏青桐打開最後面的袋子，看到裡面空空如也，癟了嘴，委屈道：「我的好吃的呢？」

小黑掐著腰看他們。「誰拿了？趕緊拿出來，這可是我弟弟！」一副誰敢欺負他就是和他過不去的凶悍模樣。

有幾個人展開手掌，掌心躺著幾塊糖。

幾個十里街的孩子趕緊上前拿過來遞給小黑，小黑又遞給魏青桐。

魏青桐笑開來，又在自己的口袋掏了掏，抓了好幾抓的糖出來放在桌子上。

大家都是眼睛一亮，渴望地看著桌上的糖。雖然剛過完年，過年的時候有糖吃，但是孩子們是從來不會嫌糖少的，更何況，家裡孩子多的，也沒有多少可以吃。

桐哥兒就數道：「一，二，三……」

小黑不耐煩聽他數數，就問道：「你拿這麼多糖來幹什麼？」

「姊姊說，給同窗們吃，」桐哥兒被打斷又不記得自己數了多少了，又要重新數。

小黑抬頭去找先生，發現先生正在外面和桐哥兒的哥哥莛哥兒說話，就打亂了桌上的糖道：「不就是每人一顆嗎，直接發了就是。來，你們四個過來，我們幫著桐哥兒把糖發下去，你們吃了桐哥兒的糖，以後就不許欺負他，不然我就揍你們。」

大家都應了一聲，糖一發到手就往嘴裡塞。

外面魏清莛正把一兩銀子的束脩交給柳先生，請他多照顧魏青桐，又拿出今早準備的一籃子雞蛋送給他。

對於家長給先生送各種農產品，柳青已經習慣了，因為他家就是這麼幹的，這會接過籃子，很是自然的道：「孩子們中午可以回家，也可以留在書院，家遠的一般都留下，外頭有專門供應學生的吃食，也不貴，每餐只要兩文，要是留下，你就和我說一聲，我幫你看著他一些。」

魏清莛點頭，這件事昨天她也考慮到了，這裡雖然離魏家有些遠，但是她腳程快，揹著魏青桐，來回也費不了多少時間，魏青桐還可以照著自己的時間午休。

辭別柳先生，魏清莛就拿起放在院角的背簍朝裡頭最大的書院而去，裡頭裝了八隻兔子和一堆青草。

書院路的管理要嚴格得多，在進口處有一個專門收取攤費的地方，進去擺攤的人得先在這裡交了錢才可以得到固定的攤位，不然被抓到是要被罰款的。

旁邊的人看到魏清莛跑到書院路來賣兔子，很是詫異。「小兄弟，這賣野物還是到東市去比較好些，這來往的都是些小孩子。」

魏清莛咧嘴一笑。「我知道，這些就是賣給小公子和小姐們的。」

反正她在這裡高價賣兔子過不多久大家也會聽說，不如讓她說出來還好些，也免得偷偷摸摸的耗費心神。

旁邊的人見她不聽勸，搖搖頭也就不再管，只是嘀咕著。「在這兒擺攤要五文錢呢，在東市那邊可只要兩文錢……真是敗家。」

據魏清莛瞭解，書院大概早上七點鐘上課，一次上一個半小時，然後休息半個小時，再上一個半小時，十一點的時候放學，下午兩點再上課。

中間學生休息時，大家都會跑出來玩，不管是男孩，還是在這裡上女學的女孩。

而魏清莛比較幸運，昨天買兔子的那三個男孩都比較有錢，認識的人也多，回去的路上，幾個女孩看到那白白的兔子都很是心動，聽說那人今天還要來，剛下課，幾個女孩就相約出來找找。

孩子們一出來，就有兜售各種小吃的上前招呼，魏清莛放下手中做到一半的書包，抱起一隻兔子站起來。

就有眼尖的看見她懷裡抱著的兔子，幾個衣著華麗的女孩子圍上來，看著背簍裡的兔子道：「昨天就是你在這裡賣的兔子？」

「是，小姐們看看可有喜歡的，今天的和昨天的一樣，都是一兩銀子一隻，我還送妳們五把青草。」
「我看看，咦，那隻不錯，給我看看那隻。」
魏清莛抱了給她看，這些兔子在空間裡很是頑皮，但乍然看到這麼多人，都膽小得很，乖乖的縮著脖子不動。
有一個女孩子則指了其中一隻道：「那隻怎麼是灰的？一點也不好看。」
魏清莛不好意思地笑笑。「我不知道小姐們會喜歡什麼顏色的，所以就帶了一隻灰色的過來看看，要是小姐們喜歡，下次我再帶這種顏色的來。」
「那你下次就不要帶灰色的過來了，真難看！」
「誰說的？我倒是挺喜歡灰色的，要是有黑色的那就更好了，」一個男生插進來，抬高了下巴對魏清莛道：「喂，拿那隻灰色的給我看看。」
魏清莛連忙抱了灰色的給他。
一兩銀子，對這些孩子們來說還是太高價，雖然看的人很多，感興趣的人也很多，但買的人卻沒有幾個，好在空間裡的兔子也沒有多少，加上留種，她能拿出來賣的也只有十七、八隻，反正現在她有的是時間。
八隻都被買走了，魏清莛摸摸荷包裡的銀子，鬆了一口氣，有多餘的錢存著，底氣就比較足。
「倩倩姊，妳怎麼不買啊？」

魏清莛聽到聲音抬頭看去，就見剛才為首的女孩嫌棄地看了一眼兔子，道：「我要養就養狐狸、貂之類的，才不養兔子呢。」

「狐狸啊，聽說鄔家姊姊就養了一隻。」

叫倩倩的女孩嗤笑一聲。「她那隻狐狸的毛不正，一點也不好看，竟然還花了二十兩才買到。」女孩搖搖頭，帶著她們走回書院，一邊道：「要是我就不會給人騙了去。」

魏清莛聽了卻是眼睛一亮，狐狸啊，她小時候也抓到過，雖然是在老爸的幫助下，但她好歹也有幾次實踐經驗，也許她可以試試。

魏青桐拉著小黑等人出來，看了看，沒人，這才從另一個口袋裡掏出糖來，得意道：「給你們，這是我留的！」

十里街的小孩阿樹羨慕道：「你有這麼多糖？」

魏青桐點頭。「姊姊給我的。」

有兩個小孩含著糖順口道：「你姊姊對你真好。」

小黑則拍了他們一下。「那是他哥哥，只是小名叫『姊姊』，我們要叫他莛哥哥。」轉頭卻誇魏青桐。「桐哥兒做得好，我爹說親疏有別，我們跟你比較親，所以有好吃的要多給我們，他們跟你比較疏，就給他們少一些。」

魏青桐似懂非懂地點點頭。

第十三章　元宵

元宵夜——

桐哥兒艱難的從床上爬起來，整個房間都暗暗的，好一會兒，他才適應了黑暗，去看看姊姊，發現姊姊正睡得香，想起和小黑的約定，他趕緊搖醒姊姊。「姊姊，姊姊，天黑了，天黑了。」

「天黑了就睡覺呀！」魏清莛打了一個呵欠，翻了個身繼續睡。

「燈，燈，小黑哥哥，看燈。」桐哥兒趕緊搖著她。

魏清莛睜開眼睛，看了看外面，天也才剛開始黑，爬起來點上油燈，給魏青桐穿好衣服，道：「還記得姊姊說的話嗎？我們出去看花燈，要緊緊地跟著姊姊，不許到處亂跑，要是被人沖散了，要大聲叫著姊姊……」

魏清莛是真的很不想帶魏青桐出去，一般這種熱鬧的時候也是最危險的時候，他們身邊又沒有大人，不過十里街的好多人都去，桐哥兒的幾個同窗也都去，桐哥兒在之前也答應人家了，她沒辦法，更何況，她還想著，趁著元宵佳節把剩下的四隻兔子都賣了。

這幾天，在書院路賣兔子的人越來越多，而且出的價都很低，足足比她的低了一半，她的生意越發不好做。這幾隻兔子再賣不出去，就長大了，就只能留下養著了。

魏清莛給他掛上書包，在包裡放了一些吃的，又摸摸他手上的手鐲，魏青桐手一縮，就把手抱在懷裡。

魏清莛微微一笑，也許是因為桐哥兒是手鐲的主人，他對這個很敏感，他在空間裡還好，不然他決計不給人看他的手鐲，她還好些，小黑求了他這麼久，他還沒答應呢。

「要帶好手鐲，街上有很多小偷哦。」

魏青桐狠狠地點頭，想了想，伸出小手道：「錢。」

「你要錢幹什麼？」魏清莛拍了一下他的手掌。

「小黑有，阿樹也有，我也要。」

魏清莛摸出十個銅板。「只有這些，你要不要？」

魏青桐小心地把它們放在書包的內袋裡，心滿意足地拍拍。

魏清莛抿嘴一笑，牽著他去和十里街的人會合，一出門，就聽到魏家園子裡傳來的熱鬧聲音，魏清莛知道，這是魏家在搭戲臺唱戲。

她不知道今晚有沒有人想起他們，但她知道今晚一定不會有人進來秋冷院。

秋冷院的鑰匙在吳氏手上，沒有誰敢在這時候觸吳氏的霉頭。

魏清莛趕到的時候，大家都到齊了，看到魏清莛揹著背簍牽著魏青桐過來，有的衝她點頭算是打過招呼，有的招呼她，有的看到了就直接招呼人走，沒有人問為什麼只她一個孩子帶著弟弟來，十里街的人已經習慣了魏清莛身後沒有大人的身影。

桐哥兒掙扎著鬆開姊姊的手，跑到小黑他們那群人裡去，掏出姊姊給他備的好吃的，衝他們炫耀。

小黑他們也各揹了一個書包，清一色的石青色，都是魏清莛給做的。

元宵佳節，他們的父母也很放任他們，做的好吃的並不比魏青桐少，小黑就掏出用油紙包著的小丸子，得意地看桐哥兒，挺著胸膛道：「喏，這個是留給你的，快吃！」說著，抓了一個塞進桐哥兒嘴裡。

其他人都豔羨地看著，嚥了一口口水。

有了小黑帶頭，大家都拿出來比較，你吃我的，我吃你的。

魏清莛看了微微一笑，就走到大人們那裡，正好站在糧鋪劉老闆身邊，劉老闆大巴掌下來拍著魏清莛的頭道：「去，去，去，小孩子跑這兒來幹麼？快去找小黑他們玩。」

成衣鋪的老闆娘聞言笑道：「你什麼時候見莛哥兒像個孩子？還和小黑玩，別寒磣他了，去，找我家的大小子玩，他弟弟好容易把他從書堆裡拉出來，又丟下他，獨自去玩了，你和他試試看能不能說到一塊去。」

魏清莛轉頭去看那號稱書呆子的呆子，那呆子只仰著頭看街上的花燈，對旁的一概不理，嘴裡還念念有詞，什麼，什麼元宵佳節備思親的，魏清莛嘴角抽抽，果斷地不去找他。

雖然她也算是一文化人，讀了十六年的書，但是和書呆子可說不到一塊去。

她走到魏青桐的旁邊看著他玩耍。

從剛才看見大人們似有似無的將孩子們圍在中間，不管誰都跑不出大家的視線開始，她緊繃著的弦就鬆了一些，也不再像計劃的那樣緊緊地握住魏青桐的手。

剛走進前門大街，魏清莛就被眼前的景象震住了，街道兩邊林立的店鋪上都掛上了各種各樣的花燈，紅綢從街頭結到了街尾，整條街都在煙花之下，街上人靠著人，雖然擁擠，但每個人臉上都洋溢著過節的歡欣，魏清莛也感受到了那份快樂。

到了這裡，地方就沒有這麼大了，大家不可能將所有的孩子圍在中間，於是兩家組成一隊帶著孩子往前走。

魏清莛也牢牢地抓住魏青桐的手，揹著背簍緊緊地跟在劉老闆和小黑的身後。

桐哥兒第一次看到這麼多的人、這麼多的燈，一雙眼睛怎麼也看不夠，都轉來轉去，最後停在一盞仕女宮燈前怎麼也移不動腳步了。

魏清莛沒辦法，上前問價錢，賣燈的老闆笑咪咪的開價五百錢。

魏清莛想也沒想，轉頭就要走，五百錢，他們一個月的菜錢啊！

只是魏青桐難得的堅持，嘴裡一個勁兒的嘟囔道：「好看，好看。」

魏清莛看了一眼宮燈上的仕女，的確好看，刮著他的鼻子道：「你才多大，就喜歡看美人了，以後還了得？」

魏青桐嘟起了嘴，小黑在一旁勸他。「桐哥兒，這個宮燈太貴了，我們買那個吧，那個才要二十文呢，這還是我纏了我爹好長時間才答應給我買的。」

魏青桐不捨地看著上面的美人。

魏清莛卻看向那邊人聲鼎沸的大店鋪，那邊都是京城數得上號的大東家，每年都有猜燈謎送燈的習俗，而且有的質料比外面買的還要好。

她雙胞胎弟弟可是猜燈謎的好手。

魏清莛拉著魏青桐的手道：「走，我們過去猜燈謎，這樣就有燈了。」

劉老闆抬起腳尖看了一下，道：「哎呦，那可是通德銀樓的場子，也是最難的，莛哥兒有把握？」

魏清莛不在意地笑道：「就是猜不中又有什麼要緊？他們又不要我們交錢。」

「那倒是，只要臉皮夠厚，還真沒什麼怕的。」說完，劉老闆也覺得去那裡不虧，連聲道：「走，走，走，我們趕緊去看看，這通德銀樓可是財大氣粗，是北直隸以北最大的銀樓，聽說去年他們還做了走馬燈，可惜沒人猜得出那燈謎……」

等幾人再從人群裡擠出來的時候，每人手上都拿了一盞燈，桐哥兒更是一手一盞宮燈，眼睛笑得幾乎睜不開，小臉在宮燈的映襯下顯得白裡透紅。

魏清莛看著清麗的魏青桐，感嘆他們兩姊弟真是生反了，應該她是男孩，桐哥兒是女孩才對。

倒不是說魏清莛長得不好看，而是她眉眼間帶著一股英氣，和可愛的魏青桐站在一起，一看就是她更像男孩子。

劉老闆笑咪咪的，揚了揚手上的花燈，覺得今晚真是值了，不僅答應兒子的二十文不用花出去，還比計劃的多得了一盞燈，還是宮燈，開心啊，開心啊。

「走，我帶你們看雜耍去，今晚可有不少的班底出來，怎麼也能看個夠。」

領著魏清莛三人又擠進人群裡。

魏清莛抱著魏青桐擠到前面去，看著古代人玩雜耍，第一次近距離接觸這些，她也是看得眼都不眨一下。
只是魏青桐到底習慣了早睡，他熬到現在已是強撐，倚在姊姊的懷裡，小腦袋一點一點的。
魏清莛有些心疼，低聲哄他：「桐哥兒，我們到黑黑裡面去睡好不好？」
魏青桐微微睜開眼睛，點了點頭，念頭一轉就要進去，魏清莛趕緊阻止他。「等姊姊找著地方，你再進去。」
這裡這麼多人，雖然不會有人特別關注，但說不定就有人察覺到異常，畢竟是一個大活人突然消失。
魏清莛擠出去，找到劉老闆，道：「劉老闆，桐哥兒睏了，我得帶他回去睡覺了，你們慢慢看吧。」
劉老闆將小黑頂在脖子上，聞言低頭看了一眼魏清莛懷裡的桐哥兒，見他眼睛都快要閉上了，連忙將小黑放下來。「要不我送你們回去吧。」
「不用了，您送我們回去，再來，可就耽擱時間了。」魏清莛看了看，道：「這條道我熟，不多久就到家了。」
劉老闆眉頭微皺。「現在可亂著呢，你們身邊沒個大人怎麼行？」
「不要緊的，這街上這麼多人呢，而且我能在東市擺攤，難道您還怕我走不出前門大街不成？」
那倒也是，劉老闆釋懷後，看了一眼已經睡過去的魏青桐，連忙從包袱裡抽出一件棉襖。「這是家裡帶來的，趕緊包上，這大晚上的寒氣可重了，回頭你再給我送回去就行了。」

「這……」魏清莛看向小黑。

劉老闆擺手道：「我有多帶的。」

魏清莛笑納。

小黑踮高了腳掐了魏青桐一下，相約道：「莛哥哥，明天讓桐哥兒來和我們玩吧。」

書院放假三天，明天還有一天的休息時間。

魏清莛想著明天也沒什麼事，就點頭答應了。

用棉襖抱著魏青桐走到一個不易人察覺的角落，背過身去，低聲囑咐道：「進去之後要自己爬上床，自己蓋被子，知道嗎？」

魏青桐打了一個哈欠，點頭，魏清莛用棉襖將人蓋上，感覺手中一輕，知道魏青桐進去了，手伸進棉襖裡拿了落下的手鐲套在手上，警惕的看了看四周，在一波人流過這裡的時候混進去，七拐八拐地離開那裡。

魏清莛出來一半是為了魏青桐，一半就是為了背簍裡的四隻兔子。

魏清莛將兔子都放到籃子裡，揹上背簍，尋著少女、少男最多的地方走去。

元宵節也算是中國的一個小的情人節了，這個王朝雖然沒有唐時候的開放，卻也沒有明清時候的森嚴，只比唐略遜一籌。

所以在這樣的節日，道德對男女之間的約束也會寬鬆許多。

而有追求的地方就有需要追求的工具，魏清莛堅信，她的兔子可以幫助男士們獲得女士們的好感。

於是，在放燈的天橋邊，人們就看到一個七、八歲的男孩一隻手抱著隻兔子，一手挎著籃子，不好意思地看向來往的少男少女們。

別說在古代，就是在現代，讓她在街上扯開嗓門喊著「賣兔子啦，賣兔子啦——」也是很困難的，更何況還是在這樣一個浪漫的夜晚，浪漫的地方，浪漫的人群中。

試想一下，天橋下，羞澀而又美好的少女將載有自己心願的燈放在水中，正滿臉期待的許願時，當陽光英俊的少男正鼓足勇氣要對愛慕的女子表白時，突然耳邊傳來一聲。「賣兔子啦——」

魏清莛可不敢冒這天下之大不韙，於是，她只好安靜的站在橋頭，用熾烈的眼神注視著來往的人，以表達自己的意思。

很顯然，有人或許是受不了她的注視，也許是為她懷裡的兔子而吸引，一個戴著面紗的女子在她身前停下腳步，輕柔地問道：「這隻兔子是要賣的嗎？」

「是。」魏清莛高興地答道，動了動腳，她可是站了許久的。

「好可愛呀！」

一句話。

就因為這一句話，魏清莛身邊呼啦圍上四、五、六個少男，各個用眼神緊盯著魏清莛。

「小哥兒，這兔子多少錢……」

等人群散去，魏清莛滿足的摸摸口袋，四隻兔子，比她先前賣十隻兔子還值呀，果真，戀愛中的男女就是智商低下啊！

魏清莛嘴角上挑，只是視線在觸及某一處時，笑容微僵，那種氣息她再熟悉不過，每次去東市，她都會被這種目光盯住，她被賊惦記上了。

魏清莛臉色微變，揹起背簍，轉身鑽進人流中，只是沒兩步，她就被一個大鬍子攔住，蒲扇似的手抓住她的手臂。

「大小子，你怎麼又亂跑？爹爹不是跟你說了要待在你娘的身邊嗎？你看你娘擔心的。」說著就要抓起她扛走。

第十四章　賭石

周圍的人聽到動靜回過頭來看，聞言都是會心一笑，看來又是哪家的小子淘氣到處亂跑了。

魏清莛眼裡閃過厲色，這是打算強搶了？眼角餘光看到左手上的手鐲，重心移到左腳，快、準、狠地踢出右腳。

大鬍子只覺下體尖銳的疼，手下意識地鬆開她回護，魏清莛一得了自由，就如泥鰍般滑進人群，仗著人小，在人群中擠來擠去……

幾人沒想到會有這樣的變故，一般來說，遇到這種情況，大部分人都會分說，要麼是直呼救命，尋求幫助，要麼是直接放狠話，說他爹是某某，就是沒遇到一句話不說就出手，一出手還成功的。

幾個同夥圍住跪在地上的大鬍子，大鬍子眼裡滿是狠戾。「通知下去，一定要找到那小子，不然我們洪幫就白在這條街上混了！」

幾人分散開來，不約而同的朝魏清莛圍堵過去。

圍觀們的群眾再遲鈍也猜到剛才發生了什麼事，都有些擔心那孩子，在那幾人去追人的時候，就不由自主的製造一些麻煩。

「讓開、讓開，聽到沒有……」

「別擋道……」

後面這麼大的動靜怎麼可能瞞得住魏清莛？

背簍目標太大，魏清莛順手將背簍裡的棉襖拿出來，將它丟到路旁，腳步快速的朝人多的地方擠去。

等她站定腳步的時候，已經不知到了哪裡了，魏清莛疑惑地看著熱鬧卻不同剛才走過的街道，雖然兩邊也掛著花燈，卻很少，一條街下去，魏清莛看得清清楚楚，店鋪前面就是放著各式各樣的石頭，人們三三兩兩的圍著那些石頭。

魏清莛回頭去看，沒發現人追上來，側耳去聽也沒有什麼動靜，鬆了一口氣。

不過暫時是不能出去了，她將棉襖披在自己的身上，這裡雖然人也不少，可和剛才比卻少太多了，人少了，就覺得冷。

魏清莛一路好奇地看過去，本來她以為這是花鳥市場，以前她租住的地方不遠就有一條街是花鳥市場，裡頭也有各式各樣的石頭，不過那些石頭要麼外觀好看，要麼奇特，都有欣賞價值，可這裡的石頭，不是魏清莛說，長得還真不是一般的——難看。

耳邊聽著聽不懂的名詞，可總覺得熟悉，好像在哪裡聽過似的。

「哎呀，老孫頭要解石了。」前面店鋪有人喊了一嗓子。

魏清莛好奇地看過去，隨著眾人一起去圍觀。

「來來來，今兒是元宵，在場的諸位，只要是解石全都算我的，老孫頭今晚算是第一個了，我也來沾沾他的喜氣。」

魏清莛仗著人小，從人和人之間擠進來，就看見一個穿著石青直襟的男子正團團抱拳。一人就從他身後抱出一塊香瓜般大的石頭。

魏清莛好奇地問身邊的人。「怎麼磨起石頭來了？解石是什麼意思？」

身邊的人這才發現靠在自己身上的是個孩子，壓低了聲音問道：「你家大人呢？怎麼讓你到這種地方來？」不過也沒有深究，回答道：「這是玉的原石，解開來就知道有沒有玉了，要是有玉，玉的價值又高於當初所買的價錢就賺了，要是沒有，」搖搖頭。「那可就虧大發了。」

「這是賭石啊！」魏清莛眼睛一閃。

「沒錯，」那人孺子可教地看了魏清莛一眼。「正是賭石，不過小傢伙，這十賭九輸，賭場上的事誰也說不準，更何況，這賭石還不止這個比例呢，我看你還是趕緊回家去吧，這些東西是會移人心志的。」

「那您怎麼還看呢？」

「嗨，我呀，也就看看，過個乾癮，可沒那個膽子下場，我是大人自然可以自制，可你是小孩呀，這賭場可使人一夜暴富，也可使人一夜跌進地獄呀。」

「難道就沒有常勝將軍？」

那人有些激動地問道：「你也知道許三眼？」

「許三眼？」

「沒錯，聽說他只需看三眼就知道原石裡面有沒有玉了，他賭石二十多年，聽說光贏的銀子就有一山這麼高……」

許老頭沒他說的這麼厲害吧，他不是說他十次裡只能相中三、四次嗎？果然，傳言就是喜歡誇大事實。

魏清莛專心地看著前面的人解石，因為精神集中，她好像恍惚看見那塊石頭上面有淡淡的黃色氣體在漂浮，魏清莛臉色怪異地用手按住胸口，那裡，是王氏留給他們的玉珮，當初，魏青桐無意中將血液沾到手鐲上，得到了空間，而她將她的血滴到剩下的這塊玉珮中時，雖然被吸收了，卻並沒有其他異常的事發生，可是現在它正發出可以灼燒人的熱度……

當一塊拳頭大小的黃玉被解出來的時候，魏清莛終於知道她的玉珮有什麼用了。

黃玉周圍漂浮著一些淡黃色的氣體，那些氣體正朝著她飄過來，魏清莛就眼睜睜地看著它們在她胸前消失。

她用腳趾頭想都知道那些氣體被玉珮吸收了，真是好東西啊！雖然她不知道有什麼用處。可下一秒，魏清莛就臉色大變，因為她看見，當黃玉周圍的氣體消失後，黃玉正釋放淡淡的氣體，那氣體一脫離黃玉，就朝她飛過來。

魏清莛有些慌亂，玉養人，人養玉，這氣體看起來是好東西，要是玉珮吸收完了，那塊黃玉怎麼辦？豈不是成了廢品？

就在她拔腿要逃跑的時候，這種現象終於停止了，而黃玉還是那個樣子，並沒有改變。

魏清莛鬆了一口氣。

「各位，此乃岫玉，雖然是微黃色，卻質量上乘，是印章的好材質，有興趣的朋友現在就可開價了。」

「咦，這玉不是老孫頭的嗎？怎麼是章東家出來主持？」

「這老孫頭到現在都沒有出現呢。」

「你們知道什麼，這老孫頭和章東家說好了，全權交給上玉閣處理，這元宵佳節這麼多人，不知可以為上玉閣招攬多少客人呢。」

「年前的那個雪災鬧得人心惶惶的，大家都衝著黃金去了，玉石街這邊的生意一直不好，現在緩過來了，上玉閣自然要抓住機會了……」

為了驗證心裡的猜測，魏清莛也不急著回去了，她不知道因為這個決定，她逃過了一劫，那被她襲擊的大鬍子是洪幫的一個小頭目，本來是為了給底下的小弟做一個示範，這才出手的，要不然，憑著魏清莛那區區十兩銀子還用不著他出手，可是沒想到示範沒做到，倒變成了一個笑話。

他一緩過勁來，不僅將自己所有的小弟都派出去，還去找了幾個兄弟，讓他們把自己的人也派了出去，在前門大街兩邊都站了人，滿世界的找魏清莛。

可惜的是，真正見到魏清莛臉的除了大鬍子、就還有一個盯上魏清莛的小弟，也因為天冷，魏清莛包得嚴實，但是大家撒網找的卻是一個七、八歲，揹著背簍，穿著灰色棉襖的清俊男孩。

魏清莛耳中一邊聽著大家的議論，收集資訊，一邊看著那邊的人喊價，最後那塊黃玉以五十兩的價格被人收購，而上玉閣又抱出兩塊石頭，這次是一次解兩塊，其中一塊較小，一塊足有兩、三歲的小孩般大，在兩塊石頭上，魏清莛都沒有看見氣體。

「一兩的銀子買的原石，結果一轉手就變成了五十兩，嘖嘖，這利潤，我要是也有那個本事就好了……」

「作夢吧你，老孫頭當年為了練就眼力可算是傾家蕩產，最後更是把老婆賣到那種地方去，現在是功成名就了，可老婆兒子不認他，要那麼多的錢有什麼用？更何況，老孫頭現在的錢未必就比以前多多少……你要願意讓你老婆被別人睡，也可以去試試……」

魏清莛眉眼微皺，對那素未謀面的老孫頭徹底沒好感。

只是讓魏清莛沒想到的是，最後兩塊原石解出來，那塊大的有四指大小的玉，小的沒有玉。

魏清莛看著那綠色的氣體朝她漂浮過來，滿心的不解，為什麼她剛才看不見呢？睏意襲來，魏清莛攏緊身上的大棉襖，抬頭看了一下偏向西邊的月亮，時間已經不早了，那些人應該已經放棄找她了吧。

魏清莛回頭看了一眼上玉閣的招牌，轉身擠出去，今晚收集到的已經夠多了。

魏清莛將大棉襖脫下來，穿著它實在是太難走路了。

只是寒風一陣，魏清莛打了一個哆嗦，決定還是身體要緊，趕緊夾緊大棉襖，瞄準了一個高大的男子，快步跟上，不遠不近地跟著，在外人看來，這是兩父子，也可以是順路，在那男子轉彎的時候，魏清莛就又瞄上幾個帶著孩子的婦人，緊步跟上……

魏清莛到前門大街出口的時候，腳步幾不可見的一頓，她確定自己沒有聽錯，他們要找的那個人就是她，真是小氣，不就是踢了一下嗎，用得著這麼大張旗鼓嗎？

看來最近一段時間她不能再到東市去了。

魏清莛坐在上玉閣門口，看著裡面的人選原石，耳邊卻聽著幾人的竊竊私語，這樣的事她已做了兩年，可以說是駕輕就熟。

兩年前元宵節賭石給了她震撼，她才知道，原來這世上還可以經由賭石來賺錢，這兩年她早上會去打獵，下午則會來玉石街，一邊幫人解石，一邊觀察這裡的人賭石。

有手藝的人都怕別人將自己的手藝學去，可是要傳給後代就要帶著他們出來實踐，幾家銀樓掌眼的師傅帶著自己的徒弟過來購買原石的時候都是壓低了聲音傳授，魏清莛坐在門外聽得清清楚楚。

魏清莛很不好意思，這偷藝也偷得太光明正大了些，拿人的手軟，魏清莛聽了兩天，就感到自己在面對對方的時候心虛到不行，就壓抑住自己不去聽，轉移注意力的時候就注意到一旁的老孫頭。

這個老頭也奇怪，每天都來上玉閣轉轉，也不說話，只將所有的原石看一遍，看得上的就買下當場解開賣了，看不上的，等到了時間就離開。

魏清莛有許老頭傳下來的書，這兩年她早就將書倒背如流了，她來這裡不過是為了實際操作，可實際操作是要花錢的，而，她沒錢！

那些銀樓的人是不可能在這裡解石的，只有老孫頭這樣的自由人才會，而老孫頭賭贏的機率是最高的，十次裡倒有一次是中的，魏清莛就看著老孫頭看過的石頭，在心裡暗暗算計裡頭到底有沒有玉，玉的成色會如何？玉的顏色會是哪種或哪幾種，大概有多大。

為了能上手，她還幫著在上玉閣解石的吳師傅解石，兩年下來力氣倒是大了不少。

老孫頭選定一塊皮薄的黑褐色原石，從表皮可以看出淡淡的綠色，因為表現好，這西瓜般大小的原石要價五十兩。

魏清莛卻眉頭微皺，根據許老頭的書，這種表現的原石雖然出玉高，卻都不是什麼好玉，而且裡面的玉也會很少。

魏清莛早就摸索清楚，她的玉珮可以讓她看到玉所發出的氣體，但是如果表皮太厚，那些氣體就會被阻擋住，所以她只能看見表皮較薄的原石，可是隨著玉珮累積的氣體越來越多，玉珮越發溫潤，她所能看到的原石也越厚。會不會有一天不管多厚的原石她都能看透？

夥計抬著原石放在他們腳下，道：「二十文，趕緊的，孫老先生還等著回家吃飯呢。」

吳師傅高聲應了一聲，就招呼魏清莛動手。

魏清莛拿著鉈具在綠色氣體最多的一面磨開，沒幾下，用水澆下，像生命一樣的綠意盎然出現在人前，綠色氣體衝她飛奔而來，魏清莛精神一震，叫道：「吳師傅，您看……」

吳師傅一看，沒想到這麼快，高興地衝裡叫道：「孫老先生，出玉了，是綠色呢，好色！」

大家圍上來看，看到那一片綠都紛紛恭喜老孫頭，老孫頭踏著步走過來，眼裡有著化不去的陰鬱，看到這抹綠色，自得地一笑，道：「繼續解！」

吳師傅怕解壞了，就拿著鉈具沿著魏清莛解開的那個口子繼續磨，魏清莛學著他在一旁磨開。

只是……魏清莛看看手掌下白花花的石頭，和吳師傅相視一眼，這是遇上靠皮玉？

靠皮玉是賭石中最難掌握的情況之一，因原石上蟒帶松花都不少，看著是要大漲的玉石，切開來可能就只有一層表皮，躍過這層表皮則是白花花的石頭，若有商家運氣好，只開一個小天窗，讓人看不到玉吃進去多少，將它當半賭的玉石賣，則會大賺。

這塊原石的松花在向上部分漸漸變淡，魏清莛眼睛一亮，原來這種表現會出現靠皮玉嗎？看來回家得記下來。

吳師傅卻有些喪氣，要是解出好玉，他也會有紅包的，老孫頭出手一向大方。

這種從天上掉到地上的事老孫頭經歷得多了，見了臉色都沒有變一下，好像理應如此，看見遞到手上薄薄的一層，這種玉除了點綴根本就沒什麼用了，雖然成色好，可是價值也不過是一、二兩，他將玉丟給吳師傅，道：「就當是給你們倆的紅包吧。」說罷轉身就離開上玉閣。

吳師傅一喜，這可抵得上他一個月的收入了，轉頭看見魏清莛，笑意一頓，將玉仔細地收起來，從懷裡摸出十文錢遞給她道：「吶，本來你只得五文的，剩下的五文就算是孫老先生給你的紅包，今天也不早了，趕緊回家去吧。」

魏清莛垂著頭接過，眼裡閃過諷刺，吳師傅喜歡占她的便宜，魏清莛也知道，可一向不喜與人爭執的她就當沒看見，更何況，她來這裡又不是為了賺錢的，所以秉持著多一事不如少一事的原則恭讓。
快要到學院放學的時間了，魏清莛要去接魏青桐回家。
她略收拾了下，笑著和沿路的人打了個招呼，就疾步往學院路而去。
柳青兩年前參加鄉試，可惜沒有考中，今年打算再接再厲，只是柳家也在兩年前就給他娶親了，是老早就訂下的一個老秀才的閨女，因為柳青也教過她認字，魏清莛和其他學生都叫她柳師母。
魏清莛到的時候，柳師母正在淘米，看見魏清莛進來，就笑道：「莛哥兒來了，這還得有兩刻鐘才下學呢。」
魏清莛抿嘴一笑，快手快腳地幫柳師母將水缸挑滿，等她拿起斧頭要幫他們砍柴的時候，鐘聲就響起了。
岷山書院是京城最大的書院，也是全國最優秀的書院，裡頭的大鐘是前朝宣宗皇帝賜下的，從那以後，京城的所有書院的作息都聽這鐘聲，所以學生們放學上學都趕在了一塊，京城也形成了傳統，每到學生放學的時候就自動將道路讓出來一些，供學子們回家。
「快，別幹了，帶你弟弟回家，這些事情交給你們先生就是了。」
「哪裡就急在這一時了，」魏清莛看著飛快跑出來的孩子，笑道：「先生明年就要下場了，哪裡還有時間做這個？反正我有的是時間和力氣，不過一會兒的工夫。」
看見小黑牽著魏青桐的手出來，就招手道：「快過來！」
桐哥兒看見姊姊，眼睛一亮，拉著小黑跑到姊姊身邊。「姊姊，姊姊，今天先生誇我了！」

「哦？」魏清莛拿著手絹給他擦額頭上的汗，問道：「誇你什麼了？」

「先生誇我畫得好，有靈氣。」

這樣說誰聽得懂啊？小黑補充道：「先生讓我們畫荷花，桐哥兒顏色搭配得最好，先生說桐哥兒畫裡有一股靈氣，全班同學無一人能及，先生也說，他也畫不出更好的了。」

小黑得意洋洋地看著魏清莛，好像是他得了誇獎似的。

魏清莛卻有些詫異，她早就知道魏青桐畫畫好，她雖然不懂畫，但起碼的欣賞還是會的，魏青桐也最喜歡畫畫，每個月在畫畫上的花費比姊弟倆的伙食還要高一些，可她沒想到他會畫得這麼好，連柳先生都覺得比不上。

要知道柳先生以前可是賣過字畫的，在古代，字畫要是沒達到一個境界是不敢上街擺攤的。

也許她該和柳先生談談以後桐哥兒的發展方向了。

魏清莛摸著魏青桐的腦袋誇獎。「我們桐哥兒真厲害，晚上姊姊給你炸丸子吃好不好？」

桐哥兒眼睛一亮，邀請小黑。「小黑哥哥，你去我家吃丸子好不好？」

「我娘不許的。」小黑一如既往地搖頭。

「哦。」魏青桐也沒有多少沮喪，只是看著姊姊。

魏清莛就指了院裡其他還不願散去的學生道：「你們先到一邊玩，等姊姊給先生砍好柴我們再走好不好？」

兩人一聽還能再玩一會兒，歡呼一聲，就去找往日玩得較好的夥伴。

魏清莛看了一眼教室，裡面有幾個學生纏住了柳先生問問題。

魏清莛豎起木頭，她雖然才九歲，但在古代，卻是虛歲十一歲，算是個少年，是半個大人了。加上常年打獵和解石，力氣要比一般少年大得多，砍柴還是可以的。

她每天都會提前來，不為什麼，就為了幫柳先生做一些力所能及的活。

魏青桐和別的孩子不一樣，一個班二十幾個學生，即使有小黑護著，也依然有人挑釁，柳先生可以在課堂上護著他些，可到底要一視同仁，也不可能太偏向他。

可柳師母就不一樣了，女人的喜愛是簡單而直接的。

課堂上有柳先生，出不了大亂子，課堂下有小黑，又有柳師母保駕護航，即使有不好聽的言語，魏青桐聽到的也很少，更何況，孩子們總是比較美好的，即使是說難聽的話，和社會上的那些一比簡直就不算什麼了，讓魏青桐聽聽也不全是壞處。

等她將明天柳先生家所用的柴砍出來，孩子們也戀戀不捨地回家了。

魏清莛和柳師母招呼一聲，就牽著小黑和魏青桐回去。

第十五章　拜師

一路上，小黑的情緒有些低沈。
魏清莛就好奇地問道：「你怎麼了？」
小黑低著頭道：「我爹和我娘要給我換個書院。」
魏清莛停下腳步，驚詫地問道：「為什麼？」
小黑有些扭捏。「我爹想讓我科舉，花了大錢在書院路裡找了一個二等的書院，說要送我去。」小黑渴望地看著魏清莛道：「莛哥兒，要不，你也給桐哥兒換個書院吧？」
魏清莛有些心緒不寧，那種書院哪裡是說想進就能進的，更何況，魏青桐還是這種情況，在遠志書院有柳先生鎮壓著還好，到了那種地方，爭鬥增多，矛盾也增多，魏清莛怎麼可能讓魏青桐去受那個苦？
可小黑是魏青桐最好的朋友，除了她，也就小黑有耐心和桐哥兒說話了。
「你爹怎麼突然想到讓你科舉了呢？」
小黑恨恨道：「都是我妹妹們害的，兩年了，我娘生了兩個妹妹，就是沒有弟弟，本來我爹都計劃好讓我繼承他的家業，然後送我弟弟去科舉的。」
魏清莛嘴角抽抽，劉老闆果然厲害，兒子還沒有出生呢，就把人家的未來決定了。
「我娘生了兩胎都是妹妹，我已經有了三個妹妹，我爹怕生下去還是妹妹，就讓我去考科舉了。」

對這個煩惱，魏清莛也無能為力，送小黑回去後，她也帶著弟弟轉彎回了魏家。

魏清莛從洞口爬進去，將掩蓋的東西放好，這才直起身。

魏青桐挎著書包早就飛奔回房，從書包裡拿出今天畫的畫，獻寶一樣遞給姊姊看。「姊姊，妳看，這就是我畫的。」

魏清莛在桌上展開。「的確好看，」魏清莛看著桌上已經放滿的畫筒，道：「明天姊姊再給你買一個畫筒好不好？」

魏青桐點頭。「姊姊，我要吃酸菜魚，還要吃蟹粉獅子頭。」魏青桐雙眼亮晶晶的看著姊姊，強調道：「今天先生誇我了！」

魏清莛哭笑不得，但這是她答應過魏青桐的，思索了一下道：「現在沒有魚，換一個野兔丁炒醬瓜丁好不好？」

魏青桐板著手指算了一下，苦著臉道：「那好吧，不過明天我要吃酸菜魚，前天我在小黑哥哥家吃了劉嬸嬸做的酸菜魚，可好吃了。」

魏清莛刮著他的鼻子道：「你就知道吃。」說完又憂鬱起來。

冬天的時候，她不敢上山，還可以來回接送魏青桐，但雪一化，她就要上山打獵，這兩年來她都是早上起來將吃的給魏青桐裝好，然後上山，魏青桐放學就跟著小黑去他家吃飯加午休。

因為她準備的午餐是兩個人的量，又是葷素搭配的營養套餐，甚至考慮到小黑喜愛吃肉，多準備了不少的肉。劉家只要熱一熱，再提供飯就好了。

那樣的吃食，其實就是過年也不過如此，也因為這樣，劉老闆很樂意接收魏青桐，魏清莛也不時的給他家送一些野雞、野兔之類的，大家各求所需，皆大歡喜。

可是現在小黑要換書院，那魏青桐怎麼辦？難道她打獵打到一半下來接小孩？

那她下午就幹不了什麼了，別說上山，可能玉石街也去不了了。

魏清莛覺得很憂鬱。

魏青桐見姊姊發呆，早已見怪不怪，自動地跑出去，將門洞那裡的飯菜拿進來倒掉，就拿了水桶到後院去澆菜。

空間裡養了不少的兔子和野雞，除了每天魏清莛進去打掃一下，兩人都不喜歡待在裡面，魏清莛就把後面的院子整理出來全都種下菜，反正這裡也沒有人來，就算被發現了也沒有什麼。

兩年多的時間足以讓魏清莛對這個世界、對魏家有了一定的瞭解，行事也愈加大膽。

魏家根本就不敢將姊弟倆的現狀公諸於眾，只要在大義上站住腳，她還怕什麼呢？魏家從來就不在她的考慮範圍之內。

魏家這兩年的日子也很難過，王公的政敵覺得魏家是王家的親家，自然是怎麼看怎麼不順眼，王公的支持者更是對魏家咬牙切齒，魏家對王氏和兩個子女的所作所為，外面多少還是有一些風聲的，對忘恩負義的魏家自然沒有好臉色，而中立派更是不齒魏家的所為，所以魏家在朝堂上很尷尬。

魏老太爺年紀大了，霸佔著戶部尚書的位置好幾年，那些沒有根基的也就在心裡嘀咕兩句，可那些急等著上位的世家可不願意等，誰也不知道魏老太爺這個戶部尚書能坐到什麼時候。

魏志揚是靠王家的關係才這麼年輕坐上禮部侍郎的位置，他能不能升官魏清莛不知道，但魏清莛知道他在禮部裡一定很艱難，因為禮部尚書陳茗的親家是門下侍中曾淼，曾淼是王公的學生，真正的學生！

去年，魏志揚就謀了一個外職，帶著小吳氏和三個兒女一起去了任上，這樣一來，魏家更是淡忘了秋冷院的兩姊弟，去年過年的時候，魏家也沒有讓兩姊弟出去露面，魏清莛自此更是肆無忌憚。

以前還擔心魏家記起來闖進來發現他們私自出去，現在嘛，魏清莛嘿嘿一笑……

魏青桐蹲在地上，無聊地拿著樹枝在地上亂畫，想起先生給他布置的作業，就順手在地上畫起竹來……

孔言措從「福運來」出來，撣撣長袍上不存在的灰塵，低頭間就看見一個相貌精緻的小孩拿著樹枝在地上畫畫，他今日心情好，就駐足看了一會兒，臉上神情漸漸變得慎重，不由自主地站到他身邊去看……

「這個不好，構竹要一筆完成，你偏分成了三步。竹，講究氣韻，你這幅畫雖有了靈氣，卻韻味不夠，最要緊的是畫竹就沒有單畫的，或雪，或石，總要有一個相襯才是……」

孔言措忍不住指點他。

小孩偏著頭，卻不動手改，孔言措眉頭微皺，繼而鬆開搖頭，怪他，見著了好苗子就忍不住出聲，卻不知人家未必領情，想著，起身離開。

魏青桐卻剛剛想明白，手中的樹枝唰唰地在竹子間加了一塊醜陋的石頭，卻不顯得突兀，整幅畫頓時生動起來。

孔言措「咦」了一聲，認真地看起來。

魏青桐揉了揉痲痲的腿，站起來，照著姊姊和先生教的，似模似樣地給孔言措行了一禮。「謝謝指教！」

孔言措詫異地看著他。「你剛是在構圖？」

魏青桐側頭想了想，搖頭。

「那是在描摹石頭了？不過這塊石頭倒加得不錯，你是怎麼想到的？」

「不是你讓我加一塊石頭的嗎？」魏青桐眼露詫異。

「我是說或雪，或石……」

魏青桐認真地點頭。「我不記得雪具體是什麼樣的，但是石頭我知道，昨兒姊姊才帶我去看了，好多好多難看的石頭，我覺得這塊是所有我見過的裡面最配我的竹子的。」

孔言措這才發現這孩子的不同，眼睛清澈，卻靈動不足，心裡一動，問道：「我看你也讀書了，可知『苟志於仁矣，無惡也』是何意？」

魏青桐偏過頭，孔言措仔細地觀察著，這孩子的眼睛果真呆呆的，心裡有些惋惜，畫作這樣有靈氣，只要有良師引導，以後必成一大家。

「桐哥兒，」魏清莛揹著背簍健步如飛地過來。「姊姊賣完了，我們回家吧。」

孔言措在看到魏清莛的臉時，瞳孔微縮，聽到她的自稱，眼睛朝她的耳朵看去，兩隻耳朵上都有已經閉合的耳洞。

「且慢，」孔言措攔住兩人，轉頭對魏青桐道：「不知你可願認我為師？」

魏清莛這才注意到孔言措，眉頭微皺，將弟弟拉到身後，不客氣地上下打量他，更是不客氣地問道：「你是誰？」身上不由放出面對猛獸時的氣勢。

孔言措一愣，繼而拍掌讚道：「不愧是王公的子嗣，小小年紀有這等氣度！」

魏清莛臉色一變，左右看旁邊的人，因為他們是低聲說話，倒沒有什麼人注意這裡。

「莫慌，莫慌，」孔言措含笑安撫她。「我既敢說出來，就有護住你們的本事。」

「我們找個說話的地方吧。」說著，魏清莛帶頭朝一個巷子走去，那裡是死胡同，一般時候沒人去那裡。

「不知先生怎麼稱呼？」魏清莛晦澀不明地看著孔言措。

孔言措好笑的看著像隻母老虎一樣護崽子的魏清莛，低聲道：「在下兗州孔言措。」

魏清莛眼睛一閃。「曲阜？」

孔言措一怔，然後笑道：「正是。」

「我為什麼要信你？」魏清莛上下打量他。

孔言措微微一笑。「有沒有人與妳說過妳和王公長得很像，特別是那一雙眼睛，女裝還罷，這男裝，只要是對王公熟悉的人都會猜到妳與王公的關係，我知道王公的女兒王氏嫁給魏家，出一女一子，歲數正與你們對上，剛妳又自稱『姊姊』……只是妳不是應該在魏家嗎？怎麼一副……獵戶的打扮？」孔言措好奇地看著她。

魏清莛卻問道：「你剛說想收我弟弟做徒弟？」

「是，」孔言措看著從魏清莛身後露出小臉來的魏青桐道：「他的畫很有靈氣，是可塑之才。」

魏青桐擅長畫畫，這也算是一技之長，先前魏清莛就和柳先生談過，只是柳先生精力有限，並不能教授魏青桐多少，如果孔言措說的是真的話，讓桐哥兒跟著他不失為一個好主意。

「孔先生，我現在並不能馬上做決定，不知您是否能等我三天，三天之後我給您答覆。」魏清莛語氣要比先前恭敬多了。

孔言措眼睛一閃，魏清莛並沒有提要徵求長輩的意見，好像她就可以拿主意。

「自然可以。」孔言措笑咪咪地道。

「不知先生住在哪裡？」魏清莛牽著魏青桐的手邊走，邊笑問，好像剛才質問孔言措的人不是她。

孔言措滿臉笑意。「在下住在離這兒十里遠的岷山腳下，離柳家莊不過一刻鐘的路程。」

魏清莛點頭，以她的腳程從魏家出發也要花費一個半小時，帶上魏青桐大概要兩個小時了。

魏青桐掙開姊姊的手，看看這人，又看看姊姊，問道：「姊姊，我不去先生那裡上學了嗎？」

魏清莛腳步一頓。「桐哥兒很想去柳先生那裡上學嗎？」

魏青桐委屈地癟嘴。「小黑哥哥都不去了，都沒有人和我玩……」說完雙眼亮晶晶的看著孔言措道：「你會和我一塊玩嗎？」

魏清莛也看向孔言措。

孔言措自傲道：「玩，也是有講究的，你要是拜我為師了，我就帶你見識見識什麼叫做真正的玩。」

「那也會和我一塊午休嗎？」

孔言措臉抽了抽，點點頭。

柳先生認識孔言措，孔言措是曲阜孔家嫡支的子弟，在外遊歷，雖然不入仕，學識卻不錯，柳先生就曾請教過他功課，對他很是推崇，最主要的是，此人六藝都不弱，在士林中很有聲望。

柳先生笑道：「桐哥兒能拜他為師，是桐哥兒的大造化。」

魏清莛沈思了兩天，又打聽了一下孔言措的為人，就同意讓桐哥兒拜他為師了。

魏清莛看著河裡一大一小兩個泥人，轉頭問孔言措的小廝慎行。「他們今天又做了什麼？」

孔言措的小廝慎行在魏清莛後面一步，聞言躬身道：「先生說小公子畫工好，那於製陶也有天分，就帶著小公子去製陶。」

只是製陶就弄成這樣？魏清莛滿臉懷疑。

慎行臉淡漠地低下頭，這還只是開始……

魏清莛迎上兩人，照著男子禮儀行禮道：「先生。」

雖然已經洗過，言先生──暫時就這麼叫吧，畢竟是人家的化名，衣襟上還是有不少的泥巴，卻不妨礙某人姿勢優雅的摸一摸鬍子，笑道：「莛哥兒來了，正好，我正要派人告訴你今天不用來接桐哥兒了，我今晚要和桐哥兒秉燭夜談。」

魏清莛嘴角抽抽，這不是「正好」好不好？

魏清莛朝桐哥兒看去，桐哥兒邊雙手擦著沾泥的衣袖，邊小心翼翼地觀察姊姊，聽到「秉燭夜談」，雙眼猛地一亮。

魏清莛見了，心裡暗罵，真是小白眼狼，有了師父忘了姊姊！

知道反對也無效，魏清莛只好仔細地將魏青桐的習慣告訴慎行。「……桐哥兒睡前要喝半碗白開水，睡覺的時候踢被子，晚上要起來上一次廁所……」

魏清莛又拉著魏青桐交代了一些事情，這才有些不捨地放下一隻野雞，走了。

這是她來到這個世界後魏青桐第一次離開她這麼長時間。

魏清莛快速的穿梭在南坊的幾條街上，今天下午的收獲不錯，她得趁著天還未黑的時候趕緊處理掉，不然，這樣的氣溫，明天賣不賣得出去還兩說。

魏清莛將最後一隻兔子處理掉，接過銅板，剛放好，不遠處就傳來喧囂聲，魏清莛看過去的時候，那裡已經圍了好幾層。

華夏人向來愛瞧熱鬧，只是熱鬧和危險是並存的，魏清莛也很想八卦一下，可是想想，決定還是遠遠的看著比較安全。

買兔子的人也不急著走，踮起腳尖使勁地朝那邊看。

魏清莛找了塊地坐下，見了笑道：「這樣能看見什麼？還不如到前頭去看呢。」

「那可不行，一個不小心把命給丟了。」

「天子腳下，誰有那麼大的膽子？更何況這已經是南坊的周邊了，住的都是你我這樣的升斗小民。」魏清莛看著前方的混亂，照以往的經驗道：「最多不過你打我兩下，我踢你幾腳的事。」

「那可不一定，」那人蹲在魏清莛的旁邊，左右看看，最後低聲道：「就說前幾天，徐國舅當街打死了一個進京述職的六品官，結果怎樣？皇上不也只是將人關了三天，現在放出來照樣在京城橫著走。」

「徐國舅？」魏清莛壓低了聲音問道：「皇后不是平南王府任家的嗎？怎麼出來一個徐國舅？」

「這徐國舅是徐貴妃的弟弟，也算是國舅爺了。」

魏清莛點頭，心裡卻有些沈重，徐家已經得寵到這個地步了嗎？要是徐家不倒，王家就很難出頭，那他們姊弟出現在人前也遙遙無期。

魏清莛看著那邊的混亂不僅沒有消滅的跡象，反而越演越烈，人群還朝這邊過來了，眉頭微皺。這兩年她在市井中見過不少吵架打架的，可是只要有人出來勸，雙方都還是願意和解的，畢竟冤家宜解不宜結。

旁邊的人也看出了門道，站起來道：「看來這是有人故意找碴呀，也不知道是誰得罪了誰。」拍拍屁股，拎起兔子耳朵對魏清莛道：「小哥兒，這種熱鬧可不好瞧，我先家去了。」

魏清莛聞言道：「大哥好走！」魏清莛起身看向那邊，也揹起背簍要離開，離開之前習慣性的敞開聽力聽聽，邁出去的腳步一頓，神色不明地回身去看人群。

人群中，刑部左侍郎的次子方永居高臨下的看著坐在輪椅上的清俊少年，眉梢輕佻，嘴裡惡毒地道：「怎麼？還不起？那也是，你就一個廢物，廢物怎麼可能拿得出二百兩銀子呢？所以我勸你還是早點把房子抵出來，不然，」方永的目光似笑非笑地釘在他的腿上。「你的腿廢了，不想手也廢了吧？」

王廷日眼中寒光一閃，直直的看著方永，方永覺得渾身一寒，有些膽怯，反應過來大怒道：「別給臉不要臉！你以為你祖父還是帝師？」

王廷日吐出一個字。「滾！」

「廷哥兒，不得無禮！」

王廷日的身後轉出一個三十多歲的婦人，渾身著素，一看就知道對方在守孝，和所有守孝的婦人一樣，只是粗布，頭上也只一根木簪子，只是她眼神溫潤，卻又讓人覺得不可侵犯，倒讓圍觀的人感到心裡有愧。

方永不敢和她對視，只將頭扭到一邊，大聲道：「你們只說還不還錢吧？」

婦人微笑道：「自然是要還的，只是家中實在是一時湊不出來這麼多錢，還請方公子寬限一二，待我們湊夠了錢就給府上送去。」

方永也很想點頭，只是想起大哥的交代，還是梗直了脖子道：「先欠著？誰知道你們會拖到什麼時候？欠債還錢天經地義，你以為你是王公的孫子我就理所應當的寬限？我看你是王八的孫子還差不多，也是，說不定那王公還真的是王八呢，他不就犯了殺頭之罪……」

未盡的話語憋在喉嚨裡，眼睛睜得圓大，一股前所未有的恐懼席捲全身，方永不可置信的看著眼前的人。

魏清莛掐住他的脖子，手微微收緊，一把將他扯到一邊去，對那些要衝上來的家丁道：「你們上來試試，看看是你們手快，還是我手快。」

聲音不大，卻透著一股陰狠的殺氣，讓那幾個家丁不由自主地停下腳步。

第十六章　相認

魏清莛微微一笑，看著手中的人翻著白眼，道：「你們的主子要是死了，你們應該也會陪葬吧？正好，我死了還有這麼多人陪著，夠本了！」

幾人更不敢動了。

王廷日本來氣得青筋直冒，要不是母親壓制著早就動手了，魏清莛突然冒出來讓他吃了一驚，到他抬頭看清魏清莛的臉，更是一震，驚疑地朝母親看去。

謝氏卻滿臉不可置信地看著魏清莛。

魏清莛微微鬆開手，問道：「你剛才說誰是王八？」

方永滿臉恐懼地看著魏清莛，看到她眼中的殺意，雙股微微地打顫，沙啞著聲音道：「沒，沒說誰。」

魏清莛的拇指一緊，滿意地看到對方身子又軟了幾分。「可我記得你說的是你祖父是王八的，是不是？」

方永滿臉糾結。「這，這……」看到對方眼中厲色一閃，沒有骨氣的癱倒在地。「是，是，我祖父是王八！」

周圍的人哄笑一片，剛才的凝重氣氛頓時一掃而空。

魏清莛眼睛眯了眯，問道：「你剛才說我哥欠你錢？」

王廷日不是王家的獨子嗎？什麼時候又冒出一個弟弟了？

不過看到對方和王廷日三四分像的臉，方永釋懷了，估計是外頭妾生的，沒想到書香門第的王家也有這種齷齪。心裡九轉十八彎，口中卻快速地答道：「是，王廷……王公子打碎了我的筆洗，欠了二百兩銀子。」

魏清莛眉頭微皺，什麼筆洗值二百兩銀子？

魏清莛偏頭去看王廷日。

雖然是對方設計的，但東西的確是他打碎的，王廷日點頭。

魏清莛就放開對方脖子上的手，勾著方永的肩道：「哥們，那我們商量商量怎麼還債好了，你看寬限一段時日如何？」

王廷日吃驚地看著魏清莛搭在方永肩上的手臂，謝氏臉色鐵青，眼裡幾乎要噴出火來。

方永打了一個寒顫，小心地瞄了一眼那手臂，察覺到她敲了一敲，心中一激靈，連忙點頭道：「寬限，寬限……」

魏清莛朝那些打算上前的家丁看了一眼，眼裡的寒光讓那些人腳下一頓，笑道：「那你說寬限多長時間合適呢？」

方永哭道：「小兄弟，不，大哥，這不是我能作主的，要是我不拿回去，我大哥就親自出手了。」

魏清莛眉頭一皺，沒想到方永背後還有人，他們到底得罪了什麼人？側頭去看王廷日。

王廷日早料到一般，神色不變地道：「三天之後你再來收帳。」

方永哭聲一頓，偷眼看去，見王廷日神色淡淡地看著他，連忙點頭。三天，的確是大哥給他的最後期限。

魏清莛這才放開方永，方永腳下一軟，一屁股坐到地上。

魏清莛忙把他拉起來，還給他拍了拍身上的塵土。「哎呀，公子怎麼坐在地上啊，多髒啊，快起來、快起來，看這天色也不晚了，趕緊家去吃飯吧，啊？」好像剛才掐住人家脖子的不是她。

周遭圍觀的人無語地望了一下天，紛紛散去，畢竟這位可是敢把人往死裡掐的。

方永摸了摸生疼的脖子，沙啞地應了一聲，帶著人走了。這種事他們只能私底下解決，放到朝堂上，方家說不定就沒了，畢竟御史不是吃素的，而且王公底下還有那麼多的學生呢。

魏清莛也正是想到了這點，才敢下狠手的，她剛才在那邊聽到這人在侮辱王公，就知道這人背後的人和王公有利益衝突。

謝氏上前一把拉住魏清莛，低聲道：「走。」扯著魏清莛就朝巷子裡去。

魏清莛看著握住自己的白皙手掌，眉頭一皺，只是對方是長輩，想著，今晚反正她也是一個人，晚些回去也行。

王家在巷子盡頭，一座二進的房子，剛打開門，院裡一個老婆婆和一個十歲左右的女孩就迎上來，看到三人進來，小女孩急忙去檢查王廷日身上。「哥哥，你有沒有受傷？那些人呢？福伯去找送信的人了，他們給我們寬限時間了嗎？」

「雅兒，這不是說話的地方，我們先回客廳去，妳去倒一杯茶來給客人。」

王素雅這才發現還有外人在，好奇地看了一眼魏清莛，見魏清莛眼睛清亮的看著她，小臉一紅，諾諾地應了一聲，就朝後頭去了。

老婆婆卻看著魏清莛的臉一時回不過神來。

一進客廳，謝氏就眼睛凌厲的看著魏清莛。「莛姊兒？」雖是問話，卻語氣肯定。

王廷日瞪大了眼睛看她。

魏清莛眼神複雜的看著謝氏，她以為王家的人都走了，沒想到她外祖父的直系卻留了下來，她以為，在她成年之前她不會遇見王家人。

魏清莛收起思緒，鄭重地行禮道：「舅母。」這是這個身體的長輩，是她應得的尊敬。

老婆婆紅了眼睛，看著魏清莛的男裝打扮哽咽道：「表、表小姐。」

謝氏皺緊了眉頭。「妳不在魏家待著，怎麼這副樣子出來？」謝氏看著魏清莛背後的背簍及裡面的弓箭，心裡一緊，突然有種不好的感覺。

魏清莛知道，要在遇到王家人之後繼續隱瞞她的所作所為是不可能的，所以她決定說個七分，剩下的三分就留給他們腦補吧。

謝氏沈吟道：「所以，這兩年你們都是靠著打獵為生？」

「是。」

「胡鬧！」謝氏狠狠地拍著桌子道：「妳是千金大小姐，怎麼能去做那樣的事？既然是魏家無理，妳就該拿住了為妳和桐哥兒爭取，怎能因為害怕就偏安一隅？甚至、甚至還出入市井，做這些下九流的事。」

魏清莛心裡有些不舒服，就算謝氏是這個身體的舅母，也不是她可以隨意訓斥的，何況她來這裡兩年多了，也從沒見過謝氏上門。

「舅母，我並不覺得這是什麼下九流的事，至少我和弟弟是靠著自己而活的。」

「妳，這樣傳出去，對妳是最不利的，哪有女孩子從洞裡私自爬出去的，妳以後還要不要嫁人了？」

魏清莛冷哼，硬氣道：「舅母放心吧，大不了以後我不嫁就是了，難道桐哥兒還能短我吃穿不成。」

謝氏譏笑。「桐哥兒自然沒有意見，可魏家一定不會答應，妳可是嫡女，說不定魏家都已經為妳安排好了路子……」謝氏覺得不應該和外甥女說這些，轉開話題道：「行了，這件事我會去和魏家談的，妳回去後就待在家裡，不要再往外面跑了，你們要是不能平安長大，魏家會付出代價的，我們王家雖然遭難，但幾百年的底蘊豈是這樣的小門小戶能比的？」

說到王家，謝氏骨子裡透著驕傲。

除了曲阜孔氏，這個天下還有哪個家族可以比得上琅琊王氏？

魏清莛眉頭微皺，心中不悅，起身道：「那還是等舅母能進魏家再說吧！」

謝氏皺著眉頭看她。「妳這是什麼意思？」

魏清莛嘴角微挑，露出一個嘲諷的笑意。「太原耿家大奶奶秦氏多次派人來看我，除了第一次秦嬤嬤請來鎮國公世子夫人溫氏幫忙之外，都被吳氏以我不便見客推掉了，舅母以為要是從大門進，您能見到我嗎？」
王廷日一直神色淡淡的聽著，此時聞言眼中寒光一閃，手下意識的握緊輪椅。
謝氏垂眸不語，再抬頭卻「啪」地一聲打了王廷日一巴掌。
「夫人！」老婆婆失聲叫道。
魏清莛往後跳了一大步，臉色怪異地看著王廷日。
謝氏卻已經厲聲道：「廷哥兒，你看看你弟弟妹妹過的是什麼日子，你有什麼資格悲傷？你是長子，自幼承繼你祖父的志向，這就是你的所作所為嗎？你妹妹一個女兒家都知道要有尊嚴的活著，你呢，你做了什麼？你怨朝廷，怨徐氏，怨天下，你是男子，你的路那樣廣闊尚且如此，那你妹妹們呢？她們怎麼辦？桐哥兒怎麼辦？」
魏清莛臉上難看，看著謝氏，眼裡閃過寒光，心中有一種被利用的羞辱。
王素雅正好端著茶進來，看見母親打了哥哥，驚在門口，聽到母親的問話，想到這兩年來的迷茫，壓抑不住地哭出聲來。
王廷日聽到妹妹壓抑的抽泣，回過頭來看她，轉眼間又看到魏清莛粗糙的手，心中一痛。
是啊，他的腿雖然廢了，可他還有手，還有腦子，可這兩年他做了什麼？憤懣，滿心的憤懣！
王廷日不服，就因為那人是皇帝，所以就可以任性的將責任推給別人嗎？
他們家本來和睦美滿，祖父是帝師，又是丞相，父親是當世大儒，小叔才十八歲，剛剛取得秀才功名，一切都那麼好，祖父甚至計劃著給小叔說一門親事……

祖父的手箚上說，削藩之事早在先帝時就已經制定好了計劃，偏皇帝急功近利地提前動手，被人鑽了空子不說，還留下一大堆的爛攤子給祖父收拾。

祖父不得不上罪己詔，將責任攬過來，自殺以謝罪，祖母只能跟隨祖父而去，王家三房男丁全被流放，父親為了保下他，不得不將他的腿打斷，只為了表示他是個廢人，讓所有人放心。

王廷日將頭埋在手臂裡，喃喃：「祖父……」

老婆婆摸著眼淚，強笑道：「表姑娘還沒吃晚飯吧，奴婢去做晚飯，表姑娘晚上就在這裡用飯吧。」

魏清莛冷笑道：「不用了，天色已晚，改日再來打擾吧。」說著轉身就要走。

謝氏臉色一變，開口道：「先坐下吃飯吧，你們兄妹幾個也幾年沒見面了，」謝氏想了想，還是道：「剛才是舅母激動了，還請莛姊兒不要往心裡去。」

魏清莛垂下眼眸，神色不變地點了點頭。

王家的日子過得還不如魏清莛姊弟，紅婆端上來的兩碟菜都是素菜，應該是前院自家菜地產的。

當初王家從京城撤離前照著謝氏的意思，在這裡給她置下這兒的房子，又在附近給她買了四十畝的田，本來還想給他們弄一個鋪子的，只是當時謝氏怕牽連到家族，沒有要，就連那四十畝的田還是放在別人名下的。

只是當年發生雪災，京城物價飛漲，謝氏賣了有二十畝才勉強夠家裡活下來，之後有家族時不時偷偷送來的救濟，倒還過的一般般。

只是這大半年來，家族那邊一直沒有消息，這日子才開始過得艱難些。

二十畝，在魏清莛看來是很大的一份田地了，只要經營得好，吃喝應該不愁了。

只是王家，王廷日是殘疾人，王素雅還是個孩子，平時除了繡花還是繡花，謝氏也不懂稼軒，只能接一些縫補的活，紅婆更不用說了，家裡的家務大部分都是她做的，福伯年紀也大了，能做的也就是跑跑腿，於是，老的老，弱的弱，小的小，這日子反而越過越艱難。

魏清莛看了一眼謝氏，雖然沒表現出來，但心裡是有一些輕蔑的。

魏清莛看著王廷日開口問道：「那欠的那二百兩銀子怎麼辦？」三天時間去哪裡找這麼多錢？

半天下來，她也看明白了，這個表哥雖然不說話，卻很有主意。

「房子不能賣，」謝氏首先道。「明天我去找找幾個老友，看看能不能先借點，總要把錢還了才安心。」

魏清莛覺得很不靠譜，王家已經不是以前的王家了，人家願不願意見還是另一回事呢，何況，總是這樣靠著別人，什麼時候是個頭？只是這到底是人家的家事，魏清莛沒有開口反對。

「娘，還是等等吧，我們家裡再湊湊。」

謝氏皺緊了眉頭。「我這裡還有二十三兩銀子，卻是遠遠不夠的，能當的東西都當光了，還能從哪裡湊？」

福伯正好從外面回來。「夫人，信已經送出去了……」一轉眼卻看見魏清莛，一時愣住。「這是……」

「這是表姑娘，」謝氏給他介紹。「莛姊兒，這是福伯，是妳外祖父身邊的老人了，妳也叫他一聲福伯吧。」

「福伯。」魏清莛給他行禮。

福伯趕緊讓開，激動道：「不敢，小的怎敢，沒想到竟是您和老太爺長得最像。」

魏清莛摸摸臉，難道她長的真的很像男孩子嗎？

謝氏看出她的想法，道：「當年先帝誇妳外祖父豐神秀異，朗朗如日月之入懷，妳現在有六、七分像妳外祖父，莛姊兒以後長大也是一個美女子呢。」

說來王家的男人都長得很好看，在山東是出了名的美男子盛產家族。

謝氏看著魏清莛和王廷日兩人的背影離開，臉上的笑意消失，恢復了以往的肅穆。

老婆婆見了就嘆息一聲。「夫人不如好好和少爺說，何苦這樣激他，天長日久自然就想通了，現在……唉！」

「不破不立，王家沒有那麼多的時間讓他悲傷。」謝氏低頭看著白皙的手掌，平靜地道：「老族長走了，從今以後，所有的一切都要靠我們自己了。」

謝氏幽黑的眼睛看著外面的黑夜，廷哥兒是王家唯一的子嗣，為了王家，他必須振作起來，為此，她可以不惜一切代價！

王廷日停下輪椅，看著表妹沈靜的側臉，王廷日知道，隨著年紀的增長，她只會越來越像祖父。

「妳那裡有多少銀子？」

魏清莛扳著手指數了數，道：「我只能拿出五十三兩。」她還要給自己和弟弟留下足夠的生活費，就算願意幫助王廷日，也不會委屈了弟弟。

王廷日點頭，沈思了一下道：「我想到岷山書院門前去賣字畫，妳明天能幫我嗎？福伯年紀大了，而且他只聽母親的。」

「賣字畫能賺多少錢？」魏清莛不太贊同，這兩年因為接送魏青桐，她對書院路早就逛熟了，雖不能說對裡頭的事摸得一清二楚，但規矩還是懂的，像王廷日這種沒有名氣的臨時攤位，最多也就一兩銀子一幅畫，就是按最大效益計算，就算是她另拿錢出來置辦筆墨紙硯，王廷日再能幹也不可能三天賣出一百二十四幅畫。

王廷日嘴角微挑，眼裡閃過寒光。「我的畫，只賣給岷山書院裡的學生，只有把尊嚴踩在腳底下碾碎了才能感覺到徹骨的疼痛，也只有這樣，才會一輩子都不忘記，才可以一路向前！」

魏清莛看著身旁的這個少年，心裡冒出一股寒氣，明明對方是坐在輪椅上，她卻感覺自己要仰視他。

可以對自己這麼狠的人，對待自己的敵人會更狠！

魏清莛躺在床上，怎麼也睡不著，這是來這兒以後第一次失眠。

她沒有告訴他們桐哥兒拜了個師傅，只說在書院上學，看來明天得找時間去找一下孔言措，讓桐哥兒在他那裡多待幾天。

魏清莛聽到魏家僕婦起床勞作的聲音，也掀開被子起床。

她得先上山看昨天布置下的陷阱，然後去找桐哥兒，再回來接王廷日去岷山書院……

第十七章　屈辱

王素雅看著眼前的人，怎麼也無法將她和那溫婉聰慧的表妹聯想在一起。

王氏和娘家兄弟的感情很好，所以魏清莛時常和表姊妹在一起，只是這兩年她長開了，變化大一些，最主要的是她整個人的氣質都變了，所以王廷日才一時沒有認出她來。

魏清莛對王素雅一笑，將背簍直接塞她手裡。「表姊，裡面的東西留給你們，讓老婆婆留夠今天吃的，剩下的滷上，回頭想吃再吃。」

王素雅困難地抱著背簍，看著裡面還流著血的三隻野雞、兩隻兔子，嚇一跳，手下意識地就鬆開。

魏清莛趕忙接住，看著她蒼白的臉色，微微有些不好意思道：「我倒忘了表姊是個小姑娘，行了，還是我來拿吧，是不是嚇著了？去讓老婆婆給妳喝碗熱水壓壓驚。」

王素雅的眼圈霎時紅了。

魏清莛頓時頭疼，她最怕女孩子抽泣了，還不如「哇哇」地哭呢。

以前她雙胞胎弟弟只要一哭，她就揍他，一邊揍他，一邊笑他是女孩子，不然怎麼這麼愛哭？弟弟就一邊大聲哭，一邊用手撓她。

可這世，桐哥兒哭的時候是小聲的哭，現在來一個女孩也是抽泣似的哭。

「好了，好了，別哭了，都是我不好，我不該嚇妳的。」

王素雅搖頭，紅著眼圈看她。「表妹也不知吃了多少苦，以前妳連螞蟻都不捨得踩……」

魏清莛的手僵了僵，僵笑道：「這不是生活所迫嗎？」

王素雅點頭。「我知道，魏家也欺人太甚，等哥哥長大成人有他們好看的。」

魏清莛胡亂的點頭，拿著背簍去找老婆婆。

王廷日早就準備好了，指著裝了筆墨紙硯的籃子道：「我們走吧。」

「哥哥，你們去哪裡？我也要去。」王素雅攔住兩人，看著廚房道：「婆婆已經開始做飯了，我們吃完了飯一塊去。」

「妳還是在家繡花吧，那百子千孫圖不是說過幾日就要交了嗎？小心到時候妳交不出來，人家扣妳工錢，我和表妹只是到外頭去逛逛，看有沒有人要我寫字畫畫，總歸是一條路子。」

王素雅有些躊躇。「那，那哥哥你小心些，表妹也小心些，寧願吃虧些，也不要與人發生爭執。」

魏清莛點頭，推了王廷日就走。

王廷日在書院門口擺好架勢，就老神在在的等著書院放學。

魏清莛盤坐在一旁的地上，皺眉看他，人家都是先畫好了來擺攤，他卻是現買現畫。

王廷日一直用眼角的餘光觀察著這個表妹，因為男女有別，兩人的歲數又差的有點大，所以他們以前見面的次數不多，但每個月都能見一、兩次面，記憶中的那個表妹或是安靜的坐在椅子上沈靜地看著大人說話，或是倚在祖母的懷裡撒嬌，可舉手投足間淨是世家才能培養出來的涵養。

可看著這個著男裝盤腿坐在地上的表妹，他實在難以將兩人看成同一人，在魏家到底發生了什麼？

鐘聲響起，學院放學。

魏清莛跳起來，立在王廷日的身後。

王廷日也不由挺直腰，袖子底下的手緊緊的握住，眼睛沒有絲毫情緒的看向岷山書院門口。

在王家沒有出事之前，他也曾經是裡頭的一員，沒有誰比他更瞭解裡面的人。

王廷日的祖父是從宰相之位上榮退，又是太子太傅，先帝的老師，門下學生遍布全國各地，加上他本身就多才，在書院，他擁有皇子也得不到的推崇，可是他知道，一個人不可能得到全部人的喜歡，以前是因為他擁有絕對的話語權，他完全不在乎，可是現在毫無庇護的他出現在這裡……

王廷日緊緊手，還沒有開始就感覺到痛了，但實際發生了呢？

王廷日側目看向魏清莛，表妹為了活下去，從世家千金變成了市井獵戶，他呢？躲在家裡維持那可憐的自尊……

「喲，這是誰？」楊俊帶著書僮停下腳步，詫異地上下打量王廷日，又看看他面前擺著的桌子，眼睛掃到他身後的魏清莛時一頓，眼裡閃過迷惑，但很快就散去。

「這是，賣字畫？」楊俊有些不確定地問道。

王廷日點頭，面色平淡的抬眼看他。「不知楊公子可有興趣？」

「哎呦，那可不敢當！」楊俊翻翻桌上的紙張，撇撇嘴。「這紙可不怎麼樣，更何況，我也不想給自己找不自在，買了回去，少不得要拿出來看，一看到它就想起你，想起你我就不舒服。」

王廷日嘴角微挑，楊俊還是老樣子，怎麼看他都不順眼。

楊俊撇撇嘴，眼角好奇地觀察他，王廷日這麼驕傲的人竟然會出來賣字畫？眼睛轉了轉道：「這樣你怎麼賣得出去呀？要不，我幫你吆喝吆喝吧。」說著，也不待他回應，扯開嗓子就喊：「賣字畫嘍，岷山第一大才子王廷日親筆書寫，想要什麼，各位同窗過來看看，這可是岷山第一大才子王廷日的字畫哦，千金難求啊——」

魏清莛低頭去看他，只要王廷日一示意，她就可以上前把人打昏了扔走。

王廷日淡淡地搖頭，這不正是他想要的結果嗎？

幾個華服少年帶著書僮正往外走，聽到吆喝，對視一眼，一人挖挖耳朵道：「我沒聽錯吧，你們聽到了沒有？」

一人點頭。「聽到了。」

「走，過去看看。」

「要是真的話，嘿嘿嘿……我看王廷日還怎麼猖狂。」

離他們不遠的另一隊人卻面面相覷，徐宏沈著臉道：「這是楊俊的聲音。」

「廷日怎麼會做這樣的事？會不會是楊俊胡鬧的？」郭吉看著兩人尋求答案。

曾昭德搖頭。「楊俊雖然胡鬧些，卻不是這樣的人，也不知廷日出了什麼事，上次我去找他的時候，他還不願意見我。」

那邊，聽到喊聲的郎紹趕過來拉過楊俊，看著嘴角含笑的王廷日，心裡發寒，強自鎮定道：「原來是王世兄，」看著桌子上的東西，郎紹頓時有些語塞，不能說「世兄怎麼在這裡」，也不能說「好久不見世兄了」。

郎紹扯扯嘴角，道：「世兄，楊俊有些胡鬧，還請您大人有大量，原諒他這一次。」

楊俊聽了冒火，張嘴就要反駁，郎紹反手一把捂住他的嘴，笑容滿面的對王廷日道：「楊世伯怕楊俊在外闖禍，交代了我要早早的押他回去，就不在這裡打擾世兄了。」

王廷日似笑非笑地看著兩人道：「楊俊不過是急我所急，哪裡胡鬧了？我還得感謝他呢。」

郎紹乾笑兩聲，乾巴巴地道：「只要世兄不介意就好，我們這就走了。」說完也不鬆開捂住楊俊的手，直接將人拖走，兩人的書僮趕緊跟上。

楊俊站在樓上，瞪大了眼睛看被人圍在中間的王廷日，捅捅身邊的郎紹。「這，這是王廷日？」

郎紹肅著張臉道：「所以我才拉你走，以前的王廷日有才華有心機，但也有世家子弟的胸襟，那些打打鬧鬧的事他根本不放在眼裡，可他現在竟以這種方式出現在書院門前，讓人將他引以為傲的尊嚴踩在腳下……楊俊，你以後不許去招惹他，現在的王廷日已經不是以前的那個王廷日了，換句話說，我們還是孩子，而王廷日已經成長了。」

「那，那我們就白讓他欺負了？」楊俊不服氣地恨恨瞪著人群中的王廷日。

郎紹微微一笑。「那叫什麼欺負，都是你自個鬧彆扭的。」看著人群中的三人接近王廷日，郎紹轉身道：「我們走吧。」

楊俊眼裡閃過光芒，興奮地道：「我們也去看看熱鬧吧，要不，在這裡看也行，王廷日不會知道的，」意識到這句話有示弱的嫌疑，又道：「知道了又怎麼樣，他也不能把我怎麼著。」

郎紹直接扯著人下樓，王廷日的熱鬧豈是那麼好瞧的？

徐宏擠進人群，眼裡寒光掃過那幾個叫囂得最大聲的人，那幾個人被看得一縮，頓時噤聲，徐宏的父親是元康三十年的探花，現任中書舍人，祖父曾為門下省侍中，郭吉的祖父是平陽侯，曾昭德的父親更是現任門下省侍中曾淼，這些人都不是他們可以得罪的。

王廷日看見擠進來的三人，掛在唇上的笑意一僵，魏清莛感覺到氣氛的尷尬，仔細地打量徐宏三人。

看來這幾人是表哥的朋友，眼中都有著擔憂，只是好像表哥不是很接受呢。

王廷日扯開嘴角，道：「原來是你們，你們也是來求我的字畫的？」

郭吉眉頭一皺。「廷日，你說什麼呢？」幾人是至交好友，各自的留筆都數不勝數，看著桌上零星擺著的銀塊，郭吉只覺得心頭一鈍，上前就要推王廷日離開。「我們走，你要是需要銀兩，與我們說一聲就是了。」

手還沒碰到輪椅就被一隻手格開，郭吉有些吃驚，抬頭去看，這才發現魏清莛，看著魏清莛，又看看王廷日，沒聽說廷日還有個弟弟呀？

其實魏清莛和王廷日長得也不是很像，要是分開看，都不會將兩人聯想在一起，可是擱在一塊，別人一看，就知道這是一家人，你看那眉毛，有七、八分相像，再看那鼻子也有五、六分像。

兩人這才看見魏清莛，不過現在不是問這個的時候。

「說什麼呢？」徐宏扯一把郭吉，對王廷日道：「廷日，他的性子你是知道的，向來是有口無心，他也是為你好。」

王廷日點頭。「我知道，不過你們要是為我好，這次就不要開口。」

曾昭德臉色鐵青。「王廷日，你把我們當什麼了？」

徐宏也有些受傷，他們不是朋友嗎？事情發生後，三人一直想幫他，可是他每次都拒絕，這也就算了，這次既然會到這裡來肯定是很缺錢，為什麼不能接受他們的幫助？

王廷日微微一笑。「你們放心，我以後再不這樣了，只是這次除外，以後我少不了還找你們幫忙，只要到時你們別嫌我煩就是了。」

對這幾個好友，王廷日比任何人都珍惜，經歷了世間人情冷暖，以前圍繞在他身邊的人都散去，有的甚至還落井下石，對比之下，現在的友情就顯得更珍貴。

王廷日抬頭看向那幾人，嘴角微挑。「不是要畫嗎？這些價錢可買不起，有沒有人出更高的價。」

那幾人對視一眼，眼裡不由流露出對他的輕蔑……

魏清莛獨自坐在一角，手摸摸包袱裡的銀子，看看王廷日，嘆氣，人家一天賺的比她兩年賺的還要多。

郭吉走來走去，停在王廷日面前。「就為了這事？明天，不，今天晚上我就帶人滅了方家那小子。」

徐宏卻嘆了一口氣，問道：「你今後打算怎麼辦？」

王廷日摸摸腿，道：「我想經商。」

三人心一跳，瞪大了眼睛看他。

坐在角落裡的魏清莛也嚇了一跳，現在可不是她那個時代，大家的地位都是差不多的，只是職業分工不同罷了。在這裡，商人的地位可是很低的。

魏清莛心中一動，難道是受那天晚上她的話所影響？

想到這裡，魏清莛朝他看過去，誰知王廷日也正看過來，黑黝黝的眼睛正似笑非笑地看著她。

魏清莛嚇了一跳，那天晚上她不過是話趕話說到那兒的。

那天晚上，王廷日話語間對她混在市井中很不贊同，魏清莛氣悶，如果可以，誰不願意待在家裡做千金大小姐？

可待在魏家就相當於等死，她前世學的是營銷，可也得有本錢、有門路去做生意。於是她就嗆王廷日。「我倒是想去做生意，只是也得我有那個自由，沒有本錢，又不能離開魏家，除了靠打獵為生，我還能做什麼？」

誰知王廷日更生氣。「妳竟想去做生意？妳可是一位千金小姐，先前去做獵戶還情有可原，怎麼現在竟是想去做這等賤業？」

魏清莛愣住了，她一時忘了商人在古代地位是很低的，可她不願這麼認輸，就道：「商人怎麼了？你還真別看不起商人，要沒有商人，表哥現在穿的衣服哪來的？家裡吃的油鹽米麵又是哪來的？商人互通有無，就憑這一點，你們就不能這麼看不起商人，論地位，你們誰比得上有開國之功的范蠡？人家還不是成了陶朱公？論學識，你們誰比得上端木子貢？人家還不是成了商人？就連孔子都讚他，要我說，商人的地位之所以這麼低，都是後人亂按的，呂不韋還成了秦國的國父呢……」想想她那個時代，八十年代那會，那麼多的人丟下鐵飯碗毅然決然的下海經商，不就是為了錢嗎？

其實每個時代的等級並不是想像的那樣嚴厲，只要有實力，什麼都是可以改變的。

王廷日沒想到表妹的膽子這麼大，王家可是才被安了一個謀反的罪名啊，王廷日恨不得掩住她的嘴。

雖然如此，但王廷日還是聽進去了，那番話在心裡打個轉，沈在了腦海裡。

要說也是魏清莛好運氣，王廷日不過是十四歲的少年，王家對子弟又一向是採放養政策，所以封建思想還沒有根深柢固，不可撼動，加上這個年紀的少年人都有一些叛逆，王廷日又是受過大刺激的，所以他在仔細思慮過後接受了這個理論。

或者，他更深化了這個理論，結合現時代特點，腦海中勾勒了一番前景。

但這也只是理想，現階段的難題是經商要有資本，而王廷日同學沒錢。

王廷日看向三個好友，這才是大錢。

三人對視一眼，一致地摸摸鼻子。

魏清莛見了撇撇嘴，看來和她一樣是窮光蛋。

三家雖然都有權勢，可都不是有錢的人家，

曾家不用說，沒冒出來之前只是鄉紳，有錢也不可能給幾個小屁孩折騰，平陽侯不善經營，要不是郭吉的父親還有些實權，侯府的日子更艱難了，也就維持外表的光鮮，而徐家算是最好的，可也就富裕一些。

徐宏道：「回頭我和祖父說說，拿出一部分錢來……」

王廷日搖頭，他如何不知道幾人的情況，道：「我想先盤下一個店鋪試試看，只是要做什麼還不確定，等我想好了再通知你們，錢我想辦法，只是王家不在京城，到時候還要你們去和衙門打個招呼。」

三人這才明白，王廷日是要走他們的關係，這不過是舉手之勞。「回頭讓阿吉家的管事去打一聲招呼就是了，我們也湊湊，算是湊個份子，就當是給我們賺個零用錢，你看怎樣？」

王廷日聽了心裡微暖，笑著點點頭。

角落裡的魏清莛連忙跳出來。「表哥，我也要入股。」廢話，王廷日那樣一個狠人，又有頭腦，又有關係，這時不出手何時才出手？

三人終於有時間打量魏清莛了，曾昭德因為父親是王公的學生，他多次由父親帶著去拜訪祖師，所以是三人中見過王公最多次的，現在見魏清莛比王廷日還像王公，就驚異道：「你是廷日的表弟？那你是王公的——」

王廷日臉色一肅，急忙開口道：「他是我堂弟，是我一個叔祖父的孫子，到京城來照顧我的，叫……」

「叫王莛。」魏清莛也知道她的真實身分不能說出去，即使是王廷日的好友也不行。「我叫王莛，以後你們就叫我莛哥兒好了。」

王廷日嘴角抽抽。

郭吉好奇道：「你也叫莛哥兒？」他曾聽過王伯母叫廷日「廷哥兒」。

魏清莛這才想起王廷日也叫廷哥兒，打著商量道：「要不你們叫我小王？」

幾人低下頭，肩膀一聳一聳的。

第十八章　突發事件

魏清莛去接魏青桐，桐哥兒第一次和姊姊分開這麼長時間，看見姊姊，像隻小鳥似地飛奔過來撞進姊姊的懷裡，仰著小小的臉蛋，甜甜地喊道：「姊姊！」

魏清莛看著比兩天前明顯黑了一些的魏青桐奇道：「你這是怎麼弄的，曬的？」不怪魏清莛奇怪，因為魏青桐一直白白淨淨的，就算她經常帶著他在林子裡跑來跑去，但耐不住林子裡樹多蔭多，而且太陽一大，魏清莛也不願意他曬著。

魏青桐興奮地點頭。「師傅帶我一塊去曬的，師傅說不黑的男孩子不是男子漢。」

還有這種說法？

孔言措委婉地解釋，桐哥兒長得太白淨，小臉又精緻，而這個時代的特權人物又有某種愛好，所以桐哥兒最好將臉曬黑一點，再強強身健健體就好了。

最後道：「我決定教授桐哥兒禮、樂、射、御、書、數，這六藝他最好都要有所涉獵。」

魏清莛點頭。「先生看著辦就好，只是我要準備些什麼？」

孔言措道：「樂要一把古琴，射要準備弓箭，至於御嘛，要是能買一匹馬自然是最好的，要不然妳就去馬場租一匹，我定時帶桐哥兒過去就是了。」

魏清莛點頭應下，心中卻有些憂愁。

想想給魏青桐留下的那些生活基金，有些肉疼，那些錢恐怕連一把琴也買不到吧，讀書果然燒錢，難怪除了考上的，其他人都越讀越窮。

魏青桐和師傅待了兩天，比以前更開朗了些，一路上拉著姊姊的手嘰嘰喳喳地說著，這兩天對魏青桐來說的確是新奇的體驗，他從來不知道原來山上還可以有這麼多好玩的東西。以前姊姊帶著他進山，只是讓他和白白一起玩，而且還限制他的活動範圍……

因為興奮，魏青桐的一雙眼睛亮晶晶的。

魏清莛看了就想起第一次見到魏青桐時，那雙有些呆板的眼睛，多出去走走，和外面的人多接觸才是對魏青桐最好的方法吧。

老大夫說過魏青桐是高燒燒壞了腦袋，只是並沒有表現出來的這麼嚴重，但老大夫對此涉獵不深，除了可以幫他調養身體，並不能多做什麼。

魏清莛知道魏青桐有好轉的可能性，心裡高興，把剛才為銀子煩惱的情緒拋掉，開始和魏青桐說話，問他這兩天都去了什麼地方，見到了什麼新奇的植物、動物，先生和他說的最多的一句話是什麼……

魏清莛接連設了三天的陷阱，終於抓到了好東西，看到裡面奄奄一息的野豬，魏清莛估摸著怎麼也有兩百來斤，三兩銀子是定定的了，這一個月她就是不上山也餓不到姊弟倆了。

魏清莛開心地掩蓋好陷阱，就跑到周邊去找魏青桐。

今天魏青桐正好沐休，在河邊放了一張桌子，站在桌子旁看著對面的風景畫畫。

這時候就體現出空間的好處來了，不然魏清莛哪有閒情逸致幫他從家裡搬來桌子椅子的。

魏清莛也不急，在附近射了兩隻兔子，見他畫完了，趕緊讓他進空間，把手推車給她拿出來，這才帶著他去收野豬。

福運來是不可能要得了一整隻野豬的，魏清莛只好留了三分之一給他，又留了一些給孔言措，再留夠自家用的，看魏青桐和小黑湊在一起玩耍，這才放心的推著手推車往東市去，不管怎樣，東市的酒肆是最好的。

魏清莛不敢去珍饈樓，裡面的價錢雖給的高，但都有固定貨源，她也只能賣給散戶或者那些二流、三流的飯館。

只是有時候運氣來了就不是魏清莛能擋住的，到東市的菜市場去就必須經過珍饈樓，魏清莛的推車堪堪過了珍饈樓大門，裡頭就衝出一個小夥計，看見魏清莛車上的野豬肉，叫道：「等等、等等，那個推豬肉的，就是叫你呢，趕緊的，過來，我們樓裡要買你的豬肉。」

說完也不等魏清莛回話，轉身就朝裡頭跑，叫著掌櫃。在他看來，是不會有人拒絕珍饈樓的買賣的。

事實也如此。

魏清莛停下腳步，有些疑惑，按說這樣的大酒店都會多準備食材，以防緊急狀況。

掌櫃的很快出來，看到一個半大的孩子推著手推車，心裡雖然有些詫異，但還是面色如常笑著問道：「小兄弟，你這豬肉賣不賣？」

這不廢話嗎？你的小夥計都這麼趾高氣昂的喊我了。

魏清莛點頭，對著笑臉的掌櫃還是不能冷下臉來，也回以一個微笑。

掌櫃的仔細地看了看豬肉，看得出是剛宰殺的，新鮮上可以保證，滿意地點點頭。「那你從後門送到廚房，我們全都買下了。」

魏清莛眨眨眼，不講價錢嗎？野豬肉和豬肉可不是一個價。

「掌櫃的，我這兒是野豬肉……」

掌櫃的微微一笑。「這個我知道，小兄弟放心，我們珍饈樓不會少了你的。」

這個「不會少了你的」，魏清莛直至拿到手裡才知是何意，十兩銀子，魏清莛看著手中的銀子笑眯了眼，二百斤的野豬也就一百二、三十斤肉，野豬貴些，單賣也就三兩左右，剩下的零碎東西雖然也值些錢，她卻不會浪費時間，除了留下送人以及自家吃，大多都送給了福運來，畢竟人家一直照顧她的生意，魏清莛也樂得做人情。

可是沒想到珍饈樓的價這麼高，心裡微微可惜，她要是再長大一些，說不定會爭取珍饈樓的供應，只是她還太小了，這次是她選了好幾個地方，花費了多少時間設的套，就是這樣，三天也才能獵到一頭野豬，珍饈樓可沒有福運來好說話。

她滅掉心裡的想法，決定只要掙夠給魏青桐買學習用具的錢就繼續在周邊轉著，每次進深山她都有些膽顫心驚的。

剛才喊住她的夥計把錢遞給她後就一直等著，見她把錢收進口袋之後就要走，頓時氣得肺都炸了，這都是什麼人啊，哪次來送貨的人不給遞話的人賞錢？更何況還是她這種半道上來的，竟然不巴結他?!

魏清莛假裝沒看見他的臭臉，推著手推車就要走，這樣的小人物就是巴結他了也不能左右掌櫃的決定，剛才那笑嘻嘻的掌櫃可不簡單，一點也不像福運來的掌櫃可愛。

反正以後也不可能再來珍饈樓送貨了，魏清莛也不介意。

小夥計見她沒有留戀，實在不想放棄那些賞錢，他還不能在大堂傳菜，只能來回跑著幫夥計們傳遞一些消息，這種差得到賞錢的機會少之又少。

想到剛才無意中在茅房那裡聽到的隻言片語，叫住魏清莛。「哎，你知道今兒來我們這兒吃飯的是誰嗎？」

魏清莛老實地搖頭。

小夥計自得道：「是皇子殿下！」見魏清莛沒反應，就氣道：「真笨，皇子殿下都不知道，人家老爹可是皇帝，知道為什麼來我們珍饈樓吃飯嗎？」

魏清莛想著時間還多，就當是聽說書了，蹲在推車旁搖頭。

小夥計左右看看，見沒人注意，也蹲在魏清莛的旁邊，小聲道：「我知道，他們這是為了慶祝，北邊的回鶻不老實，一個皇子親自帶兵把他們打了個落花流水，這哥哥打了勝仗，弟弟自然要慶祝了，這不，請了不少人，店裡的食材不夠用，掌櫃的又不能怠慢，也是你好運，正巧被我看見，我可是費了不少勁，掌櫃的才同意買你的野豬肉……」

魏清莛卻早已經聽不到他說什麼了，臉色微變，推起手推車就走。

小夥計正倚在推車上，一個不穩栽在地上，氣急，等爬起來，人早就不見了，小夥計氣得跺腳。

而魏清莛面色寒冷地飛快朝王家走去。

不管王家是不是真的站在太子和任家一邊，王公是為了太子和任家而死的沒錯，在外人看來，王家就被打上了太子的名號。

而四皇子是太子嫡親的弟弟，也是唯一的同母弟弟，不管他要不要爭，從太子薨的那一刻他就被推上了前臺。

王家要起來，他們姊弟要過得好，四皇子就必須活著，不然現在那些皇子不能把他們怎樣，但是皇帝會老的，這個江山的主人也是要換的，到時就是算總帳的時候。

什麼為了慶祝哥哥打勝仗，那也就只能騙無知小民。

四皇子要真打了勝仗，京城裡的皇子們該睡不著覺了。

那就是四皇子打敗仗了，也不單純，可能還將自己的命給搭進去了，不然那位「皇子」為什麼這麼高興？

這些政治上的彎彎繞繞，她自然沒有王廷日知道的清楚，可也要心裡有些底才好，要實在不行，早作決定，哪怕逃出京城也是好的。

魏家敢把他們軟禁在秋冷院，不就是忌憚徐氏？

可如果某一天徐氏暗示魏家可以要他們的命了，而站在他們身後的四皇子和任家沒了，魏家會不會為了討好徐氏就順勢而為了？

腦中思緒翻滾，剛轉彎，魏清莛就差點撞到人，剛要道歉，就被人抓住。「莛姊兒。」

「表姊？妳怎麼在這裡？」

王素雅頭髮有些散，滿臉的焦急，衣服也有些亂，魏清莛眼尖的看見她的衣角沾著血跡，著急道：「出了什麼事？妳怎麼這副樣子？」

王素雅強忍著眼淚道：「哥哥，哥哥被人打傷了，家裡沒有餘錢，大夫沒錢不肯看病，莛姊兒，妳身上有銀子嗎？」

魏清莛胡亂地點頭，直接將手推車丟在一旁，拉著王素雅就跑，一連串的問她。「表哥被誰打了？傷到了哪裡？現在在哪裡？」

「在南坊的醫館裡，那些人不知道是誰，他們上來就絆倒哥哥的輪椅，一言不合就動手，其他倒還好，就是腿傷得嚴重，那些人，那些人太可恨了。」

魏清莛終於知道王素雅為什麼這麼說了。

王廷日臉色蒼白的躺在醫館裡，身下的腿不斷地出血，可臉上卻完好，就是手上也只有一些印記，那些人是專門對他的腿下手的。

魏清莛掃過醫館的大夫和掌櫃時，眼裡閃過寒光，直接對福伯道：「福伯，我們將人揹到同仁堂去，那裡的大夫我認識。」

福伯點點頭。

謝氏手顫抖地給兒子止血，小心地將王廷日移到福伯背上。

大夫和掌櫃的看他們離開，暗地裡鬆了一口氣，那些人他們得罪不起，眼看著人死在他們面前也不能夠，這樣也算解了他們的圍了。

一行五人到同仁堂的時候，同仁堂已經關門了，魏清莛讓他們敲門，自己則跑到後門處當當的敲著。

下人打開門就吼一聲。「催命嗎？敲什麼敲？不知道現在是吃飯時間嗎？」打開門，上下打量魏清莛，有些眼熟。「你找誰啊？」

魏清莛塞給他一把銅板。「我找小于大夫，麻煩您給帶個話。」

下人看看手中的銅板，點點頭，「砰」的一聲又關上門。

過了半會兒，門又從裡頭打開。

小于大夫還認得魏清莛，看見她有些詫異。「怎麼，想和我買燕窩？」

小于大夫經常從同仁堂內部便宜要燕窩，再以比前邊低一點點的價格賣出去，這兩年，魏清莛也從他這裡買了不少給魏青桐調理身子。

魏清莛掏出一塊一兩多的銀子，有些肉痛，但還是咬牙塞到他手裡。

小于大夫挑眉。

魏清莛壓低了聲音道：「小于大夫，我表哥受了重傷，不知可否請于大夫出手？」

小于大夫手一頓。「什麼傷？」

「腿傷，我表哥和人打架被人打了腿，家人已經送到前面了，只是，這個點，于大夫醫術高明，要是能出手，我表哥的腿說不定還能保住……」王廷日既然能感覺到痛，那就是有治癒的可能。

小于大夫放心了，原來是打架鬥毆，將銀子收進懷裡。「醫者父母心，放心吧，于大夫很快就到了，你也去吧。」

等魏清莛繞了路回到同仁堂前邊的時候，于大夫正在檢查王廷日的腿，旁邊站著兩個大夫，一個是小于大夫，一個手上還沾著血跡，看來先前就是他給王廷日看診的。

于大夫見診室裡這麼多人，眉頭微皺，小于大夫就很有眼色的趕人。「好了，好了，這裡頭有大夫呢，你們先到外頭候著。」

魏清莛知道他們在這裡會打擾到大夫，連忙拉了謝氏出去，福伯和王素雅緊隨其後。

謝氏失魂落魄地跌坐在椅子上，眼神空洞，魏清莛覺得她這個狀態很奇怪，只是現在不是關心這個的時候，現在首要是知道發生了什麼事，王廷日向來秉持君子動口不動手。

王素雅白著臉，搖頭道：「……我並不見哥哥與他們有什麼衝突，只是他們突然絆倒哥哥，還說哥哥擋了他們的路，上來就動手……還是後來左鄰右舍見哥哥被打得厲害，大家圍上來那些人才罷手的……」

怎麼聽著像是故意找茬？

「那些人是什麼人，難道就沒有人認識嗎？」

王素雅搖頭。「我沒見過他們，福伯也沒見過。」

「那打人的過程中他們又說什麼嗎？」

王素雅緩慢地搖頭，又有些疑惑地皺起眉頭，道：「我好像聽到他們說什麼北邊什麼的，只是他們壓低了聲音我聽不見。」

「北邊？」魏清莛眼裡冒出寒光。「北邊回鶻，四皇子出兵？」

謝氏「刷」地抬頭緊盯著她。「妳剛說什麼？四皇子出兵回鶻？」

王素雅喃喃，抬頭道：「對，就是說的回鶻，而且，似乎出師不利……」

謝氏又哭又笑道：「原來我兒是受了這個牽累的嗎？」他們早被歸為太子一系，現在所能倚仗的也就是四皇子了，四皇子若在前線出事，徐家一系將再沒有顧忌。

魏清莛的心發寒，看著謝氏說不出話來。

以前不是這樣的，以前她只要快快樂樂地保證和桐哥兒衣食無憂，再供他上學，陪他玩耍，兩個人只要長大就好了，可是現在，王家卻用實際行動告訴她，他們的生命隨時都會受到威脅。

甚至他們姊弟比王家還不如，王家的這幾個人不會拋棄自己的親人，他們可以做自己的主，可是他們姊弟呢？魏家不僅不會護著他們，反而會充當劊子手，他們姊弟比王家人更危險。

魏清莛瞬間挺直背，目光銳利的注視著謝氏，既是說給她聽也是說給自己聽。「舅母，我命由我不由天，表哥比我們想像的要堅強！」

謝氏卻是滿心的悔意，搖頭道：「妳不懂！」

于大夫出來的時候，臉上的神色有些嚴肅，看到魏清莛微微一愣。

魏清莛解釋道：「……那是我表哥。」

于大夫看了小于大夫一眼，了然地點點頭。

魏清莛臉色微紅，于大夫一定知道她賄賂小于大夫的事了。

小于大夫卻面色如常的扶于大夫坐在椅子上，斟酌道：「他的腿傷得太重，又是在前傷未癒的情況下，所以，他的腿怕是……」

謝氏「撲通」一聲跪在于大夫跟前，福伯緊隨其後，王素雅也很快地跪在謝氏身後，魏清莛也只好隨他們跪了下去。

「大夫，不管用多好的藥，求求您都要把他治好，他的腿不能廢，我們王家，王家只他一個了……」謝氏偏頭去看魏清莛，想，要是桐哥兒是個好的，那即使廷哥兒廢了，也沒什麼，可桐哥兒那樣，王家要起來就只能靠廷哥兒。

「這……」于大夫有些為難的看向魏清莛，這裡他和她最熟，見她也低著頭，微微一嘆。「完全好是不可能的了，我們同仁堂有生肌膏，再配以我的針灸，只要他受得了那鑽心之痛，二、三年後說不得能站起來。」

那還是不能入仕。

謝氏癱在地上，眼裡的光彩漸漸逝去，變成了一灘死水。

「母親……」王素雅上前扶住她。

謝氏呆呆的看著女兒，于大夫看著不對，只是礙於男女有別，給魏清莛使了一個眼色，魏清莛趕緊上前「啪」的一聲打在她的臉上。

「母親！」王素雅驚呼。

第十九章 選擇

許是感覺到了疼痛，謝氏醒過神來，看著男裝的魏清莛，哭著抱著她。「毀了，我們王家毀了！妳讓我怎麼去見妳舅舅，怎麼去見妳外祖父啊！這是王家的希望啊……早知如此，當初就該留下妳小舅，讓妳表哥去流放……」

整個藥店裡都是謝氏充滿控訴與絕望的哭聲……

魏清莛可以理解她，看來之前王廷日的腿雖然有問題，但一切都在她的掌握之中，那是可以痊癒的，王家依然有希望重新站在朝堂上。

于大夫看著眼前這個哭得上氣不接下氣的婦人，看看王素雅，再看看魏清莛，最後將目光定在魏清莛臉上。

那種熟悉感又湧上來，想到他們的名字，想到這婦人剛說的話，于大夫倒吸一口氣，最後肅穆的起身，一揖道：「夫人放心，小老兒定當全力以赴！」

于大夫曾為王公看過病，早覺得魏清莛面容熟悉，現在再聽他們的言語，哪裡還猜不到他們的身分？

王公一生磊落，為百姓鞠躬盡瘁，于大夫眼睛微濕，就是為了王公，他也要全力以赴。

小于大夫半張著嘴看他，另一個大夫也有些吃驚，但他知道什麼該問什麼不能問。

即使有于大夫的幫忙，醫藥費還是要花費很多，據統計，王廷日要三年不斷藥，一年最節省的費用也要將近二百兩，靠王家，是不可能了，靠她，也不可能。

謝氏滿臉肅然，渾身充滿了凜冽之氣，這是她從未見過的謝氏，王素雅也嚇了一跳。

謝氏道：「福伯直接去找七叔公，問他，當年老族長說的話還算不算數？新族長是不是把王家家規都改了，改成了什麼樣，也該讓我們這一房知道知道才是。」七叔公是王家嫡支中最年長的長者，族中有什麼大的決定都要過問他一聲。

直接越過新族長，豈不是明著打新族長的臉？福伯臉色微白，但還是躬身應了一聲。

謝氏鬆了一口氣，轉頭對魏清莛道：「莛姊兒快回去吧，桐哥兒該著急了。」

桐哥兒在小黑家已經睡著了，見原來承諾他的姊姊沒有出現，他哭了一下午，小黑母親剛生下小黑的三妹，正是母愛氾濫的時候，見了心疼得不行，一下午盡哄著他了。

小黑也圍著他團團轉，後來還是他自己哭累睡著了。

魏清莛到的時候，小黑母親就數落了她一番，不過見她滿臉疲色，最後還是嘆了一口氣，抓了兩個饅頭給她。「趕緊吃了回家去吧，家裡也該急了。」

魏清莛胡亂地點頭，謝過劉家的人，這才揹著魏青桐走。

小黑母親見了不免感嘆。「這孩子也太苦了些，真不知道他們家是怎麼想的。」

「不管別人怎麼想的，以後你可不許再把家裡的東西給人了，我們還有三個閨女呢，這一筆一筆的嫁妝可不是鬧著玩的。」

「你可真摳，不就一頓飯和兩個饅頭嗎？往日莛哥兒可沒少幫襯我們，要不是桐哥兒住在這裡，你兒子女兒能養得這麼白胖？」

桐哥兒住在這裡，直接受益人就是三個孩子，魏清莛知道劉家，不，是這兒的人家捨不得吃肉，每次來都給魏青桐做了大把的肉菜，所以，午餐成了劉家孩子最豐盛的餐點。

小黑不由自主地打了一個呵欠，但還是努力的瞪大眼睛道：「就是，爹爹就是摳門，明天莛哥哥一定會送好吃的過來，到時爹爹就又是另一張臉了。」

「你這個臭小子，我這樣是為了誰……」

桐哥兒醒過來身邊就有熟悉的氣息，有些安心，又有些委屈。「姊姊——」

「桐哥兒醒了？」魏清莛腳步不停的道。「再一會兒就回到家了，回家姊姊給你做好吃的好不好？剛才在小黑哥哥家吃了什麼？」

「姊姊騙人，沒有來接我。」魏青桐很委屈。「姊姊騙人！」

「今天是姊姊不好，不過姊姊也是有原因的，表哥受傷了，姊姊帶他去看大夫，還記得老大夫嗎？姊姊帶表哥去看老大夫了，所以就晚了。」

魏青桐就有些好奇地問道：「是不是要吃苦苦的藥的那個老爺爺？」

「對啊，桐哥兒記性真好，就是那個老爺爺。」

「真可憐！我一直很聽話，不用吃苦苦的藥。」魏青桐對王廷日表示同情，可聲音裡的歡快和幸災樂禍，連魏清莛都能聽出來。

魏清莛好笑。「是啊，我們桐哥兒乖乖的，就不用吃苦苦的藥。」

魏清莛一邊加快腳步，一邊引導他道：「桐哥兒想不想認識表哥呀？」

「呀，」魏青桐驚叫道：「表哥是誰呀？真可憐！」

魏清莛呼出一口氣，總算是發現了，笑著解釋道：「表哥就是舅舅和舅母的兒子，除了表哥，我們還有一個表姊呢。」

魏青桐在姊姊的背上扳著手指頭算，問道：「舅舅和舅母又是誰呀？」

「舅舅就是娘親的哥哥呀。」

「哦，原來娘親還有哥哥呀，那娘親有姊姊嗎？」

這個還真不知道，魏清莛記憶中關於王家最多的就是外祖父和外祖母，對其他人知之甚少，只是一個大概的印象。

「姊姊不知道呢，不然桐哥兒見到表哥之後問表哥好了。」

「好啊。」

說著話，很快就到了洞口，魏清莛剛扒下偽裝，坊鐘就敲響了，魏清莛鬆了一口氣，緊趕慢趕總算是趕上了。

魏清莛決定明天帶著魏青桐去拜見謝氏，以後魏青桐在她不方便的時候可能就要寄養在王家了。

不管怎樣，王家都要比劉家合適。

而且，王廷日雖然徹底斷了官路，但以他的為人，一定不肯屈居人下，魏青桐多和他接觸，也有好處。

魏清莛摸著剛翻出來的全部家當，這就算是她付出的回報吧。

不管是為了魏青桐、她，還是王廷日，她到底還是進深山裡去了，依然是以陷阱為主，狩獵為輔。

這樣，中午魏清莛就不能再去看魏青桐了，沒辦法，想到慎行回孔家本家還沒有回來，無人給孔先生和桐哥兒做飯，魏清莛只好讓王家給他們送吃的。

只是福伯去了琅琊，紅婆太老，王素雅又是女孩子，長得又漂亮，不說謝氏，就連魏清莛都不放心她在外頭走動，謝氏又要避諱……

魏清莛渾身無力的癱在椅子上，假裝沒看見謝氏為難的臉色，這世上哪有十全十美的事？

她付出了就要得到回報，她可以等王廷日，卻不一定要等謝氏他們，不然，當索取成了習慣，那麼恩情也可以變成仇恨。

除了魏青桐，魏清莛從未當誰是她的家人過，王家，只能說是她的合作夥伴，暫時比較可以信任的合作夥伴。

謝氏卻不知道魏清莛想了這麼多，看著魏清莛無力的樣子，心裡有些愧疚，莛姊兒比素雅還小一歲，可沒想到現在竟然要靠她來養家和湊醫藥費。

謝氏挺直了背，咬咬牙道：「莛姊兒放心，明天我就給言先生送飯去，在福伯回來之前就由我送吧。」

魏清莛點頭，看了內室道：「那舅母你們先忙，我先休息一下再進山。」

謝氏點頭，趕忙引著她進內室。「妳也不要太拚了，多注意身體，女孩子要是不注意保養……」

魏清莛已經沒有回話的力氣了，她今天在深山裡頭挖了三個大陷阱，又做了幾個機關，一點也不想動了。

明天她要早點進山，不然等山裡的動物甦醒，牠們可能會和她奪食，魏清莛迷迷糊糊地想著……

感覺到身邊有陌生的氣息，魏清莛警覺地「唰」地一下睜開眼睛，看到是王廷日後，鬆了一口氣，放鬆的倚在枕頭上道：「表哥怎麼也不吭聲，嚇我一跳。」

王廷日的臉色還有些蒼白，卻比前幾天好多了，聞言笑笑，答非所問道：「莛姊兒，妳說這天下的人為什麼都喜歡當官？」

魏清莛搖頭。

王廷日微微一笑。「有三種人，一種是為了天下黎明，一種是為了光耀門楣；一種是為了升官發財。第一種且不說，第二、三種人一旦得到了權勢，就會想到錢，而天下以二、三種人居多數，莛姊兒，妳說那剩下的一些得不到權勢的怎麼辦呢？」

魏清莛搖頭。

王廷日聲音更是輕柔。「他們可以走捷徑。他們沒有權勢，可以有錢，而錢權是可以相通的，莛姊兒，妳說要是當日我很有錢，他們還能或說他們還敢這樣對我嗎？」

魏清莛搖頭，斟酌了一下道：「表哥，你要是很有錢的話，身邊一定帶了不少人，他們說不定就近不了你的身了。」

「雖然是最表面的東西，但是說的也不錯，可我要的不是人力阻礙他們，我要的是他們只要看見我就會繞路，寧願繞城三圈，也不要見到我。我要他們即使是見到我獨身一人，狹路相逢的時候，依然畢恭畢敬的倒履相迎。」

魏清莛心有些發沈，強笑道：「表哥，你又不是凶神惡煞，他們大不了繞一條路走就是了。」

王廷日嘴角微挑。「莛姊兒怎麼就知道表哥成不了凶神惡煞呢？」

魏清莛板正臉色。「表哥，你說為什麼皇上給外祖父安了一個叛逆的罪名，而天下的百姓依然覺得外祖父忠貞不渝呢？為什麼王家以往的政敵沒有為難舅母和表哥表姊呢？為什麼外祖父的那些學生和朋友，依然每年清明都要到護城河邊祭奠外祖父呢？」

王廷日臉色發寒。

魏清莛緊盯著他的眼睛一字一頓的道：「因為外祖父值得尊重！」

十四、五歲的年紀受此打擊性情大變的不在少數，魏清莛很怕王廷日走上彎路，那樣王家就不是起不起來的問題了，而是會不會跌到萬丈深淵。

她想她是感受不到他此刻的心境的，但是她可以猜到他有多恨那些人。

本來他就以為他的腿是廢的，誰能想到，他的腿是可以治癒的，完全的治癒。

王廷日可以不恨他父親，因為大舅是為了他能活下來才打折他的腿的，他從中只感受到父親對他的疼愛，所以他忍受著痛苦，恨的卻是朝廷，卻是徐氏，是其他人。

可誰也沒想到，書香門第出身的大舅讀的最好的不是四書五經，而是醫書，他用巧勁打折了王廷日的腿，又及時接上，在太醫看來即使是能站起來也要落下的殘疾，卻是可以治癒的。

因為有疾不能入仕，所以「皇恩浩蕩」免了他的流放之罪，既安撫了士林，又不妨礙自己的利益。

只要用大舅留下來的藥，堅持五年，就能完好如初。

五年，十二歲的王廷日已經十七歲，再加上一年的鍛鍊時間，十八歲，已經是個大人了，是繼續做個殘疾人還是恢復成正常人，他都可以好好的選擇了。

這件事只有謝氏知道。

那麼，這次傷害是巧合，還是已經有人猜到了什麼？幕後指使的又是誰？這些都不是兩人現在能探知到的。

這幾天最受煎熬的就是謝氏和王廷日了，在謝氏看來，丈夫的心血沒了，王家的希望斷了；在王廷日看來，父親千方百計給他留的希望被那幾個人斷了，沒有誰能瞭解他心底的那種愧疚及痛恨。

「表哥打算怎麼做？」魏清莛打斷王廷日的思緒。

王廷日將手輕輕地放在腿上，道：「照原來打算好的，我要經商，不過，卻要改一改方式了，我怕他們等不起。」聲音裡有一股陰寒。

魏清莛嘆了一口氣，看來要他恢復先前的「陽光」是不可能了，只希望他在出氣後能將心態放平些。

「可家裡沒有多少錢了，我那兒倒還有一些，不過也只是幾兩銀子，連租金都不夠的。」

「傻丫頭，」王廷日摸摸她的頭，道：「做生意要是靠自己的這些本錢，那要做到什麼時候？要做，我就要做大，還是一開始就大。」

魏清莛卻想起了在秦氏手中的錢，想了想，還是搖頭，那是王氏留給她的兒女的。「魏清莛」已經死了，那些就是桐哥兒的東西，不能動用的。

「那只能去借錢了，」魏清莛開始動腦筋道：「表哥不是有幾個好友嗎？不如拉他們下水，大家湊湊，說不定就夠了。」紈袴一般都很有錢的不是嗎？

動不動就幾百兩，一百兩左右就可以盤下一間很好的店鋪了。

王廷日眼裡流露出笑意，到底是孩子，哪裡知道這麼多。

徐宏他們是可能出錢與他合作，但他們背後的家族一定不會允許的，那些政客從不會被感情主導，他又何必去為難好友？

他要的是和他們合作，而不是從屬。他要的是平等，甚至，是凌駕於他們之上的合作，只有等到他有那個能力之後，徐家、郭家、曾家，他們會再次到這個小房子來……

魏清莛卻想起一個關鍵問題。「表哥想開什麼店鋪？」

「到時妳就知道了。」王廷日故作神秘。

魏清莛想，既然他可以籌到錢開店，那她是不是就不用這麼拚了？但是想到他的性子，又趕緊將整個念頭滅了。

「……等徐宏他們夏考回來，我們就可以開始了。」

「夏考？」

王廷日點頭。「今年的夏考是到外面去體驗生活，所以他們還要一段時間才回來。」

難怪王廷日受傷了這麼久，那幾人都沒有出現，原來是不在京城，那些人也是因此才大膽出手的嗎？

魏清莛想著，耳邊聽他細細的解釋岷山書院的考試，頓時羨慕不已，這才是真正的素質教育呀，果然，古人的教育就是比現代人先進多了，是誰說古人比不上現代人的？人家孔子幾千年前就知道因材施教並施於行動，可是現代呢？

百八十人坐在一個教室裡，老師連學生的名字還叫不全呢，更別說因材施教了！

「那桐哥兒是不是也要夏考？」

王廷日點頭。「不過桐哥兒的老師只他一個學生，什麼時候考都可以。」頓了頓道：「桐哥兒的先生和書院裡的先生不同，桐哥兒是正式拜師的。」

見她不懂，就解釋道：「桐哥兒現在拜了老師，以後就不能再拜其他人做老師了，要終身侍奉言先生，以後再有人要拜他做老師，那麼桐哥兒和那人就是師兄弟，可如果言先生只是開課堂教書，那些學生沒有拜師，也只稱桐哥兒學長，可以換學堂、換先生……」

原來如此。

「夏考過後有一段休息時間，莛姊兒也乘機休息吧，我看這幾天桐哥兒有些生氣呢。」

是啊，桐哥兒好像又跟以前那樣安靜聽話了，剛剛培養出來的調皮又消失了。

魏清莛扶扶額頭，就是為了魏青桐，她也不能總是忙得團團轉，得想個能賺錢卻不特別花費時間的法子。

不知為何，上玉閣就浮現在腦海中。

魏清莛摸摸胸口的玉珮，也許，是到檢驗兩年學習成果的時候了。

可是檢驗是需要本錢的。

接下來的幾天大家都很忙，魏青桐已經有好幾天都是在睡著後被姊姊揹回家的，今天他強撐著沒有睡，看到姊姊過來要抱他。

魏青桐就彆扭地別過臉去，哼了一聲。

這是生氣了？

謝氏見了就笑道：「桐哥兒今天鬧了一天的脾氣了，妳安慰安慰他吧。」

魏清莛點頭，上前摸著桐哥兒的頭道：「桐哥兒，姊姊明天送你去上學好不好？」

魏青桐急速轉頭。「真的？」

魏清莛狠狠地點頭。「真的，姊姊不僅送你去上學，中午還去給你做飯。」

魏青桐咧開嘴，笑意從眼底泛出來，歡快的道：「姊姊說的是真的？」

「當然是真的，姊姊什麼時候騙過你？」

魏青桐就開心的掛在姊姊身上，怎麼也不願意下來。

謝氏聽了一怔。「莛姊兒明天不進山了？」

魏清莛笑道：「進啊，只是最近設了不少的陷阱，只要等著就好了。」

謝氏皺眉，打獵這麼簡單？

打獵當然不這麼簡單，只是最近深山裡的動物有些躁動，魏清莛的耳朵比那些傳說中的武林高手還要好使，這次山裡的動物有些異常，她雖然隔著老遠，但那危險的感覺總縈繞在心頭，怎麼也揮之不去，心裡一直有個聲音在說：「快逃，快逃！」

她強制著挖完了預定的陷阱才出來的。

魏清莛一向惜命，短期內是不打算在山裡長待了，而且她今天的收獲也不錯，暫時不進山也沒有什麼，最重要的是，她想到上玉閣走一趟。

魏清莛從懷裡掏出十兩銀子遞給謝氏道：「舅母，今天我抓了一隻狐狸，幸好是活的，雖然小些，但正好可以當寵物養，這是賣的錢，表哥也要換藥了。」

謝氏點頭，接過來進屋卻絞下來一半，遞回去給魏清莛。「妳和桐哥兒正在長身體，身邊有些錢防身更好。」

魏清莛也不客氣。

謝氏雖然從不對她說謝謝的話，但她知道對方記在心中，而魏清莛要的就是這個效果。

「吃飯了，」王素雅站在臺階上笑盈盈的看著他們道：「紅婆做好了飯菜，快進來吧，桐哥兒，今天有你喜歡吃的糖醋排骨。」

魏青桐眼睛一亮，扒在姊姊身上問：「那有蟹粉獅子頭嗎？」

見王素雅搖頭，就有些失望，不由自主的嘟起嘴，他已經好久好久沒吃過蟹粉獅子頭了。

魏清莛卻知道王家生活困難，是不會做這些的，就抱起魏青桐，一邊往裡走一邊在他耳邊低聲道：「明天姊姊做給你吃。」

桐哥兒一張小臉頓時笑開來，眉眼彎彎的點頭，同樣小聲的湊到姊姊耳邊道：「我要吃四個。」

魏清莛皺眉，四個？那豈不是不吃飯了？

可是想到分開了幾日，偶爾縱容一下也沒什麼，就點點頭。

看到桌上一溜的豬骨頭菜，魏清莛有些頭疼。「紅婆，家裡的肉吃完了？」

「沒有，沒有，哪那麼快？都放在井裡冰著呢，表姑娘也真是的，就不應該留這麼多下來，現在可吃不完呢。」

「那就先吃那些豬肉，將骨頭放井裡，每天拿出一、兩根給舅母表哥表姊熬湯喝，豬肉更容易放壞。」

紅婆應下，顫顫巍巍的朝廚房去，她是僕人，要在廚房用餐。

魏清莛看著她的背影嘆了一口氣，其實都落到這個地步了，她覺得實在沒必要維持那些關係，只是舅母覺得不管身在哪裡，自身的教養都是不容忽視的，所以不僅紅婆、福伯他們維持原樣，就是現在餐桌上依然嚴格照著王家的禮儀進行。

本來她覺得她吃東西也挺斯文的，也不喜歡在吃飯的時候發出太大的聲響，可是和旁邊十歲的王素雅比，她吃飯的動作可以稱得上粗魯了。

魏清莛仔細觀察過，王素雅她簡直是在數米粒，看看側對面的王廷日，她決定還是儘量學習王廷日吧，至少相較於王素雅，他吃的挺大口的。

回到魏家，魏清莛將錢掏出來，除了謝氏給的五兩，還有她本來留的五兩，那隻狐狸是賣給上次在書院路說要買狐狸的女孩，見她的狐狸毛色還算好，就大方地給了她十五兩銀子。

魏清莛留下五兩，加上謝氏剛才絞下來的一半，足夠她明日的開銷了。

第二十章　出手

魏青桐醒過來，聽到外面有聲音，衣服也來不及穿，蹬蹬地就爬下床跑出去，看到姊姊在院子裡搗鼓，一張小臉就笑開來，開心地跑到姊姊身邊。「姊姊，妳在幹什麼？」

魏清莛擦了一下汗，趕緊拉著魏青桐進屋穿衣服。「早上天氣涼，趕緊穿上衣服，姊姊在做手推車，上次的那輛丟了。」

「去找劉叔叔吧，」魏青桐一邊張開雙臂讓姊姊幫他穿衣服，一邊道：「劉叔叔會做，上次我見他做過了。」

才怪，劉老闆看上去像是做手推車的人嗎？不過他底下的人倒是有可能。

「好啊，等一下姊姊送你去上學後就去找他。」

「我中午要吃獅子頭。」魏青桐強調道，小心翼翼地看姊姊的臉色。

魏清莛笑著揉他的頭髮。「我知道，我去找完劉叔叔就去給你做。」

魏青桐這才放心，開開心心地吃完早餐，開開心心地把姊姊剛才倒騰的木料都扔到空間裡去，再開開心心地和姊姊從洞裡鑽出去。

魏清莛拉著魏青桐的手，看著空無一人的小巷，感嘆，這兒真是安靜啊，他們也因此到現在都沒被發現。

孔言措見今天是魏清莛送魏青桐來上學，滿意地點點頭，看來她也發現了桐哥兒的異常。

「桐哥兒和別的孩子不一樣，雖然心思單純，但性子敏感，前些日子，一點風吹草動他就怕得很，妳以後還是得多抽時間陪陪他。」

魏清莛點頭，魏青桐好像很沒有安全感的樣子，也許是從小的記憶和習慣，他只黏著她一個人，除此之外，也就比較喜歡和小黑在一起。

為了有更多的時間陪魏青桐，看來得趕快到玉石街去看看了。

魏清莛到山裡去轉了一圈，只是陷阱裡沒有大的收獲，只有一些小東西，雖小，比起先前在周邊的收獲也不錯了。

魏清莛留下兩隻野雞，其他的賣給福運來，再留下一隻提著去了劉老闆家。

劉老闆正看著門前多出來的木料，看見魏清莛手裡的野雞，一雙眼頓時笑開來。「是莛哥兒啊，怎麼，來找小黑玩？他上學去了。」

「呸，」隔壁老闆娘聽到劉老闆說的話，跺出來道：「莛哥兒會找你家小黑玩？快別往自己臉上貼金了，人家莛哥兒是玩的人嗎？你也就看在人家提了一隻野雞的分上才這樣笑臉如花，要擱往常試試？」

「妳個死婆娘，我們說話關妳什麼事？什麼事都來插一嘴。」

「吳家嬸嬸，等下出來我幫妳把貨提進去，」魏清莛趕緊攔在兩人中間，這兩人一旦鬥起來就沒完沒了。「劉叔叔，我找您有事呢，這是我剛上山拿下來的。」

「哎呀，」劉老闆滿臉笑容的接過。「來就來吧，還那麼客氣，都賣給福運來就是了……這，多不好意思，快進來，快進來，你家嬸嬸在後頭帶你妹妹們呢。」

吳嬸嬸嗤笑一聲，對魏清莛道：「莛哥兒也不用來找嬸子了，你家就夠艱難的了，嬸子可不能白占你便宜，我呀，可不像某些人……」哼哼兩聲，扭著腰回去了。

劉老闆聽得又齜了一下牙。

魏清莛將自己的請求和劉老闆說了，劉老闆想也不想就應下，其實他哪會做什麼手推車啊，都是店裡雇的夥計做的，他只是在最後的時候加了一些東西，正巧被魏青桐看見。反正現在客人也不多，夥計閒著也是閒著，不如充分利用起來。

「那就麻煩劉叔叔了，我後天來要成嗎？」魏清莛想起魏青桐明天考試，她得去看看，就將時間推到了後天。

劉老闆點頭應下。

魏清莛就朝東市玉石街走去。

上玉閣的夥計牛二看到魏清莛進來，剛揚起的笑臉就落下，往後看了看，見掌櫃的在招待客人，就一把拉過魏清莛。「這段時間你上哪兒去了?吳師傅找了你好長時間，後來見你不來他就換了一個幫手，你現在可沒有活幹了。」

魏清莛胡亂地點頭。「我不幫人解石了，家裡不許。吳師傅呢?」

「哦，」牛二有些低落的點頭，雖然他不是很喜歡魏清莛，但畢竟算是一個夥伴。「吳師傅去喝喜酒了，你今天來是跟我們告別的嗎?」

「不是，我想買原石。」

「你瘋了！」牛二驚叫一聲，儘量壓低了聲音道：「這可是賭石！搞不好要傾家蕩產的，難怪你家人不讓你來了，原來你魔障了。」

「我有一個師傅，和他學了一些，就想試試運氣，哪裡的料子比較便宜？你帶我去看看吧。」她是怎麼會賭石的，總要有個說法。

牛二見勸不動她，搖搖頭，領著她到一堆石頭前，道：「這是新進來的貨，聽掌櫃的說還不錯，價錢也不是特別貴，你看看吧。」

魏清莛看著這裡大塊、大塊的原石，道：「這是獨山玉？」

牛二點頭。

獨山玉拿來做首飾的少，因為它色雜，但是做擺件卻是最好，而且獨山玉向來大塊，價錢還不錯。

只是，魏清莛摸摸胸口，玉珮只能幫她看那些皮薄的原石，雖然這兩年有所進步，可是看著有她三分之一大的原石，魏清莛還是沒有信心。

但想到許爺爺留下的那本書，決定還是試試看。

魏清莛聚精會神的去看，腳下一步一步的移動著，卻發現沒有一顆原石上有氣體，魏清莛有些喪氣，她太自信了。

轉頭去看那邊價格中等的原石，眼睛微瞇，她剛才好像看到了。

腳步在一塊比大西瓜還要大些的原石前停下，瞇著眼睛看去，見它的上方飄著綠色、透色和黑色氣體。

魏清莛嘴角微翹，看來裡面是綠、白、黑三色，只是不知道它的質地和透明度如何？原石表面光潔，側面有大片的蟒帶，魏清莛費力的翻過來，卻看見底下有細細的裂綹，由一個點向四周擴散，魏清莛眉頭微皺，這是原生裂綹，雖然沒有把原石裂開，但這樣的原石大家更不敢買，因為沒人知道裡面是什麼樣子的，要是那些裂痕進去了，玉的價值會大損，甚至全垮。

魏清莛想起書上寫的，趴在地上眯著眼仔細看去，這些裂綹雖然看著恐怖，但好像受力較小，而且，她眯眼看去，原石上的氣體朝她湧來，這些氣體濃厚，玉的品質應該不錯，她也比較過其他裂開的玉，那些玉的氣體很稀薄，好像在運載的過程中散去了一些。

魏清莛嘴角微挑，反正也是賭石，她就賭賭又如何？

「牛二哥，你過來。」

牛二安排好了幾位客人，連忙跑過來。「你怎麼到這兒來了？」

魏清莛指著腳邊的原石道：「牛二哥，我就選這塊了。」

「你瘋了，這塊原石有四、五十斤呢，起碼得要十兩銀子左右……」牛二想打消她的決定，說完才發覺自己說了什麼，頓時冒了滿身冷汗，這是違規的，被人知道，他非得被老闆打死不可。

左右看看，見沒人注意到這邊，這才放下心來，複雜的看了魏清莛一眼，道：「這邊的原石是二百文一斤，你跟我去那邊秤一下吧。」

魏清莛皺眉，她只帶了五兩銀子，更何況，她也不可能不給家裡留一分錢，那樣風險太大了。

魏清莛看向那邊的章掌櫃，道：「你先等我一下，或者你去把章掌櫃請過來。」

牛二點點頭。

章掌櫃笑著往這邊看過來，見是個半大的小子，心裡微微不悅，但還是隨著牛二過來。

「小兄弟是想買什麼？」

魏清莛巧妙的遮住那些裂綹，眨眨眼問道：「章掌櫃，怎麼這塊原石會擺在這邊？它不是應該在那邊嗎？一定是貴店的夥計們弄錯了。」

章掌櫃看了一眼她腳下的原石，大片的蟒帶正衝著他，上面點點的松花，覺得這樣好的原石應該放在一等原石那裡才是，微微一笑，正要解釋，魏清莛就讓開，大片的裂綹同樣呈現在他眼前，章掌櫃眼角一縮，因為毫無準備，巨大的落差下讓他心快速的跳動起來。

側頭去看魏清莛，卻見魏清莛正滿臉可惜的看著那片裂綹。

微微一笑。「小兄弟是看上這塊原石了？」

魏清莛點點頭。「只是可惜了，雖然有蟒帶松花，裡面有沒有玉另說，但有玉，玉中有裂的可能性更大，這裂綹又細又多，哪怕是一條大裂也好啊。」

這是行內人了。

章掌櫃笑道：「小兄弟是第一次在店裡消費吧？第一次總要給些優惠，這樣吧，這塊原石少說也有五十斤，你要願意，我五兩銀子出給你，怎樣？」

魏清莛抬頭看向刻意壓低了聲音的章掌櫃，猶豫了一下，最後還是一副小孩子受不了誘惑地點點頭。

章掌櫃鬆了一口氣，店裡這麼多原石，這邊刻意擺放錯誤，那其他貴重的原石是不是也會擺放錯誤？人家花了那麼多的錢買回去的會不會是便宜貨？

章掌櫃不能讓別人知道這件事，好在眼前的半大孩子好糊弄，要不然……

章掌櫃看著她典型的獵戶打扮，還有背上還揹著的弓箭，頓時又有些糾結，對方能付得起錢嗎？

魏清莛掏出五兩銀子遞給章掌櫃，章掌櫃這才鬆了一口氣。

魏清莛在牛二的幫助下把石頭弄到門前一大片地上解石。

牛二低聲道：「你家裡人也不管你？小心晚上回去你爹娘揍你。」

魏清莛抿嘴一笑，她爹不在京城，她娘早死了。

在玉石街晃蕩的人見有人解石，都跑來湊熱鬧，這是玉石街的傳統，大家圍觀也可以學習交流，對店家來說，圍觀有利他們做生意，切垮了，他們無傷大雅，賭石嘛，輸多贏少。切漲了，那是他們店裡的原石好，概率高，所以在店鋪裡解石都是有優惠的，自然，在外面解石的都是像魏清莛這樣沒多大根基的自由賭石者，而像老孫頭這一類人，家裡都是有解石工具的，他之所以要在店門前解石，一是老孫頭和上玉閣有合作，二是他本身也喜歡在外面解石。

魏清莛就蹲在旁邊看著，心裡想著，要是真的輸了，那些玉起碼也能換夠給解石師傅的錢吧？

她本來為了預防萬一，除了那五兩銀子，就只有兩把銅板了。

解石師傅順著紋路切開，第一刀本只是試探，好接下來確定下一刀的方向和厚度，所以他水也沒灑，直接就想下第二刀。

魏清莛卻眼睛一亮，她看見切口那裡有許多的綠色氣體突然冒出衝她而來，趕忙阻止解石師傅。「等一等。」轉身去拿水。

解石師傅認識魏清莛，聞言笑道：「莛哥兒看見玉了……」未竟的話噎在咽喉裡，因為隨著水潑下，淡綠色出現在眾人眼前。

場面一時安靜。

良久，才有人小聲道：「皮這麼薄，不會大漲吧？」

「說不定只是靠皮，小孩子哪裡這麼大的福氣……」

魏清莛嘴角微挑，情況好像比自己想像的要好。

「沿著這裡切開。」魏清莛指了一個方向，照著書上說，這時候走這條路線是最保守的。

解石師傅點點頭，解石的人就是不一樣，一點就點到了點子上。

隨著石皮一層層的落下，綠色也漸漸變深，濃鬱的綠色氣體飛出，不約而同的朝魏清莛飛來，魏清莛只覺得那些氣體被玉珮吸收，而胸口處也由灼熱變得溫暖，一早上的疲累頓時去了大半，魏清莛早就知道，玉珮每吸收氣體，都會將一定量的氣體反哺給她，也因此，她的身體越來越好，能「看」的原石也越來越大。

等解了一半，白色出現，橫貫獨山玉，大家「籲」了一聲，神情放鬆下來。獨山玉以綠色為尊，單色為貴，現在橫空出現一道白色，價值就掉下來了，及至出現黑色，圍觀的幾人中就相視一笑，這孩子的運氣也背些。

裂綹還是吃進去了，只是只在底部一小部分，魏清莛鬆了一口氣，價值並沒有被降低多少。

綠色是由外向內逐層變深的，等到中間的時候已經變成了黑綠色，偏偏又有白色摻雜在中間，不然她單挖出來做成首飾也很值錢的，可惜了，可惜了！

「可惜了，可惜了，」老孫頭含笑看著，評論道：「要是中間沒有那白色，小兄弟就賺翻了。」

圍觀的人紛紛點頭。

魏清莛微微一笑，並不覺得可惜，道：「這樣也好，能做成一個大擺件，雕成一座仙雲渺渺的仙山如何？」

眾人一看，再一想像，俱都眼睛一亮，那綠色為山，白色為雲，黑色為土，最好不過，再加上這塊獨山玉已經半透，內中雜質極少，底下的裂綹也沒占多少地方，也就拳頭般大小，並無傷大雅。

只要找到好的雕工，再細細地打磨，轉手就有一百多兩的收益。

就有圍觀的人問道：「小兄弟，你這玉賣不賣？」

第二十一章 確定

魏清莛正用手摸著玉，那些氣體以比平時更快的速度朝玉珮飛過來，爭先恐後的進入玉珮，有的甚至直接進入她的身體，魏清莛感覺很愉悅。

聽見問，手也不拿開，直接點頭。「賣的，只要價格合適我就出手。」

「那我出一百兩……」

魏清莛含笑看著眾人。

「我出一百一十兩……」

「一百五十兩……」

魏清莛點頭，這個價格已經差不多了，這玉打磨雕刻好也就三百多兩的價格，付出工錢，對方還賺一百多兩，雖然不公平，但這向來是行情，魏清莛也不強求。

她剛要應下，站在旁邊的老孫頭就道：「我出二百兩。」

大家俱是一驚，都抬眼去看老孫頭。

老孫頭可不缺玉，他賭石賣玉，但也收藏玉，可是很顯然，這塊玉還沒有到那個程度。

可老孫頭出的這個價是最高的，而且在場的人也不願得罪了老孫頭。

老孫頭微笑的解釋道：「剛才小兄弟說要雕成仙山，我仔細看了看，的確非常適合，就想著收集起來，小兄弟，怎麼樣？願不願意賣給我這個老頭子？」

老孫頭親自開口，她能說不嗎？

魏清莛放開手，站起身，正要回答，眼角就看見那些綠色的氣體都朝底下裂的一角湧去，而白色和黑色的氣體依然速度不變的朝她飛來，魏清莛一怔。

「怎麼，小兄弟不願意？」

老孫頭見魏清莛不語，心裡有些不悅，自他成名以來還沒誰會這麼怠慢他。要不是他感覺這個小子身上有一股他喜歡的氣息，他也不會開口了。

因為對他來說，對方今天能買到這塊原石純屬運氣好，而賭石向來是不能靠運氣的。

「自然願意的，只是，」魏清莛微微有些不好意思。「只是這是小子第一次賭石，就想留下些什麼來作紀念，」見對方不悅，就趕忙指著底下的裂玉道：「要是孫老先生不介意就把底下的這塊讓給我吧，您只要給我一百五十兩就好了。」

眾人搖頭，心裡都笑他傻，那一小塊獨山玉，還是裂開的，連一兩銀子都不值，竟然拿五十兩銀子去換。

老孫頭僵硬地扯著笑道：「不用了，你自割去就是了。」

魏清莛還要開口，老孫頭就揮手道：「趕緊吧，我中午還有飯局呢。」

魏清莛這才發現快要到吃午飯的時候了，想起答應魏青桐的話，心裡一急，胡亂點頭，拿起鋸子就和解石師傅一起將那拳頭大小的裂玉割出來，拿在手裡，透心的涼，淡淡的綠色氣體從裂玉裡分裂出來緩慢地注入她的體內。

魏清莛看著已經沒有再分裂氣體，外表卻看不出變化的獨山玉，暗想，要擱在平時，這麼大一塊獨山玉三天三夜她也吸收不盡，看來用手接觸要快得多，而且……
魏清莛看著手中的玉，決定回去好好研究，為什麼那些綠色的氣體會湧到這裡來，而且是比進入她的玉珮還要快的速度。
老孫頭給她三張銀票，道：「這是通德的銀票，直隸以北通用，沒問題吧？」
魏清莛恭敬地接過。「自然沒有問題，」看了看手中的玉，還是謝道：「多些孫老先生成全。」
老孫頭扯著嘴角道：「我也是看你膽大，一個解石的工匠竟敢涉入賭石。」
魏清莛身體一僵，老孫頭竟然會注意到她，連章掌櫃都不知道，倒是觀察入微。
魏清莛嘴角一挑，點點頭，將銀票收好，把玉塞進懷裡，再掏出身上僅剩的銅板一股腦兒的給解石師傅，快步往城南走去。
身後似有若無綴著人，魏清莛微微一笑，多年在東市裡混，她也不是吃素的，她連山裡的猛獸都不怕，難道還怕他們？
魏清莛加快腳步，不停地往城南走，身後的人不由小跑著跟上，在拐彎的時候，魏清莛加快速度，又拐到另一條街上，進了店鋪，趁著人不注意，從後門出去，再往南城走……
把背上的弓箭取下，左右搗鼓一些，裝束就改變了。
耳朵仔細聽著身邊的動靜，直到出了城門，魏清莛才腳步輕快地往柳家莊的方向跑。
遠遠的，魏清莛就看到桐哥兒蹲在地上畫著什麼，魏清莛開心地大喊一聲。「桐哥兒！」

桐哥兒驚喜地抬頭，扔下手中的樹枝就朝魏清莛跑過去，邊跑邊喊：「姊姊，姊姊！」整個人掛在魏清莛身上，魏青桐噘起嘴。「姊姊，我餓了！」

「姊姊馬上給你弄吃的，你先生呢？」

桐哥兒手指頭一指。「喏，先生說他餓得說不出話來了，讓我自己玩。」

魏清莛順著看過去，孔言措頭一縮，一本正經地拿起書本，搖頭晃腦地讀著。

魏清莛嘴角抽抽，把魏青桐放下來，道：「等著，姊姊現在就去給你弄吃的。」

「我要吃獅子頭。」

「沒問題。」

「要吃四個。」

「好。」

「表哥在嗎？」

「在的，在的，」紅婆把魏清莛迎進門。「大少爺在書房。」

魏清莛點頭，邊走邊問道：「舅母和表姊呢？」

「夫人和小姐去綢緞莊了，聽說綢緞莊很喜歡小姐新畫的花樣子，找了小姐想談談能不能多接一些荷包回來做，夫人就陪著小姐去了，順便拿些大件的東西回來做。」

謝氏和王素雅的刺繡手藝不錯，時常接一些繡品來做。

「表妹來了。」王廷日聽到動靜，將輪椅滑到門邊。

上下打量魏清莛幾眼，笑道：「表妹有喜事？」隨口問話，卻語氣肯定。

魏清莛笑著點頭。

她沒打算掩蓋自己會賭石的事，這是她的一個資本。

魏清莛將當年她無意中救了許老頭，又無意撞見賭石並隱在玉石街學習兩年的事說了。

魏清莛拿出二百兩的銀票遞給王廷日道：「表哥看，這就是我今兒賺的錢。」

王廷日接過，心中沈思，手指無意識地敲著桌子，良久才道：「妳剛說那本書是許三眼寫的？」

魏清莛搖頭。「聽他說是從他祖父開始寫起的，只是後來他記在心裡後就燒了，這本是到京城後才默寫的。」魏清莛對此一直很疑惑。「表哥，你說許三眼到底得罪了什麼人？他那樣一個有本事的人，竟然被逼到這種地步。」

王廷日笑道：「那是他的身分使然，他的祖父雖是被冤枉的，但的確是罪奴，而他是罪奴之後，再有錢，地位擺在那裡，再加上他本身就不乾淨，那些有權有勢的人對付他是輕而易舉的。不過，他要是一清二白，那些人也會有些顧慮，既然短短的時間他就敗了，那只能說明他不僅有問題，還有大問題。」許三眼能從礦山走出來，又成功報仇雪恨，手腳怎麼可能乾淨？

魏清莛想起了他說的復仇的話，心一跳，難道？

「那個……」

王廷日也想到了，點頭道：「恐怕那個縣令的後代子孫已經不在了。表妹不用擔心，妳要覺得可以就繼續賭下去，其他的有我，若是妳能練得他那一身的本事，我們就又多了一層籌碼。」

這就是她想要的結果，錦上添花哪裡比得上雪中送炭，不管以後王廷日變成什麼樣，只要以後他記起今天，他就不會輕易傷害與他共患難的自己和桐哥兒。

「我都聽表哥的，」魏清莛歡喜地道。「這樣一來表哥開店的錢也有了。」

王廷日點頭。「談判的時候的確多了籌碼，表哥也可以更理直氣壯些。」

「表哥是要和徐、郭、曾家合作嗎？」

王廷日搖頭。「這三家還不到時候，我找的是兩個新晉的官員，位置雖不顯，卻都在關鍵，而且，他們對祖父很仰慕，聽說我想開店都表示很支持。

「莛姊兒，妳要記住，在妳羽翼未豐之時，不要和那些權力遠遠高於妳的人談判，更不要和那些已經過風雨打磨的人合作。

「那些人經歷得多，心也就膽怯，漸漸地就脫離了原定的目標，當年，張涵之為了南詔平叛之事可以咆哮公堂，當堂和先皇爭得臉紅脖子粗，可是十幾年過去，當今威儀遠比不上先皇，心機手段更不及先皇多矣，為什麼在當今做了那樣的糊塗事後卻一聲不吭？」

王廷日冷然道：「因為，他老了！曾淼也是一樣，當年他還是祖父學生的時候，出入王家，我就很喜歡他，因為雖正直卻委婉，話語幽默風趣，他勸諫人的時候甚至不會讓人感到反感，可是現在，我已經很久沒有聽到他勸諫的聲音了。」

「也許，也許他是在養精蓄銳吧。」

王廷日悵惘道：「也許吧。」

可是想起前兩天發生的事，王廷日並不是很相信。

王廷日是王家留在京城裡的唯一男丁，不管怎樣，或多或少都有人在關注著，所以王廷日被打之後很多人都知道。

老大夫傳出去的消息是以前有可能站起來，現在卻是不可能了。

京中有御史為王廷日張目，不管出於何種目的，這件事是上達天聽了，但又能如何？朝中決定大權的幾位大臣全都沈默，就算是曾淼，在朝堂上也是一句不發。最後，聖上也不過是要求那些人家把打人的子弟關押起來。

曾淼在事情平息後送來了一百兩銀子，讓王廷日好好養傷。

王廷日將銀子退回去，心裡對曾淼失望無比。

他並不渴求能得到公正，但他在意曾淼的態度。

如今，王廷日只願意和魏清莛說這些事，這些日子魏清莛表現出來的能力，讓他將她當成了一個大人。

母親現在一心想治好他的腿，而且她對政治上的事知道的也不多，妹妹更不用說了，雖然這兩年過得苦些，母親和他都下意識地杜絕妹妹接觸外面這些糟心事。

而三個好友雖然一如既往地對他，但因為家庭的變化、利益的糾葛、政治的不同立場，他的謀劃是不可能與他們說的。

只有魏清莛，利益和他一致，他說什麼，她都能聽懂，願意接受他的安排，可以給他幫助，王廷日覺得只要說出來好像事情也並不是很難了，壓力遽減。

「莛姊兒，這件事先不告訴母親，也不要宣揚出去，我們要一步一步來，在這裡，有很多人不願意再看見王家，所以我們不能張揚。」

「表哥是說我們要悄悄地滲進京城？對啊，慢慢地抓住京城的人脈和經濟，等到他們發現的時候為時已晚，要是動我們，就要付出慘重的代價，他們只能接受我們，或者受制於我們。」魏清莛自然而然地陰謀論了。

王廷日一愣，繼而拍掌道：「好，不愧是我王家的子孫，哈哈……」看著發愣的魏清莛，王廷日壓低了聲音道：「表妹放心，一切將如妳所願。」

王廷日將一百兩還給魏清莛。「這個妳自己收著，以後出入小心些，山裡就不要去了，我們現在已經不急著賺那些錢了。」

「錢夠了嗎？」

王廷日道：「我找了一個人合作，我們這邊的資金足夠了。」卻沒說那人是誰，他並不希望魏清莛涉入此事太深。

魏清莛點頭，也沒繼續追問。

她也不想進深山了，只是周邊還是可以去逛逛的，她得鍛鍊她的身體，而同樣是花時間鍛鍊，還不如拿著弓箭在林子裡追趕獵物，既鍛鍊了身體，又有收穫。

回到秋冷院，魏清莛盤腿坐在炕上，拿著匕首小心地劃開裂玉，她想將玉片弄出來，做一些小首飾自己戴。

而魏青桐正在另一邊苦惱地拿著書在背，明天就要考試了。

這個拳頭般大小的裂玉都是淡綠色的，雖然裂開了，但好在透明度不錯，呈現一種細潤的光彩。

魏清莛不可置信地看著被劃開的一角，裡面是濃綠色的一塊。

這種綠充滿了生機，就是在那塊最中間的位置都沒有這麼綠，指腹撫摸著，感受那種細潤的感覺，一縷一縷的綠色氣體溢出來撲向魏清莛。

魏清莛覺得自己好像明白了什麼，這綠玉飄散出來的綠色氣體竟能滋養人體，想到她的玉珮也會對她釋放出對身體有益的氣體，魏清莛心中一喜，看著正在捧書煩惱的魏青桐，嘴角一挑，決定給桐哥兒鑽個洞戴上。

解出來的玉大概只有兩指寬，魏清莛把它給桐哥兒。

魏青桐用兩隻小手合著，高興地道：「是送給我的？」

「嗯，給桐哥兒的，喜歡嗎？」

「喜歡！」魏青桐高興地戴在脖子上。

岷山上，魏青桐開心的在草地上翻了一個跟斗，好不容易出來放風的白白歡快地在草地上跑著……

魏青桐這幾日都很開心，考試過後，姊姊幾乎一整天都陪著他，上山帶著他，他像以前一樣畫畫，帶著白白玩耍，而姊姊或去打獵或到一邊設陷阱，或是乾脆躺在草地上半瞇著眼睛睡覺。

就是每天都去一趟玉石街買各種各樣的石頭，魏青桐真心覺得那些石頭不好看，還沒有不遠處山壁上的石頭好看呢。

魏清莛揹著背簍出來，見魏青桐整個人趴在地上，就將背簍放到一邊，道：「桐哥兒，來，姊姊教你射箭。」

「我考試過了！」魏青桐理直氣壯地說道。

「姊姊現在不是考你，是在鍛鍊你，看你能不能射中一隻兔子。」

「不要，白白會傷心的。」

「那就射野雞，這總可以了吧？」

魏青桐偏著腦袋想想，想著他好像沒有朋友是野雞，低頭去看白白，牠好像也沒反對，就點頭道：「好吧。」

魏清莛帶著他去射野雞。

只是……

「快跑，快跑，在那邊，在那邊。」

魏青桐扳著弓，跑去追野雞。

魏清莛可惜地哎了一聲，野雞飛走了……

一轉頭指了一個方向道：「剛才那裡好像也有一隻，快去追……」

「快射，快射，用力……」

「手往上抬一些，放箭……」

頓時，這片樹林雞飛兔跳，好不熱鬧。

魏青桐捧著一朵花給姊姊看。「姊姊，我想在裡面種花。」說著揚起手鐲。

「好啊，」魏清莛很樂意他有自己的興趣，擼著袖子道：「姊姊給你鋤地。」

「那把裡面的菜都拔了吧。」

魏清莛嘴角一抽。「菜不能拔掉。」笑話，她種在後院的菜才那麼點，哪夠吃啊，而且空間裡的地好，養出來的青菜要比外面的好吃，要不是以前桐哥兒生病讓她覺得出入空間不方便，她才不在後院種菜呢。

更何況，冬天只能在空間裡種。

想到空間裡的動物，魏清莛深思，她現在已經沒有那麼多時間去打理這些動物了，而且這幾天她挑選的原石中，她覺得比較好的都堆在空間裡，想到空間裡從空中落下的瀑布，水力可是解石的好動力。

魏清莛頓時笑道：「桐哥兒，我們把兔子和野雞都弄出來好不好？再把菜地挪一挪，分幾塊地出來給你種花。」

「好啊，好啊，那我們現在就挪，讓小兔子和野雞們一塊回家。」

回家？進了空間怎麼可能回家？

魏清莛阻止他。「等回家再弄，姊姊現在先幫你多挖一些花。」魏清莛發愁地看著地上的野花，道：「我們不如去買一些好看的花吧……」

魏清莛留下六隻比較可愛的小兔子，這都是前不久才出生的。三隻給小黑的妹妹們，兩隻給福運來的掌櫃帶回去給他兒子女兒，一隻給王素雅。

還有一隻老兔子，就是活了兩年依然跑跑跳跳的白白。

其他的，小隻的拿到書院路去處理了，大隻的就賣給了福運來，野雞也只留下三隻下蛋，其他的都賣了。

魏清莛在院子後面搭起一個棚子，將受驚不小的三隻野雞丟進去，看看高高的院牆，對牠們道：「你們就是使勁飛也飛不出去，不過那些菜你們可以自由吃，不用客氣。」

一旁的魏青桐鄭重地點頭，交代道：「吃的時候不要踩壞哦，不然下次就沒得吃了。」

魏清莛摸摸他的頭。「明天姊姊再收拾一下，你就可以種花了。」

魏青桐笑顏如花。

第二十二章　遠方來信

魏清莛是在牽著魏青桐去王家的時候才知道福伯回來了，只是舅母的臉色不大好看，魏清莛就知道琅琊之行不如意。

果然，家族只花五百兩銀子就把福伯打發了。

在魏清莛看來，五百兩已經很多了，但謝氏知道，這是一種打發，他們這一房也是王家嫡支，在王家擁有至高無上的地位，王家的財產他們這一房都有份。

謝氏坐在房中，看著盒子裡的五百兩銀票，突然覺得無比的疲倦。

前朝蒙古人入侵，王家避世，足有三百年不出現在人世，等到新朝建立，王家要入世，太祖卻拒絕表彰，王家放不下心中的那口傲氣，一直熬到太祖去世，偏偏繼位的高祖秉承父志，對王家不冷不熱。

這時候的天下早已經不是那個崇尚世家，崇尚風流才士的年代了。貧賤之民通過科舉也可以入仕，武將的地位逐漸上升，隱隱有和文官比肩的趨勢。

但王家一直認不清這個事實，或者不能接受這個事實，家族就一直這樣不尷不尬地掛著，到太宗的時候，公公不顧家族的反對，跑到京城來應試，雖然只是二甲，但他正式入了太宗的眼。

這時候世家的優勢顯現出來了。

覲見、應對，公公從容鎮定，侃侃而談，一番禮儀做下來如行雲流水，太宗皇帝也是頭次見人在朝堂上行周禮。

謝氏眼裡露出笑意，想起婆婆當時跟她說的話。「別說皇上，就是那些號稱世家的人家未必就懂，王家從幼兒時就教授這些事情，妳公公平日都習慣了，一時改不過來，倒驚了皇上。」

因為這樣，太宗皇帝讓公公去教導皇子，公公卻選了最不起眼的三皇子，將他扶上帝位，高宗皇帝果然成就了千古一帝。

王家也由此慢慢出現在朝堂上，可是現在，王家是要放棄他們了嗎？

王廷日卻很高興，撫摸著福伯從琅琊帶回來的盒子，眼裡閃著志在必得的光。

「婕姊兒，妳知道這是什麼嗎？」

魏清婕搖頭。

王廷日微微一笑。「這是祖父布下的暗樁，是祖父暗中的勢力，沒有人知道，就是家族裡的人也不知道。」

魏清婕一愣。

王廷日笑道：「王家共有五房嫡支，祖父是三房的，現在是叔祖父做了三房的主，不過他們誰也沒想到祖父會在家族裡培養只屬於自己的勢力，在王家外面的生意上也有祖父的人，只要外面應用得當，我們就更事半功倍。」

「可是外祖父為什麼要這樣做呢？」

王廷日眼裡流露出哀色。「因為祖父要改變王家。」

魏清莛疑惑不解。

「這個世界早就改道了，王家卻一直以為自己還是當年那個輔佐明君，可以撼動朝堂的王家，從太祖到太宗，六十多年的時間，王家竟然還看不透，我不止一次的看到祖父勸說族裡的長老們放棄陳規舊制，可沒有一次成功的。祖父沒有辦法，就和曾叔祖一起往家族裡培養勢力，期待在關鍵時候起到關鍵作用。」

「曾叔祖？」

「就是老族長，他年前去世了，族裡爭了半年，現在新族長剛剛上任。」王廷日嘆道。「如今王家就像一塊綢做的抹布，堅守著自己的堅持，不肯讓新生的陽光照進一縷，所以，祖父才想打破王家的保護層，最好讓陽光照著每一片土地，最後能在太陽下站起來的就是王家的新一代。」

這，魏清莛目瞪口呆，這破而後立也破得太徹底了！

不知有多少人會埋怨王公和老族長？

王廷日看出她心中所想，道：「所以祖父才遲遲不動手，他將這件事留給父親，想等自己百年後再動手，可沒想到這盒子最後是落到我的手裡……」

王廷日是知道的，祖父不想他參與，因為他不在琅琊長大，對家族的感情並沒有別的王家子孫深厚，祖父怕他做得太過，所以交給了性子敦厚的父親。

可災難就是來得這樣突然。

王廷日將盒子放下，道：「莛姊兒，表哥的店鋪要開張了，到時妳帶著桐哥兒去給我捧場。」

「好啊，」魏清莛配合著轉移話題。「表哥開的什麼店？」

王廷日吐出兩個字。「飯館。」

「啊？」

「專門給讀書人吃飯的飯館。」

王家在士林中的名聲不低於孔家，所以他做書生的生意是最簡單的，也是最不受阻礙的。

對王廷日來說，這一行則是最好的掩飾。

魏青桐站在院子中間，左看看、右看看，舅母在房裡，姊姊和表哥在書房裡，表姊在繡房裡，阿婆在廚房裡，伯伯在哪裡？

魏青桐眼珠子左轉右轉，腳下也悄悄地移動著，不一會兒就到了王廷日種的幾盆盆栽前，裡面有茶花、牡丹花和菊花。

魏青桐沒有學過花卉的知識，但耐不住人家有一顆文藝的心，魏青桐手腳迅速地略過幾盆花，那幾盆花就這麼消失在空氣中。

要是有人看到一定會驚得掉下眼珠子，但如果是魏清莛看到，她一定會把魏青桐掛起來打一頓。

事實也如此，當魏清莛推著王廷日出來，看到桐哥兒一個人蹲在牆角下，不知怎麼的，就有些心疼。

上前拉起他，問道：「桐哥兒在這兒玩什麼？」

魏青桐有些心虛地看了眼姊姊，就撲進姊姊懷裡，撒嬌道：「我餓了。」

魏清莛一愣，剛來的時候不是還吃了糕點嗎？

她點點頭說：「紅婆快要做好飯菜了。」牽著魏青桐到王廷日身邊，她總覺得有哪裡不對勁，卻又想不起來。

魏清莛想不起來，不代表王廷日這個主人想不起來。

他瞇著眼看向花壇，那裡，花盆少了一半，雖然還並排放在地上，但他察覺排的順序不對，而且，幾盆最名貴的花都不見了，那幾盆可是他費了不少勁兒才養活的。

誰的膽子這麼大，敢跑到別人家裡偷花，而且家裡的人還沒發現？

「桐哥兒，你剛剛看到什麼人了嗎？」

桐哥兒探頭看向表哥。「嗖」的一下又躲回姊姊的身後。

「表哥，怎麼了？」魏清莛也發現了王廷日的異常。

「有人將花偷了。」王廷日示意魏清莛看花壇。

魏清莛眉眼一跳，低頭去看魏青桐。

魏青桐委屈地低頭緊貼著姊姊。

王廷日喃喃道：「也不知是誰這麼大的膽子。」

「是啊，好大的膽子啊。」

心裡的心疼早已消失，魏清莛看著她衣角處的泥土，那是魏青桐剛才抱她的時候蹭上的，她想，她已經知道那些花在哪裡了。

可也因此，她不能讓王廷日知道，不然，以他的聰慧，他說不定會想到什麼。

魏清莛轉身擋住魏青桐，以保護者的姿勢道：「表哥，桐哥兒膽子小的很，而且他要是看到說不定也記不得。」

王廷日眉頭緊皺，喊了福伯，讓他出去查探。

王家是巷子裡的最後一家，這時候又是吃飯時間，福伯打開門，一眼望去，整個巷子都空蕩蕩的……

回到家，魏清莛就拉著魏青桐進空間，將幾盆物證搬出來，看著桐哥兒的眼睛問道：「桐哥兒，這些花是你拿的？」

魏青桐小心翼翼地看了姊姊一眼，點頭。

「能告訴姊姊你為什麼要拿嗎？」

魏青桐歪著頭道：「這是好花。」

她就知道是這個理由，這幾天魏青桐對種花一事高度熱情，現在走路都是看路邊的野花，看能不能移回空間裡栽種。

「可那是表哥的花呀，」魏清莛對他循循善誘。「你沒有告訴他就拿了他的東西是偷盜的行為，如果表哥沒有問過你就偷偷拿了你的手鐲，你會不會生氣？」

還。」

「這是我的。」魏青桐抱緊手鐲。

魏清莛點頭。「是啊，可這些花也是表哥的。」

魏青桐為難的咬住嘴唇，猶豫道：「那，那我明天拿去還給表哥。」

魏清莛摸著他的頭誇獎道：「知錯就改還是好孩子，不過不用你親自去還，姊姊去幫你還。」

魏青桐就羞澀地躲進魏清莛的懷裡，道：「我以後再也不亂拿東西了。」

「好孩子。」魏清莛自然不可能還回去，因為無法解釋。

但她也不能不「還」，因為她要讓魏青桐建立正確的三觀和行為規則，所以這幾盆花很可憐地被魏清莛偷偷地銷毀了。

而魏青桐再見到王廷日的時候，跑到他跟前磕磕絆絆地說了句「對不起」，魏清莛的冷汗「唰」地就流下來，好在魏青桐說完就跑了，王廷日莫名其妙之下並沒有深究。

王廷日一直很好奇魏清莛是如何賭石的，在她再一次去玉石街的時候就跟在她身邊一起去，只一次就被它震撼了。

他看著魏清莛用五兩銀子賭贏了一百兩，再用二十兩賭了五百六十兩，手中的錢越多，周圍的人看著他們的眼光也越熱切。

王廷日不由拉住魏清莛，他現在雖不懼這些宵小，但表妹在外行走到底危險。

魏清莛回頭看了，輕蔑地笑笑，這些人要找到她可不這麼簡單。

「表哥放心，他們就拿我沒辦法。」因為想要跟上她並不容易。

王廷日不知她哪來的自信，但還是點點頭。

魏清莛抱起剛買的原石，就要和王廷日離開。

上玉閣的章掌櫃連忙迎上來。「王小兄弟稍等，王小兄弟，明天通德銀樓的二掌櫃要在珍饈樓五號包間設宴，行內不少人都會去，還請了孫老先生，不知王小兄弟明日有沒有空？」章掌櫃滿臉笑意地看著魏清莛。

魏清莛推辭道：「在下明天要去接送弟弟上下學，只怕不能前往，請章掌櫃替我回絕了吧。」

章掌櫃笑容不變，笑盈盈地應下了，心中早知道他多半會推辭的。

等離開了上玉閣，王廷日才問道：「妳怎麼拒絕？這可是一個好機會。」

魏清莛很有自知自明。「我不會說話，又對他們不瞭解，人家把我賣了，我還替人家數錢呢。」所以為了生命財產安全，魏清莛決定離那些人遠些。

她並沒有想要多富貴，只是想讓姊弟倆的生活好一些，等他們長大成人，就可以想辦法脫離魏家，拿回存放在秦氏那裡的東西……其他的，也不過是幫幫王家罷了。

王廷日沈默，這段日子他也發現了，表妹雖然對他的事業做出了百分百的支援，但並不想參與，或者說，她對此根本就沒有興趣，也毫無野心。

魏清莛和王廷日分開，她今天賺了不少錢，心情不錯，通德銀樓和被他們邀請的人卻心情不怎麼樣，通德銀樓的二掌櫃心裡冷笑，這人也太托大了，就是老孫頭不也不得不赴約？除了他，恐怕心裡最不爽的就是老孫頭了。在京城，論賭石的資歷，還真沒人比得上老孫頭，現在突然冒出一個賭石概率比他還高的人，而且對方還只是孩子，擱誰心裡都不好受。

可其他人卻另有一番心思，通德銀樓在北直隸一家獨大，它的玉石生意更是獨佔鰲頭，可餘下的湯水依然不小。

通德銀樓有自己的賭石師傅，卻還會和他們這些養不起賭石師傅的店鋪爭明料，老孫頭也乖覺，同等價位之下，往往會優惠通德銀樓，所以北直隸的這些珠寶鋪子，銀樓越發艱難。

可現在有一個不買通德銀樓和老孫頭帳的人，各人對視一眼，都是會心一笑，果然，天無絕人之路！

魏清莛還不知道自己被別人打了主意，正用眼角偷眼看桐哥兒。

看到他又小心地瞄了她一眼，她連忙低頭看書。

這已經是第六次了，這小屁孩在幹什麼？

桐哥兒見姊姊沒注意這邊，鬆了一口氣，又挪挪屁股，側著身子對姊姊，手裡小心的捏著一根線，費力地要穿到針裡去……

桐哥兒嘟著嘴看開了口子的褲襠，心裡委屈，但還是循著記憶中姊姊縫衣服的樣子扎下去……

「啊……」桐哥兒手中刺痛，連忙鬆開查看紅了的手指，下意識地扭頭去看姊姊，一回頭就對上一雙好奇的眼睛，魏青桐嚇了一跳。「姊姊！」

「你這是幹什麼？」魏清莛早就站在他身後了，好奇地捏起針線。
桐哥兒脹紅了臉，扭捏道：「縫褲子。」
「你為什麼不叫姊姊縫呢？」魏清莛更好奇了。
看這口子，好像是爬樹的時候裂開的，魏青桐正是頑皮的年紀，又有一個無良的師傅帶著，可以說上山下河無所不為，他也因此臉色越發紅潤，一雙小腿走得越來越快、越來越穩。
桐哥兒低頭，連耳尖也紅了，小聲說道：「姊姊是女孩子，我是男孩子。」
魏清莛被轟得外焦裡嫩，難道古代的孩子都這麼早熟？要知道桐哥兒的心智年齡才五、六歲啊五、六歲。
桐哥兒卻像得了鼓勵，抬起頭，眼睛閃呀閃的看著姊姊道：「先生說，男女七歲不同席，我已經七歲了，所以不能再跟姊姊睡一張床，不能讓姊姊給我洗澡，不能讓姊姊給我穿衣服……」
夜色昏沈，平南王府外，張一騎上馬，看著平南王府嘆了一口氣，他總算完成了主子交代的任務。
想起剛才見平南王和太妃的情景，張一又有些同情任武昀了。
太妃並沒有問很多關於自己小兒子的事，只是一個勁地問算是她外孫的四皇子的事，事無巨細，問了將近一個時辰。

京城一直傳說太妃不喜歡任武昀這個小兒子，就是因為小兒子不僅長得和老平南王最像，就連性子也差不多。當年太妃與老平南王關係惡化，甚至都打到了御前，自從將爵位傳給現任平南王後，老平南王就一直在興榮街那邊不回王府。

自打出生起就在皇宮內和四皇子長大的任武昀和他母親的感情也並不是特別深厚，這次他回來雖然都給各人請安，但重點卻放在魏家三姑娘魏清莛身上。

太妃對任武昀並不多關心，若不是還有平南王問幾句，他都要懷疑自己是不是到了任家。

張一看著神色淡淡的太妃，決定以後在竇公子擠兌任將軍的時候還是不要笑了，任將軍也挺可憐的。

張一摸摸包袱裡的銀子和信件，認命地往南城而去。

第二十三章　征人

魏家秋冷院中，魏青桐已經入睡，因為明天是中秋，魏青桐今天就放假，魏清莛高興之下帶著他在東市逛了一整天，剛入夜，魏青桐就累得直流眼淚，將人哄睡，魏清莛就閉目躺在床上，放開思緒。

聲音就是這樣突兀的傳來，魏清莛「唰」地一下睜開眼睛，疑惑地皺眉細聽。

這是馬蹄聲，可這條巷子常年沒有人走，又怎麼會有馬經過？

魏清莛日漸敏銳，感覺不對，當機立斷地爬起來，輕手輕腳地到魏青桐的床前，搖醒他，並及時捂住他的嘴，雙眼帶笑地看著他道：「桐哥兒，姊姊跟你玩個遊戲好不好？你到黑黑裡睡覺，看你明天天亮的時候知不知道起床。」

魏青桐迷迷糊糊地，下意識地拒絕，魏清莛卻已經手腳快速地給他套上衣服，低聲催促。「快些，不然，明天沒有獅子頭吃哦。」

魏青桐就迷迷糊糊地進了空間，拉過姊姊在空間裡準備的被子就睡過去了。

魏清莛快速地將鐲子藏在床下，再迅速地回到床上，手裡緊握著匕首，呼吸漸漸放輕，她知道要迷惑謹慎的人是不可能的，只是這裡住著兩個小孩，說不定可以在對方大意之下奪得優勢。

不是沒想過和魏青桐一起躲到空間裡，可手鐲放在外面有太多未知的危險，魏清莛不敢冒這個險。

張一根據任武昀畫的地圖將馬停在小巷裡，兩個縱躍就進了後院，不遠處種了一些蔬菜，張一心中詫異，但還是如閒庭漫步般進了前院……

習慣性地停下腳步探聽，屋裡只有一個呼吸聲，張一有些疑惑，不是說是兩姊弟嗎？

想到後院的那些手段，張一有些惋惜，不知活下來的是姊姊還是弟弟？任將軍聽到這個消息不知道會怎樣，看來魏家以後要倒楣了，任將軍記仇的性子這一點可是完全繼承了老王妃。

張一動作輕緩地進門，打算放下包袱就走，只是他才走到床邊，床上的人就暴起，亮光閃過，張一下意識地偏頭，但還是覺得耳朵一寒。

一擊不中，魏清莛心一冷，握緊匕首，反手又是一刀，但張一已經反應過來，怎會讓她得逞，手快速的抓住，眼裡一寒，就要下殺手，才記起這是什麼地方，記起任武昀交代他的話。

張一滿臉寒色，低聲道：「魏姑娘，我是任武昀將軍派來的。」

魏清莛板著臉看他。「他派你來幹麼？」心裡卻在思索，任武昀這名字有點耳熟。

「認識就好！張一鬆了一口氣，快速的將背後的包袱解下，道：「這是任將軍派我送來的。」

魏清莛低垂的眸中閃過疑惑，任武昀，好熟的名字。

魏清莛點頭。「放在這兒吧。」目光炯炯的看著他，示意他可以走了。

張一嘴角抽抽，抱拳道：「那姑娘保重。」快速地起身，警惕地看了一眼她手中的匕首，倒退著快速退出房間。

他可是看得清清楚楚，小姑娘眼裡滿是殺意和警惕。

張一迅速地穿過前院到後院，躍出，落在自己的馬前，這才動動手腕，這小姑娘的手勁可真大……

魏清莛並沒有馬上打開包袱，而是側耳傾聽，直到馬蹄聲遠去，這才稍稍放下心來。

打開包袱的時候魏清莛還在想，這任武昀到底是誰啊？

魏清莛微張著嘴巴，這，一包袱的銀子……她雖然也有錢了，但為了方便大多都是銀票啊，再看見包袱裡還有一封信，連忙拆開來看。

龍飛鳳舞，筆力深厚，魏清莛雖然不懂字，但也知道這是一手好字，不過字是好字，內容卻沒有多少文化了。

魏清莛終於想起來了，任武昀不就是她到這世上見到的第一個人嗎？平南王府的四公子，她的未婚夫。

沒想到他還記得她。

任武昀的信前面還很客套，只是說兩家的交情、他們的婚事之類的，到了中間，語氣漸漸熟稔，就向她吹噓他在軍隊怎麼勇猛，這次怎麼立功，這些銀子是軍中獎勵，因為張一要回京城給平南王府送中秋節禮，就托了他順道把銀子給她。

信末還囑咐她要好好待著，一切等他回來再說。

魏清莛心裡又是好笑，又是好氣，還帶了一絲酸澀，一絲甜蜜。

忍不住低聲嘀咕道：「我和你很熟嗎？」

想起兩人的婚事，魏清莛就有些糾結，難道她真的要嫁給他？

她混跡市井，甚至還涉及了賭博，名聲傳出去，那些在乎名聲面子的上層階級是不會接受這樣的女子的。

魏清莛本身也沒想過要嫁人，只是現在任武昀的作為就讓她有些糾結了，以後她退婚，他的面子會不會很難看？

此時，平南王府裡也正說到魏家兩姊弟。

平南王想起信裡小弟讓他多多照顧魏清莛姊弟的交代，就想著讓他媳婦到魏家去走走。

其實他老早就想這麼做了，不說小弟的特別交代，就是二弟，也囑咐過他要關照魏家姊弟，只是後院的事一向是母親和妻子作主，他也不習慣插手。

「娘，明天還是讓王妃到魏家走走吧，看看兩個孩子怎麼樣也好。」

「不用了，」老王妃放下茶盞，淡淡地道：「既然沒有消息傳出來，說明姊弟倆過得還是不錯的，王家教育孩子向來以摔打鍛鍊為主，莛姊兒小小年紀就和王家子弟一起修身，又從小被王氏帶在身邊，照顧好她弟弟應該不困難，我看是你們太擔心了。」

可再能幹也只是一個孩子啊！

平南王知道母親強勢，認定了的事就不容更改，只好應下，想著，找個時間去探聽一下，不然二弟那裡可不好交代。

平南王退下。

老王妃睜開眼睛，眼裡無悲無喜。

韋嬤嬤欲言又止。

老王妃看著眼前的老夥伴嗔怪道：「有什麼就說吧，跟了我這麼多年了還是這樣。」

韋嬤嬤就嘆道：「娘娘，王爺想的也沒錯，那畢竟只是個孩子，又還帶了那樣一個弟弟……」

老王妃垂下眼眸。「她要是活不下來，這也是她的命，昀哥兒已經是那樣的性子，他的媳婦得能幹些……」

韋嬤嬤猶豫道：「那二爺……」當年二爺與王氏的婚事都快要定了，如今二爺雖在南邊，卻也每年都來信過問魏清莛姊弟。

老王妃眼裡閃過冷光。「哪有做伯伯的這樣關心未來弟媳婦的，他現在有兒有女……以後這樣的話不要再說起。」

韋嬤嬤無奈地應了一聲。

任武昀沒想到母親這樣敷衍他的要求，正趴在床上，拿著紙筆糾結地寫信。

出了京城，就是沒命的趕路，之後是被追殺，當時只想著平安到北地，將什麼事都丟到了腦後。

到了軍營，任武昀就如魚入江河，每日練兵打仗，好不快活，早將京城裡的人和事給忘了個一乾二淨。

這次打了個大勝仗，四皇子借著給平南王府送節禮的機會給京城遞消息，任武昀這才想起那對在秋冷院的姊弟，想起當初的承諾，任武昀打算送些銀子回去給他們。

只是自己剛發的餉銀和分得的銀子早就被他花光了，沒辦法，只好找四皇子借。

又怕魏清莛不認識張一被嚇著，公式化地寫了一封信，只是寫著寫著，就想起這幾天大家都誇竇容用兵神跡，反而把他這個衝鋒陷陣的將軍丟到一邊，不服氣之下，就將自己的功績也寫上，雖然他誇張了那麼一點，寫多了那麼一點，但不可否認，寫完之後，他覺得通體舒暢，就像當初打了勝仗似的。

因此任武昀決定，他可以經常給對方寫信，他是不會介意浪費時間的。

「小舅舅，你在帳篷裡幹麼？」人未到，聲先到，四皇子撩開簾子，大步走進來。

任武昀手忙腳亂地將東西塞到被子裡，趴在床上，扭頭道：「沒幹什麼，我屁股還疼著呢。」

四皇子眼角掃過他身下的被子，笑道：「是嗎？昨天不是給你送了生肌膏？你要是早些認錯，阿容也不會下狠手。」

任武昀撇撇嘴。「阿容就是喜歡大驚小怪，男人哪有不去那種地方的，更何況大家為了這仗可是被拘在軍營裡好長時間了。」

四皇子眼裡幾不可見地閃過寒光，坐在任武昀的床邊問道：「那你也不能偷跑出去，軍營有軍營的規矩，何況，那些地方是什麼好去處？阿容也是為了小舅舅好，你年紀小，哪裡知道那些事情？對了，小舅舅，這次是誰提議去那裡的，我記得他們平時都是要跑兩個時辰的馬到馬集上的。」

任武昀不在意地道：「他們說這次來的是新人，我們這兒八百年也難得一見，又沒有開瓢兒，就叫我去了，我也就陪他們去看看熱鬧，而且阿莫爾說那兒的酒不錯。」

四皇子似笑非笑。「小舅舅沒有看上的人？竟是奔著酒去的？」

任武昀心不在焉道：「人有什麼好看的？那些人身上還有濃濃的花粉味，我聞著就嗆，不過那兒的酒真不錯，喜哥兒，下次我帶你去。」

「好啊，」四皇子得到了自己想要的，也就不耽擱時間，起身笑道：「那小舅舅繼續給小舅母寫信吧。」

任武昀頓時脹紅了臉，梗著脖子道：「誰，誰給她寫信了。」任武昀心中一頓，顧不得屁股後面的傷，跳起來道：「你偷看我的信！」

四皇子也跳起來。「誰偷看你的信了？你那點小心思誰不知道？更何況張一可是我的人。」

任武昀目瞪口呆。「都、都知道了？竇容那小子也知道了？」

說完四皇子就後悔了，連忙搖手道：「沒有，沒有，只有我一個人知道。」

任武昀通紅著眼睛看他，眼裡閃過凶光，好像他只要說錯一句話，他就會跳上去咬上他的脖子。

四皇子肯定地點頭。「真的，這事只有我知道，他們只知道你破天荒的給家裡寫了信，卻不知道給誰，昀哥兒，我發誓，他們什麼都不知道。」

小舅舅雖然好說話，但強起來十頭牛都拉不回，自己小的時候就因為和小舅舅吵架的時候無意中說了一句外祖母不喜歡小舅舅，小舅舅就半個月都不理他。

任武昀臉色稍緩，喜哥兒一旦認真就喜歡叫他小名，但還是青著臉問道：「那你偷看我的信了？」

四皇子摸摸鼻子，辯解道：「我這不是怕你在信中寫什麼不該寫的東西嗎，不過還好，小舅舅寫的差不多都符合事實，也無不可對外人言的。」

這下輪到任武昀不好意思了，偷眼看四皇子，又看看帳篷門口，小聲問道：「你也覺得我寫的是事實？」

四皇子嘴角抽抽，知道暴風雨過去了，但還是如以往一樣點頭附和。「當然，的確是小舅舅帶著人衝破了敵軍的防線，這才讓我軍順利收回失地，小舅舅厥功至偉。」

任武昀咧開嘴笑，心情放鬆之下，這才感覺屁股一抽一抽的疼，「哎呦」地痛喊了一聲。

四皇子趕緊上前攙住他。「怎麼樣？怎麼樣？要不要叫軍醫？」

才打了四十軍棍，不僅用了生肌膏，還叫軍醫，自認威武的任武昀可丟不起這個臉，連忙搖頭。

「那我去叫張五過來給你上藥。」

張五和張一一樣，都是太子當年讓他挑選的護衛，略懂些醫術，任武昀身邊只有一個小兵伺候起居，四皇子不放心讓他上藥。

四皇子起身將早落在地上的信紙拿起來，瞄了一眼，內容和上次寫的大同小異，四皇子眼裡閃過笑意，卻一本正經地將信遞給任武昀。

任武昀臉色微紅，小心地看了他一眼，見他臉板得正正的，心裡微鬆，扯過信塞在懷裡。

四皇子剛吩咐好張五，竇容就晃悠悠地出現在他面前，四皇子看著他一身白衣，一手搖著摺扇，一步三搖的踱到他面前，嘴角抽抽，問道：「審訊有結果了？」

竇容搖頭。「那個李星平是個硬骨頭，打死不說，倒也算是條漢子。」李星平平時的表現並無異常，若不是往外傳消息的時候正好被竇容拿住，他們只怕都不知道身邊藏著一個細作。

四皇子冷哼。「只耐得住打可算不上漢子，張一回來了就把人交給他，要是張一也撬不開他的嘴，我就認他是條漢子，我不介意給他一個痛快。」

竇容心裡替那人惋惜了一聲，這樣的猛將，要是為他們所用……看他手裡的白瓷瓶，疑惑道：「武昀還痛？」又小聲嘀咕道：「不會呀，我明明記得沒有吩咐狠狠打的。」

四皇子聽到，嘴角微抽，眼珠子一轉，就把手中的瓷瓶塞在他手裡，推他道：「阿容還沒有去看過小舅舅呢，趕緊去看看他吧，順便把藥給他送去，記得叫他按時搽藥。」

竇容來得晚，並沒有聽到四皇子吩咐張五去給任武昀上藥，聞言也不懷疑，接過藥，轉身道：「那我去看看他。」

「對了，」竇容突然轉身，看到四皇子嘴角可疑的笑容，心裡警惕，但還是照常問道：「他們去青樓的事查得怎麼樣了？是誰讓武昀去那裡的？」

四皇子眼裡閃過諷意。「你放心，他們只怕是做了無用功，徐家的人也太小瞧小舅舅了，以為美色能誘惑住他，誰知道小舅舅眼裡只看到酒。」

竇容點頭。「誰讓武昀不開竅呢？面對美人，想的卻是美酒，也不知以後老王妃要怎麼擔心呢。」

四皇子暗想，真的是不開竅嗎？他已經給魏清莛連續寫兩封信了，是單純的炫耀，還是帶了其他感情？

竇容一直注意觀察他，見他眼神放空，知道他是想到了什麼，難道是和武昀有關？

魏清莛沒想到張一還會來，而且是在天未黑的時候，就從牆頭躍進。

魏清莛抬頭看看八尺多高的圍牆，什麼時候魏家的圍牆這麼不保險了？

張一咳了一聲，雖然知道不對，但還是照著任武昀的意思說道：「魏姑娘，上次我走得匆忙，忘了與您說，四公子想要知道您的近況，您看，要不，您也給四公子寫一封信吧，也好讓四公子知道魏姑娘在京城過得怎樣，讓他放心些。」又補充道：「我明日就啟程前往北地。」

不就是一封信嗎？魏清莛不理解他為什麼那麼難為情，他們是未婚夫妻，互相間寫信很正常吧？

魏清莛應了一聲，轉身回屋，照著前世的記憶，寫了不少勵志的話，封好就給他送去。

魏青桐從床上爬起來，睡眼惺忪地推開門，喊了一聲。「姊姊，我渴！」沒有看到院子裡的人。

魏清莛在房中應了一聲，所以兩人都沒看到張一眼裡閃過陰霾。

對那晚魏清莛的反應，張一還可以解釋為王家的教育，那這個素來被人認為是弱智的孩子呢？

他記得很清楚，那晚，這個院子裡只有魏清莛一個活人，那麼，這個孩子去哪裡了？

想起主子的交代，張一私自決定先留在京城兩日，怎麼說也要弄清楚。

魏清莛給桐哥兒倒了一杯水，就將信拿出來給他，看著他「嗖」地一聲消失在牆頭，轉身開心的回去找桐哥兒，完全不知道就這一會兒的工夫，兩人的背後多了一隻尾巴。

只是張一也低估了魏清莛，魏清莛不僅聽力了得，現在直覺也準得讓人吃驚，當天晚上她就覺得不對勁，雖然張一動作放輕了很多，魏清莛還是發現了端倪，但因為不知背後是誰，魏清莛也不敢輕舉妄動。

如此高手肯定會發現桐哥兒時常不在小院中，而桐哥兒躲在空間中的事絕對不能教人發覺，既如此，不若就給他們一個解釋，魏清莛依然和往常一樣，大早上的就帶著魏青桐鑽著洞出門，然後就在岷山裡待著。

跟了兩天，張一自以為得到了解釋，雖然這兩天晚上魏青桐沒在他先生那裡睡下，但中午一般都在那裡午休，那在那裡睡一晚也沒什麼，看來那天晚上魏青桐是根本不在小院裡。時間有限，張一得到了自己想知道的，雖然心底依然存著疑惑，但還是快速地往邊關趕。

而魏清莛直到確定身後的視線消失後才敢去找王廷日。

四皇子打了勝仗，王廷日也是剛從底下人那裡知道的，知道任武昀給魏清莛送信很是驚奇，第一句話就是——「你們怎麼認識的？」反應過來才略帶凝重地問道：「他為什麼要給妳送信？」

「我和他身上有婚約，也許是為了讓我知道他的平安，好安心。」

王廷日第一次聽說這件事，連忙問道：「你們的婚事是誰定的？魏家知道嗎？」

魏清莛瞭解的並不多，只是將當初麗娘來找她的話說了。「舅母應該知道，表哥不如問問舅母。」順便提道：「……表哥，你能不能幫我找找麗娘他們，也不用將他們帶回來，只要贖出來，給他們一些家資過日子就行。」

王麗娘是原身魏清莛最親近的人之一，魏清莛不想她產生懷疑，但也不願意曾經對魏清莛好的人落不到好下場，先前沒人沒錢也就算了，現在有錢也有人了，魏清莛無論如何都要努力一下。

王廷日點點頭，現在京城情況不明，將王麗娘等人安排在外面也好，免得回京露了行徑，讓人懷疑。

王廷日敲敲桌子，這是他思索時的習慣。「表妹，妳在外面的名字是王莛？」

魏清莛點頭，不知他為什麼說起這個。

「我想將妳記到王家這一支來，用妳的名號行一些事。」

魏清莛目光一閃，看著王廷日。

王廷日就笑道：「妳放心，不是壞事，我想涉及玉石業，只是我的身分讓人忌諱，行事多有不便，更何況，表妹一身的本事，只是賭石豈不便宜了其他人？」

魏清莛低頭沈思，要說沒有風險是不可能的，但收益往往和風險是同比例的。

但放在她身上就還有一個優勢，她是一個女子，魏家的女子，隨時可以遁走，而王莛這個身分也隨時都可以放棄。想來，這也是王廷日選中她的一個原因。

未婚子女不能有私產。所以她現在所擁有的一切都是魏家的，王氏留給他們的東西可以說是王氏的嫁妝，按理來說，魏家不該動用，可要是魏家不顧臉面地提出來，難道她和魏青桐還能拒絕不成？那時，人們不會說魏家的不是，只會說他們不孝。所以她也需要一個身分來擁有這些。

「那桐哥兒呢？十里街的人都知道桐哥兒是我弟弟，表哥是不是也要為他安排一個身分？」

看魏清莛不遺餘力的樣子，王廷日心裡好笑的同時又有些羨慕魏青桐，點頭道：「這個我來安排。」

魏清莛有些擔心。「我的身分好安排，只是桐哥兒……他以後雖然不科舉，但要是露出風聲，對他也不好。」

「妳放心，給你們安排的是我們這一支的遠房，住在魏家村的邊緣，你們父母早亡，跟著一族叔過日子，魏家村有的人家一輩子也沒到主家那裡去過，更別說你們這樣的家境，所以妳儘管放心。天下姓王的何其多，不過是應對京城的人查探而已。」

魏清莛點頭。

「就算是真查到了，我也有辦法將妳摘出去。」

王廷日的步伐太快，魏清莛有些擔憂。「……京城裡乍然冒出這些生意，不可能不引人注目，表哥不如稍稍放緩腳步。」王廷日想要開酒樓也就算了，現在竟然還要涉及玉石生意，攤子鋪得太大、太急。

王廷日不以為然，就是要趁大家不注意的時候搶佔地盤，不然等他們反應過來，有了防範，他更難成事，徐家一系的人表妹就是太小心翼翼了。

不過，女孩子有這份心思也算不錯，王廷日沒有打擊她，而是笑道：「我會注意的。」

一看就是沒有聽進去的樣子，魏清莛嘆了一口氣，要是桐哥兒，她可以說教，不聽，她可以打，還不聽，她可以把人關起來，直接動手糾正，桐哥兒最多也不過是扭過身去三天不和她說話，只是她和王廷日到底隔了一層，勸誡點到為止就好。

「表哥有什麼要我幫忙的再說。」魏清莛起身告辭。

王廷日點頭。「要是珠寶樓開起來，原料這一塊就要煩勞表妹了。」

魏清莛點頭。「那等表哥拿出章程後，我們再談。」

第二十四章 合作

王廷日約了三五好友在新開的狀元樓裡相聚。

徐宏挑了個座位坐下，問道：「你怎麼想起請我們來這裡了？」

「你們覺得這狀元樓如何？」

郭吉依然坐在靠窗的位置，看著外面來往的學子，聞言笑道：「要我說這個地方好，只供學子們談詩論道，可比珍饈樓好多了，價格也不是特別貴，就是一般學子也消費得起，明年春闈，這個地方的作用就更顯了，這家的老闆倒也會賺錢。」

曾昭德就接話道：「要是趁著這次秋闈把名聲打出去就更好了。」

「沒想到你們倒都會做生意，回頭我就吩咐下去，秋闈過後辦一個詩會，請各路學子參加，看到明年像不像你們說的這樣。」

包廂裡聲音動作一滯，三個好友幾乎呆滯地看著王廷日。

王廷日似無所覺地繼續為他們倒茶。

徐宏微瞇起眼睛，問：「狀元樓是廷日開的？」

王廷日點頭，微笑道：「和耿家十一一起開的，我只占了五成股份。」與耿十一相遇是意外，王廷日沒想到他願意在這時候對他伸出援手，所以他想也沒想就接受了對方的投資。

郭吉呼出一口氣。「你，你哪來這麼多錢？」

王廷日眼光迷離，看著窗外道：「祖父還給我留了一些……」說完，自嘲地笑笑，轉頭道：「今日請你們來也不是單純的吃飯，而是有事相商。」

徐宏心有所感，坐直了身體，認真的看著王廷日道：「你說。」

許是徐宏的態度影響了大家，郭吉兩人也不像先前那樣放鬆，而是微微坐直身體看著王廷日。

「我想再開一家店，不知你們可有興趣，要是有，不如一起幹。」

三人面面相覷。

王廷日笑道：「做生意不是有錢就夠了，耿十一並不能代表耿家的態度，所以我在京城裡立足，得有人給我撐腰，你們可以回去考慮考慮，我手頭的生意不敢說多賺錢，但給你們賺一些零用還是可以的。」

簡單來說，三人也只是傳話筒，要是他們背後的家族同意，四人就可以合作了。

不管三人的家長如何思慮，最後回應同意加入的竟然只有郭吉。

郭家雖然是勛貴人家，但論起家境，還是三人中最差的。

郭吉將盒子的銀票交給王廷日。「這是祖父湊的，祖父說要是不夠，他再想想辦法。」

王廷日看也沒看就收下，笑道：「夠了，回頭等我算出來你占多少成，再給你回話。」

他要的不過是他們的一個態度。

徐宏和曾昭德都有些羞愧，王廷日安慰他們道：「生意有虧有賺，你們這副作態，倒像是我逼著你們入股似的。」

徐宏忙道：「我們不是這個意思，只是覺得幫不上你……」

「原來是想幫我的忙，那就更不用急了，回頭有的是差遣你們的時候。」

送走三人，王廷日收起臉上的笑，回到書房。

他想要知道的已經知道了，也獲得了郭家的支援，他可以暫時放下心來。

做珠寶生意，自然首先要有原料，其他各色寶石還好說，只是王廷日將主要商品定位在玉石上，那麼各個檔次的玉石都要準備，其中又以中等和中上等玉石為最，量要大。加上高檔的玉，其明料價格都不低，這些事王廷日一股腦兒的交給了魏清莛。

好玉向來是可遇不可求的，魏清莛也不急，每天接送桐哥兒上學後就在玉石街裡逛，看中的就買下交給王廷日派來跟著她的人。

魏清莛全身心的在賭石上，加上後面又跟著一個全方位保鏢，對周圍環境就有些鬆懈，她也就沒發現自從她進了玉石街，後面似有似無的跟著幾雙眼睛，她沒發現，不代表她的保鏢沒發現。

不少人都等著魏清莛出手，然後從她手裡買走明料。以前魏清莛也有買了不解帶走的，但那畢竟是少部分，不像現在一塊也不解，全都運走的。

聽派出去的人彙報這樣的情況，幾個珠寶商心裡都閃過陰影，看來這王莛是被人套住了，大家都在想業內有哪個銀樓或珠寶店可以做得這樣不顯山不露水。

通德銀樓的二掌櫃自然也聽到了風聲，他微微一皺眉，需要這麼多玉石，不會是哪個銀樓要和他們唱反調吧？

而老孫頭嘴角一挑，不可否認，他有些幸災樂禍了，小孩子就是小孩子，做事不考慮後果，這樣將自己的一輩子簽給別人，自不自由另說，就怕以後他想掙個外快也不容易了。

魏清莛將一個鴨梨大小的和田玉籽料放進包裡，對跟在後面的人說道：「你回去吧，剩下的路我一個人回去就可以了。」

王四固執地站著，低聲道：「主子交代了要送表姑娘回到魏家的。」

真是榆木腦袋。

魏清莛只好在前面走，到了洞口，魏清莛就當著他的面從洞口鑽進去，王四嘴角抽抽，認命地將洞口補上，側耳聽了一下，聽到魏青桐歡快的聲音和魏清莛輕柔的應答聲，這才轉身到巷子口和保護魏青桐的王六會合。

魏清莛將今天淘換下來的籽料放到空間裡，桐哥兒看了那堆石頭一眼，跑到姊姊身邊，不解地問道：「姊姊，妳為什麼弄這麼多石頭啊？」

「這裡面呀都有好玉，以後留給桐哥兒和桐哥兒媳婦。」這些都是魏清莛中意留下的，無一例外，魏清莛都有感覺裡面是好玉，她雖然不能完全肯定裡面的玉是什麼樣子，但根據飄浮在它上面的氣體，以及它的外在表現，也猜了個大概。

這些東西留下來都是一筆財富。

秦氏的那筆錢沒拿到手上就不算，王廷日又處在奮鬥階段，以後誰輸誰贏還不一定呢，她不能把全部的希望放在別人身上。

魏青桐見姊姊拿了菜折，就提要求道：「姊姊，我要吃魚，妳昨天答應我的。」

「好，姊姊一會兒給你做。」

話剛說完，魏清莛就聽到腳步聲過來，魏清莛有些詫異，看了看天色，並沒有到往常送飯的時間。

現在已是吃飯時間，不過魏家一向怠慢她，廚房給她送飯向來是最後一批，今兒怎麼？良久，遞飯的地方傳來動靜，外面傳來閔婆子的聲音。「三姑娘，奴婢來給您送飯來了。」

魏清莛走到那裡取過外面遞進來的兩碟菜和兩碗飯，謝道：「多些閔嬤嬤了，只是今兒怎麼這麼早？」

閔婆子左右看了看，秋冷院地處偏僻，四周靜悄悄的，但閔婆子還是壓低了聲音道：「三姑娘，今兒老夫人高興，加上來了客人，飯就叫早了，這不，奴婢們也跟著沾光，今兒廚房不僅早了，還給奴婢們都加了飯菜，聽說老夫人院子裡的幾位嬤嬤姑娘都得了賞賜。」

「不知家裡來了什麼客人，老夫人這樣高興。」

閔婆子的聲音又壓低了三分。「聽說是南邊來的人，是大老爺上司家的幾個嬤嬤，趙嬤嬤親自帶著她們上京來給老夫人請安的，說是、說是要將姑娘的婚事訂下來……」

魏清莛瞳孔一縮，趙嬤嬤是魏志揚的奶娘。

魏志揚幼年喪母，之所以能長大成人，甚至成才，都離不開這位趙嬤嬤，魏志揚平時就對她恭敬有加，這次外放還堅持帶著趙嬤嬤，可是現在卻讓她回京，看來魏志揚在這樁婚事上獲益不少。

只是魏志揚給她找的能是什麼好人？

魏清莛從荷包裡抓了十來個錢，遞出去道：「多謝閔嬤嬤了，我們姊弟獨居在此，多有不便，以後還要閔嬤嬤多多照顧。」

「不敢，不敢！」閔婆子連忙將錢塞回去，道：「三姑娘，您快拿回去，大夫人對奴婢有恩。」

「嬤嬤這麼多年照顧我們姊弟，再大的恩情也還了，妳快拿著吧，我聽說閔嬤嬤的兒子最近正找差事呢，多一些錢總是好的，雖然大錢我沒有，但幾文、十幾文的，我還是拿得出來的，嬤嬤快接過去吧，不然就是看不起我們姊弟了，難道妳接其他主子賞賜的時候也是這樣？」

閔婆子嘴拙，只好接過，對著牆壁屈膝行禮離開。

心裡卻不住疑惑，大夫人的那些人到底是怎麼把東西送進去的，她這兩年一直仔細觀察著，可就是看不出端倪，要說這些事瞞過趙婆子還有可能，畢竟她對當差不夠上心，可她一直盡心著，就是晚上，偶爾也起來查看，可就是沒發現一點蹤跡。

不過想到大夫人掌家十幾年，又一直是一言堂，閔婆子心中也就不奇怪了。

魏清莛卻在思索著魏志揚要給她訂親的事，她上頭還有兩個姊姊，堂姊可以跳過去，但沒道理也跳過魏清芍吧？

也不知魏志揚給她說了一門什麼樣的親事，訂下了沒有。

他以後要是知道她早就訂下了平南王府的親事，不知是什麼感想，一女許兩家？

想著，魏清莛帶了些惡意的笑容。

王公臨死前與平南王府訂下這門親事，不過是想給女兒與外孫、外孫女找一個靠山，但王氏顯然要更瞭解魏家，知道魏家害怕牽涉進太子一案中，若是知道兩家親事，只怕寧願讓女兒「病逝」，也不會讓魏清莛嫁入任家，所以就瞞下了這件事，並且讓父親與任家商定，兩個孩子長成之前不將親事洩漏。

魏清莛有些惡意地想，等她長大了，這件事鬧出去，丟的可是魏志揚和魏家的臉面，要是再有人說上那麼一、兩句……

魏清莛嘴角掛著邪惡的笑，但這畢竟也只是想想而已，到時事情鬧出來，對她的傷害同樣大。

所以該做的事還是要做，首先就要弄清楚魏志揚看上的那家人是怎樣的情況，婚事進行到了什麼程度，而她要怎樣搞破壞。

奇跡般的，對於私自決定她未來的魏志揚，她竟然一點也不生氣。

來這裡後，她真正作主的又有哪些事呢？生活向來都是在逼著人低頭，抬高了頭不願意低下的，頭都斷了，順從的低下的，又被折彎了腰，匍匐的活著，她只希望能側頭躲過那些逼迫，在挺直背脊的同時更好的活著。

魏清莛不生氣，更大的緣故是取決於她有這個認知，而且魏志揚在她的眼裡就一陌生人，算來她還沒實質上見過「她」父親呢！

可王廷日卻很生氣，在知道了這件事後，他就摔爛了一只茶杯。

魏清莛可惜地看了一眼地上的碎片，那只茶杯和桌上的那套茶具是她買的，花了足足半錢銀子，足夠他們姊弟倆好吃好喝的活個十天了。

王廷日反應過來後就安慰魏清莛。「表妹放心，這件事我會處理好的，只要妳不願意，沒有人可以強迫妳。」

王廷日眼裡泛起冷意，魏志揚是太閒了，這才有工夫算計自己的女兒，大事他是做不了，但製造些小麻煩還是可以的。

魏清莛鬆了一口氣，連忙道謝。

王廷日敲敲桌子。「張知府是元康二十八年的進士，祖父和父親都只做到了知縣，再往上就是農民，算來也沒有大的背景。」

怎麼又是官四代？魏清莛感嘆。「那倒和魏家門當戶對了……」

王廷日怪異地看了表妹一眼，忍不住道：「怎麼會門當戶對？妳太祖雖然官職不高，但也是五品，妳祖父現在更是三品戶部尚書，差得很遠好不好？更何況，低門娶婦，高門嫁女……」還有一句話王廷日沒有說，魏清莛的外家又是王家，即使他們這一支獲罪，但王氏還是王家的姑奶奶，魏清莛還是王家的表姑娘，她就受王家的庇護，身後有王家的人脈。

魏家這樣做，不僅降低了自己的身分，也得罪了王家。

謝氏曾是大家閨秀，又一直幫著丈夫打理各種事物，所以對官場的一些關係比王廷日還要熟悉。

她皺眉想了一下就將張家的各種關係給兩人梳理了一遍，兩人這才知道，張知府家雖然平常，但他娶的夫人卻是現任建昌伯的庶女，而建昌伯掌管著京城防務，這幾年很得聖上信任，連帶著建昌伯的幾個兒子都謀到了一份不差的差事，而張夫人的同胞兄長就在吏部任職。

看來魏志揚和魏家是醉翁之意不在酒啊。

謝氏有些擔心。「當初妳母親就是怕魏家將妳胡亂配人，這才和平南王府訂下婚事，只等妳一長大就將婚事公布出來，魏家歡喜自然好，就是心裡不願意，他們也不敢得罪平南王府，可一女許二家，縱然妳是無奈，可名聲也毀了，到時平南王府要是不願意……妳母親的一番心血就毀了。」

魏清莛轉頭去看王廷日，即使已經在這個時空生活了好幾年，但對這個世界的規矩和心機，魏清莛還是迷茫。

「母親不用擔心，表妹現在還小呢，張家也只是說要看看，並沒有就訂下，只是這次是閔婆子感念姑姑的恩情來報信，下次卻不可能這麼幸運了。我們總不能讓人賣了還什麼都不知道吧？」

「哪有什麼辦法，魏家做什麼事又不會告訴我。」魏清莛很無奈。

在宅門裡生活過的謝氏卻道：「你想在魏家裡插人？」

王廷日點頭。

「只是官宦人家多是用家生子，就算魏家沒有這個底蘊，我們這時候插人進去也有些晚了……」

「不晚，表妹、表弟還小呢，現在送人進去剛剛好，等表妹長大成人，那些人剛好能用上。」

謝氏一想也對，點點頭。「這件事就交給我吧，你們這幾天也忙得夠嗆。」

王廷日很信任母親的手段，他見過吳氏和小吳氏，兩個都是沒什麼見識的深宅婦人，怎麼比得上可以和父親討論策論的母親？

謝氏感嘆道：「只是眼下卻無人可用，得不到魏家裡面的消息……」

「怎麼會得不到？」魏清莛有些疑惑。「直接拿了錢去收買那些丫鬟、婆子不就是了？不過是一錘子買賣，想來他們也很樂意和我們合作。」要不是她身分限制，她早就想這麼做了。

「這……」謝氏和王廷日面面相覷。「這樣直接拿著錢去打聽應該不行吧？」

魏清莛則拍著胸脯保證道：「這樣鐵定行，不找那些貼身伺候的，只找那些在茶水間，馬房，門房伺候的小丫鬟、小廝、粗使婆子，這類人沒有什麼忠心不二的想法，甚至不知道自己露出來的情報有多重要，只要許予小利，他們一定會有什麼說什麼。」

謝氏聽了魏清莛的解釋，心裡暗暗警醒。

王廷日更是若有所思。

將事情交給了王廷日，本來就沒有多擔心的魏清莛更是坦然，放心地送魏青桐去上學後就回魏家拿著一塊和田玉籽料磨著，沒多久就倚在床頭睡著了。

第二十五章　南方來客

魏清莛是被門口的說話聲驚醒的，聽到外面傳來大門打開的聲音，心臟劇跳，魏青桐不在這裡。

魏清莛臉色有些不好，快速地將籽料塞到床下，她這幾天也不知怎麼了，身體經常犯睏，這次更是完全沒聽到外面的響動。

魏清莛剛將門闔上，大門就被打開了。

魏清莛傲然地看著眼前的人。「幾位嬤嬤這時候來是有什麼事嗎？」

趙嬤嬤看著身穿舊衣服的魏清莛，眼裡閃過疼惜，慈愛的道：「三姑娘，是大老爺想三姑娘和四少爺了，特意叫老奴回來看看您和四少爺，大老爺還給您準備了不少禮物呢，您看看喜不喜歡。」

後面的人就捧著幾個盒子上前。

趙嬤嬤上前打開其中一個盒子，道：「三姑娘看，這是大老爺特地叫家裡的繡娘照著南邊新起的樣式給您做的，您穿上試試看，一定很漂亮。」

魏清莛看著裡面水紅的衣裙，看得出面料很不錯，嘴角微挑。「多謝父親了，長者賜不敢辭，只是我還在孝期，不敢穿這樣鮮亮的顏色，這些東西我先收著，等我出了孝期一定穿給父親看。」

趙嬤嬤臉色微僵，心裡有些懊惱，臉上的笑意更是溫和。「三姑娘孝順，大老爺知道了一定會很開心的。

「老奴回來前也給姑娘做了一套衣裳，是淡黃色的，姑娘穿上去也好看，而且那淡黃色也算是素色，並不違制，三姑娘不如試試。」

魏清莛心裡疑惑，趙嬤嬤幹麼老是讓她穿新衣裳？

趙嬤嬤自然不知道魏清莛在想什麼，只是覺得魏清莛的目光太過清亮。

很快，魏清莛就知道為什麼了。

魏清莛嘴角微揚，眼裡閃過諷刺，看著臺階下溫柔慈愛的人。「……幾位嬤嬤都想見見三姑娘，親自給三姑娘請安。」

魏清莛低頭看她身上的衣服，原來是怕她丟臉嗎？

她也想知道那張家到底是什麼樣的人家，就點頭道：「好啊，不過弟弟體弱，現在睡著了，他又向來害怕見陌生人……」

沒有說完，魏清莛目光炯炯的看著趙嬤嬤，她倒要看看趙嬤嬤能作主到什麼程度。

趙嬤嬤有片刻的猶豫，不過看魏清莛態度堅決，而且她過來也很長時間了，又還要帶著魏清莛過去換衣服，梳洗打扮，讓張家的人等久了未免失禮，要是因此而壞了大老爺的事……

趙嬤嬤應道：「不是還有兩個看門的嬤嬤嗎？讓她們守著，要是四少爺醒了，再帶四少爺去見三姑娘。」

現在也沒有更好的辦法了，要是她再拖下去，趙嬤嬤在這裡說不定反而會起疑心。

趙嬤嬤跟在魏清莛的身後離開，在踏出秋冷院時回頭看了一眼緊閉的院門，心裡有些怪異的感覺，身後一個嬤嬤不安地喊了一聲。「趙嬤嬤……」

趙嬤嬤回過神來，感激地看了那嬤嬤一眼，快速跟上前面魏清莛的腳步。

那嬤嬤頓時心喜，剛剛的忐忑也被喜悅取代，嘴角微挑，這趙嬤嬤真溫和，一點也不像其他幾位嬤嬤。

趙嬤嬤給魏清莛換上衣服，在她頭上插上一支珠花。

魏清莛看著鏡子裡的人，不得不佩服趙嬤嬤的眼光。她年紀小，戴不起什麼珠寶首飾，可這根不起眼的珠花戴在她的頭上，卻顯得她端靜又不失俏皮。

魏清莛抿嘴一笑，眨眨眼，調皮之色盡顯，一直關注著魏清莛的趙嬤嬤微愣，心裡卻鬆了一口氣，這才是三姑娘嘛。

正屋裡，幾個衣著華麗的嬤嬤正半坐在小凳子上陪著吳氏說話，聽到門口的小丫鬟報說「三姑娘來了」，連忙安靜下來，側頭去看。

一個九歲左右的女孩低眉垂眼的進來，看也不看，只是對著上座的吳氏福一福，喊了一聲：「老夫人安。」

拿著蒲團的丫鬟身子僵住，無措地看了賴嬤嬤一眼，連忙退下。

屋子裡一時安靜下來。

魏清莛卻不管這些，行完禮就起身，這才看向坐在一旁的幾個嬤嬤。

幾個嬤嬤被她大剌剌的眼神看得微微不安，還是一個圓臉的嬤嬤機靈些，笑著對吳氏道：「老夫人，這就是三姑娘吧？長得真好，魏家的姑娘長得都好看。」

魏清莛不等吳氏回答，就一本正經地點頭道：「我覺得也是！」

吳氏額頭青筋爆出，手緊了緊，擠出笑道：「我這個孫女就喜歡開玩笑，這麼多孩子裡面我最喜歡帶她在身邊，這樣一天的樂子就有了。」

魏清莛驚異地看了吳氏一眼，點頭道：「老夫人真的很愛開玩笑，上次見老夫人是一年前的除夕吧，那時候老夫人就被二嬸的一個笑話逗笑了……」

這下不僅是魏家人，就連張家的幾個嬤嬤臉色也不好看了。

趙嬤嬤心中一跳，連忙上前扶住魏清莛，笑道：「三姑娘還是這樣，說個笑話也是一本正經的，這都是和大夫人學的，家裡除了您和四少爺再沒人能說得這樣好了。」

趙嬤嬤眼神晦澀，手下用力，黑黝黝的眼睛看著魏清莛。

魏清莛看了一眼手臂上的手，眼裡閃過歡快，小手一把抓上去握住，歡快地道：「趙嬤嬤很喜歡我呢，我也很喜歡趙嬤嬤。」

隨著聲音落下，手掌處傳來細微的響聲，趙嬤嬤臉色頓時變得蒼白，身子晃了一晃，卻立馬站住了，額頭滑下幾滴汗，強笑道：「謝三姑娘抬愛。」

趙嬤嬤想抽出手，魏清莛卻不放，依然抓著，笑顏如花的道：「不謝！」和她玩這套？

在她還沒記事的時候，老爸就教她怎麼下陰手了，在村子裡，她不敢說第一，但可能比得上她的男孩子也沒有幾個。

更何況，這世她的力氣隨著年紀也逐日增長著，她連野豬都打得，還對付不了一個中年婦女？

魏清莛瞥了一眼她的手腕，那一下應該脫臼了吧，要不是怕人懷疑，她真想使全力。

「好了，莛姊兒過來，這幾位嬤嬤都是妳父親上司家的，這次到京城來辦事，順便來看看妳，還不快給幾位嬤嬤請安。」

幾位嬤嬤連忙站起來，擺手道：「哪裡敢當。」

魏清莛聽話的衝她們一福，幾位嬤嬤連忙避開，魏清莛也不在意，抬頭去看吳氏，那表情就在說「我做完了」。

吳氏一口氣堵在胸中，下不去上不來。

要不是老太爺說這樁婚事有利於魏家，明年志茗要科舉選官，她說什麼也不容魏清莛這樣囂張。

現在還不是時候，一切等張家的人走後……

張家的幾人對視一眼，心裡各有思量。

「不知老夫人叫清莛來有何事？秋冷院還有……」

趙嬤嬤顧不上手疼，連忙截住道：「老夫人是想三姑娘了，家裡來了客人，三姑娘自然要出來見見的。三姑娘，大老爺叫老奴給您和四少爺帶回來不少禮物，可見大老爺多疼愛您。」

「哦？禮物在哪裡？父親走的時候答應給我帶一根紅寶石簪子，這次是不是就帶回來了？」

趙嬤嬤看著眨著眼睛的三姑娘，舌頭發苦，三姑娘還是這樣伶牙俐齒，苦笑道：「是，等……」

「東西在哪裡？快拿來我看看，我可是好久沒見父親了。」

吳氏險些咬碎牙齒，對賴嬤嬤使了一個眼色，道：「賴嬤嬤去取來。」

賴嬤嬤抬眼看了魏清莛一眼，應了一聲，到庫房裡取了給徐家三奶奶準備的禮物。

這些禮物雖算不上特別貴重，但裡頭大多是名貴首飾和衣料。

賴嬤嬤毫不猶豫就取了它，反正以吳氏的為人，這些東西不過是在魏清莛手裡走個過場而已。

吳氏見了東西也是點點頭，就讓張家以為魏家很看重這個女兒吧，婚姻是結兩姓之好，要是魏家的這個女兒可有可無，張家自然不願意娶她。

魏清莛見了東西卻笑開來，沒有哪個女人會不喜歡首飾和衣服的。

魏清莛沒有丫鬟，就自己抱了。

大家都習以為常，沒有什麼特別的感覺。

但張家的幾個嬤嬤卻眼睛一閃，特別是那個圓臉嬤嬤，詫異過後就仔細觀察屋裡每個人的表情，發現那些丫鬟站著不動，連幫把手的意思也沒有，心裡就越發肯定了自己的猜測，心裡就不由得有些惱怒，這魏家竟然欺騙張家。

趙嬤嬤看到，臉色一變，上前就要接過魏清莛手裡的東西。

但到手的東西，魏清莛怎麼會交出去？側身躲過，順便道：「老夫人，要是沒有什麼其他的事我就走了。」

趙嬤嬤臉色難看。「三姑娘，還是老奴來拿吧，您怎麼總是喜歡自己動手呢，雖說是孝中，但也沒有……」趙嬤嬤被她似笑非笑的眼神看得一噎，未盡的話就壓在心底。

魏清莛冷笑，要不是秉持著家醜不可外揚的信念，這次就不是那不痛不癢的幾句話了，不過可以給他們添堵也不錯。

想到這裡，魏清莛停下腳步，照著王廷日教她的話說道：「對了，這次趙嬤嬤也要回南邊吧？妳見到父親也勸勸他，有些事在家裡就算了，在外面卻要注意些，吳姨娘要是不能教養二姊和二弟，還是把人送回來吧，不然，讓父親續弦也好，母親畢竟去了也有兩年多了。」

吳氏臉色大變，拍著桌子，怒道：「胡鬧，這是妳一個姑娘家可以說的嗎？什麼時候妳父親的事輪得到妳來決定了？」

魏清莛冷哼一聲。「老夫人這件事卻說錯了，我沒有決定父親的事，不過是提個建議，吳姨娘畢竟只是個姨娘，我朝雖律法寬鬆，卻也沒有以妾為妻的道理，大太太這個名稱在家裡叫叫也就是了，叫到外面，你們不嫌丟人，我還嫌害臊呢！」

「三姑娘，」趙嬤嬤冷眼看向她。「這兩年三姑娘不在大老爺身邊，怎麼規矩好像全忘了似的，看來是時候給三姑娘請教養嬤嬤了。」

吳氏氣急，這話什麼意思？

張嘴就要反駁，賴嬤嬤連忙拉了一下她的衣袖，張家的人還在這裡呢。

吳氏將到嘴的話吞下去，但臉色鐵青。

趙嬤嬤剛才是氣魏清莛損壞大老爺的名聲，這才下意識的將責任推給吳氏，現在見這樣也想起了，連忙住口。

兩人正想著說些什麼將話圓過去，魏清莛卻直接轉身，邊走邊道：「你們若是不聽也沒辦法，以後出了事可別怪我沒提醒你們，好了，我要回去了，桐哥兒還等著我呢。」

魏清莛不管她們是如何和張家的人解釋的，回到秋冷院就將東西扔在床上，打開盒子，裡面正是一套紅寶石頭面，一打開，差點亮瞎魏清莛的眼。

魏清莛開心的抱著滾到床上。

想著魏家肯定要招待張家的人吃午飯，這時候正好去將魏青桐接回來，不然下午她們要是興起來找她……

魏清莛就這樣將東西擺在床上，從洞口鑽出去，跑到孔言措那裡去接魏青桐。

「你怎麼來了？」孔言措的書僮慎行看見魏清莛，有些詫異。

孔言措回來後，魏清莛就不用來給兩人做午飯，所以她平時隔個兩、三天才來。

昨天魏清莛剛來過。

「我來接桐哥兒回去，家裡出了一些事，這兩天可能不能來上學了，順便和先生請個假。」

慎行臉色有些怪異。

魏清莛就問道：「怎麼了？」

「這還真是巧，先生正要出一趟遠門，剛給小公子出了不少的作業。」

「出遠門？要出去很久嗎？」

慎行很滿意魏清莛的識相，她並沒有追問孔言措去哪裡，點頭道：「少則半個月，多則一個月。」

魏清莛皺眉，這麼久？

「那好吧，我去看看可以接桐哥兒回去了嗎？」

桐哥兒對先生的離開有些失落，但更多的是開心。

他牽著姊姊的手跑跑跳跳地往回走，嘴裡念叨著自己的遊玩計劃。

魏清莛含笑看著他。「明天可能不能出去，我們後天去好不好？」

魏青桐猶豫了一下道：「那我明天能睡懶覺嗎？」

「當然可以，你明天可以想什麼時候起床就什麼時候起床。」

其實魏青桐也挺可憐的，每天五點鐘左右就要起床。

桐哥兒歡呼一聲，鬆開姊姊的手，一馬當先的跑在前面，想想，停下四處看了一眼，蹲在地上。

魏清莛正好奇他要幹麼，他的腳邊就突然多了一隻大兔子——白白。

魏清莛連忙抬頭看向四周，見沒人，這才鬆了一口氣。

桐哥兒早就歡快地跑起來了，一邊跑還一邊喊：「白白快來追我，快點啊！」

魏青桐在白白的後面鑽進去，首先跑進屋裡，給自己倒了一杯水，這才看見炕上的東西，好奇地過去扯扯，好漂亮的布料啊，他要做新衣服了。

魏青桐高興地抱起來就要去找姊姊，突然門口傳來「砰」的一聲，外面滿是嘈雜的聲音。

魏青桐嚇得絆到門檻，一下摔在地上。

魏清莛早就聽到動靜，快速地堵好洞口，跑過來，正好看見這幕，心裡惱怒，眼裡就不由自主的泛起寒光。

魏清莛跑過去將魏青桐扶進屋裡。「和白白待在裡面不要出來，知道嗎？」將門關上，看著氣勢洶洶湧進來的人。

賴嬤嬤板著臉進來，看見魏清莛站在臺階上，象徵性地一福，道：「三姑娘，老夫人讓我來拿今天給您拿回來的東西。」

魏清莛冷眼看著她身後的人。

四個粗使婆子，用壯壯的身子堵住大門。

只是來拿幾個盒子，用得著這麼多人？

恐怕是她落了吳氏的面子，吳氏想整治她吧？

魏清莛冷笑。「那是我父親送給我的禮物，什麼時候一個奴才都可以向主子討要東西了。」

「三姑娘慎言，老奴是奉了老夫人的命令……」

「哦？妳是說祖母要謀奪父親送給我的東西？」魏清莛滿臉冷肅，喝道：「狗奴才，竟敢當著我的面這樣誣衊老夫人，不想活了不成？我看是老夫人平時對妳們太過寬容了。」

說著，魏清莛順手抄起旁邊的掃把，一把打上去，一點餘力都不留……

秋冷院前院一片狼藉，魏清莛的衣服被抓壞了一些，但臉上卻是滿意地笑開了。

看著躺在地上呻吟的五個人，魏清莛打開大門，踢了她們一腳。「快滾，要不然我就不客氣了！」

四個婆子打了一個寒顫，互相攙扶著起來，賴嬤嬤卻滿臉紅腫的躺在地上，披頭散髮，裸露在外面的肌膚都是帶傷的，五人中數她傷得最重。

三個人連拖帶抬，剛將賴嬤嬤弄出秋冷院的大門，魏清莛「砰」地一聲就關上了大門。

她早就聽到了動靜，花園那邊來了不少人，魏清莛向來怕死，她才不會大門大開任由她們進來。

魏青桐打開門，張大了嘴巴看姊姊，興奮地跳起來。「姊姊太厲害了，一個打五個，姊姊真厲害。」

魏清莛趕緊拉著他到旁邊的屋裡拉了不少的家具，堵到大門口上。

秋冷院的大門第一次從裡面下了鎖。

二太太陌氏帶著人趕過來的時候，對著她的就是一扇緊鎖的大門。

「愣著幹什麼，還不快把賴嬤嬤送回去請大夫。」陌氏眉頭緊皺，心中不悅，看著大門道：「三姑娘，妳這是做什麼？賴嬤嬤是老夫人跟前的人，別說她是一個活生生的人，就是一隻貓啊狗啊的，妳也得敬著，這樣不孝的舉動就是小門小戶也不會有……」

「二太太說話真搞笑，我什麼時候對老夫人不孝了？」魏清莛隔著大門大聲道：「這個刁奴一來就說老夫人要謀奪我父親送給我的禮物，老夫人是什麼身分？她雖然是填房繼室，對父親卻視如己出，更別說我這個孫女了，怎麼會為了幾盒子東西就不顧孫女性命？

「這樣的話傳出去，老夫人就是不慈，我這個做孫女的總不能眼見著下人敗壞老夫人的名聲吧？雖說秋冷院後頭的巷子偏僻，但各家住的也不遠，聲音要是大些，有心人自然是什麼都能聽見。」

陌氏臉色一白，老夫人不慈，首當其衝的就是她的丈夫二老爺，明年二老爺就要科舉，這時候可不能傳出什麼不好的名聲。

「莛姊兒說笑了，只是妳一個姑娘家也不該親自動手啊。」

「那有什麼辦法，誰讓秋冷院裡只有我們姊弟，別說教訓奴才了，就是洗衣掃地，哪一項不是我親力親為？教訓幾個奴才罷了，二太太不用感激我。」

陌氏扯了扯嘴角。「莛姊兒把門開開，我看妳傷到哪裡沒有？也好請大夫。」

「這就不用了，」魏清莛抓著魏青桐的手，微微搖了搖頭，一邊高聲答道：「老夫人說了，沒她的命令，這個大門不准開，剛才那個狗奴才已經私自開過一回了，要是再開我怕老夫人會生氣，到時老夫人吩咐廚房，我們姊弟又要好幾天沒飯吃了，二太太還是別為難我們了，要是二太太想進來，不如去請了老夫人來，或是有老夫人的手書也好啊。」

陌氏沒想到魏清莛這樣強勢，只好去找老夫人。

魏清莛不喜歡和人打嘴仗，她更喜歡直接開揍，揍怕了就好了，反正魏家的人也不敢宣揚，家有不孝子，就有不慈母，到時一宣揚，魏家的人都沒有前途了。

第二十六章　敗壞

雖然打人很爽，但魏清莛也不想三天兩頭的這樣，所以她很快去找王廷日想辦法。「表哥，張家的人還要在京城留幾天，最好將事情在京城就解決了，不然留著有後患。」

王廷日點頭。「我知道，已經叫人去安排了，現在只知道想和妳結親的是張家的二少爺，只不知道他是個怎樣的人，我已經派人到南邊去了。」

「你不會等人回來了再動手吧？」

「自然不會，等人回來那些人都走了，只是知己知彼，這次要是解決不了，下次也有個準備。」

魏清莛點頭。

「你說魏家還會不會再找我的麻煩？」魏清莛好奇地問道，自從知道張家來人後，王廷日對魏家的舉動猜得八九不離十。

魏清莛一直和魏青桐獨自生活在秋冷院，說他們生活在魏家，不如說他們是獨門獨戶的生活著的，雖然有時也受魏家的影響，但大多數都是自由自在的，結果現在這種平靜被打破了。

王廷日笑道：「妳放心，過了今天晚上，吳氏就不會去找妳的麻煩了，趕緊回去吧，別讓桐哥兒等久了。」

魏清莛摸摸手鐲，應了一聲。

看多了狗血電視劇的她始終認為最安全的地方就是在她身邊，所以只要她離開魏家，就一定會帶魏青桐在身邊，哪怕冒著被魏家發現的危險。

而這時候魏青桐出現在王廷日面前也是不合適的，所以桐哥兒只能委屈地待在空間裡了。

吳氏的確沒再來找魏清莛的麻煩，那一盒首飾和布料就白送給了魏清莛，飯菜也沒斷，只是更「清淡」了一些，她也不在意，反正她又不吃。

吳氏這樣是被魏老太爺威脅的，當天魏老太爺剛要下衙，幾個同僚就用怪異的眼神看他，魏老太爺一向敏感，當下就派人去查。

那天秋冷院的事就傳了出來，不過變了一個版本，吳氏身邊的刁奴竟然向魏家的一位姑娘索要人家父親送給她的禮物。

那位姑娘既羞又惱，就告到了二太太陌氏跟前，要陌氏給她作主。

這位小姐是誰不知道，要的是什麼禮物也不知道。

但因為有一些對話傳出來，而且說得有鼻子有眼的，大多數平民大眾都相信了，並且自動腦補。

官場上的人更是站在一旁看笑話。

魏老太爺下意識地懷疑魏清莛，只是想到她的歲數，加之人又被關在秋冷院裡，就否決了。

但不管怎樣，這事都要處理，所以他攔住了吳氏，警告她別動那兩姊弟，他們還很有用處，同時清理家裡的下人。

不論幕後主使是誰，有家裡的僕婦參與是沒錯的，魏老太爺一發怒，魏家下人或放或配或直接趕到莊子裡去，一時間，魏家內宅戰戰兢兢，連走路都小心翼翼起來。

與此同時，秋冷院外面總是不時的出現一、兩個人影，蹲在角落裡觀察著秋冷院的動靜，晚上，那一、兩個人影又出現在魏老太爺的書房裡……

魏老太爺專心致志的練字，揮揮手讓人退下了。

吳氏卻沒有這份悠閒，家裡突然去了這麼多的下人，運作起來很困難，昨天她就聽說幾個孫女用飯晚了……

莊子上的家生子很少，而且魏老太爺又規定不許用先前趕出去的人家的孩子，吳氏一時為難起來，沒辦法，只好讓賴嬤嬤出去採買。

魏老太爺不知道，他這次的發作給了王廷日和謝氏一個機會。

當天，就有三個女孩、四個婆子從王家裡出去……

京城官場上的傳言，張家的幾個嬤嬤自然不會知道，但她們也有自己的方法。

市井之中有最多官宦人家的傳言，雖然不盡實，卻能從中推算一二。

這幾天她們分別出去打聽情況，聽到的都是千篇一律的說話，魏家三姑娘溫婉賢良，又因其外家是王氏，在魏家很受寵愛。

雖然用詞不一，但大家最後還是隱隱感覺不對。

「這意思怎麼都一樣？難道外頭人就獨對魏家這樣寬容？先前我們府上的太太不過是想吃鳳仙樓上的一道八寶熊掌，就被傳成我們太太囂張跋扈，逼著鳳仙樓給我們做八寶熊掌，最後還有人隱晦指責我們老爺貪污受賄……」

「噤聲，」圓臉嬤嬤眼光犀利的看著她。「這是可以拿來比喻的嗎？」

其他人顫了顫，就是先前在魏家出頭的領頭嬤嬤也低頭站到一邊，躬身立著。

圓臉嬤嬤沈吟了一會兒，道：「我們明天就走。」

「這，可我們什麼有價值的都沒有打聽到，回頭太太問起……」大家想起張太太的手段都不由自主的打了一個寒顫。

圓臉嬤嬤微微一笑，道：「京城是魏家的天下，他們有意防範，我們是聽不到什麼的，可明天卻是一個機會，大家今天就歡歡喜喜地出去買些土特產，明天一早我們就去辭別。」

幾位嬤嬤對視一眼，應了一聲，各自退下。

馬車到了南城門不遠的時候，圓臉嬤嬤突然叫停車，掀開簾子下來，笑道：「聽說這邊有一條十里街很有名，正巧我們昨兒忘了買一些東西，就到裡頭去看看吧。」

隨意選了家茶館坐下，正是午時，大家都閒下來喝杯茶，茶館裡坐了七、八成的客人。

圓臉嬤嬤看他們的打扮，心裡滿意，這裡頭有販夫走卒，有讀書人……

一直悄悄跟著他們的魏家人臉色一變，對視一眼，其中一個連忙道：「趕緊回去通知老太爺，我在這兒守著。」

另一個人應了一聲，就朝魏家飛奔而去。

此時，圓臉嬤嬤早就不經意地說開了。「……我是聽我那老姊妹說的，她親眼看見三姑娘忤逆魏老夫人，妳說這得有多不孝才能忤逆自家祖母？」

旁邊一人聽將，就反駁道：「大姊這話卻錯了，要我說，那三姑娘指不定是活不下去了才這樣的。」

圓臉嬤嬤見他皮膚曬得黝黑，手上滿是粗繭，腳下放著竹筐，像是進城賣東西的農夫，連忙笑著問道：「老哥哥知道魏家的情況？」

農夫嗤笑一聲。「老姊姊不是外地人，就是剛到京城吧？這魏家的這些事京城裡誰不知道？就連我們近郊都傳遍了，當初魏家大夫人王氏下葬後不久還鬧了一齣呢！」

雖然是人盡皆知的話題，但農夫還是壓低了聲音道：「那王氏才一下葬，王家就派人過來接管了王氏的嫁妝，魏家也就臉色難看些，連吭都不敢吭一聲，結果王家的人前腳才一離開京城，魏家後腳就把王氏所出的一對兒女給關起來了。」

圓臉嬤嬤心一顫，和幾個嬤嬤對視一眼，恰當地露出好奇的神色。

農夫見了，心裡滿足，正要大說特說，旁邊的一人就插話道：「要我說魏家也是糊塗，那姊弟倆怎麼說也是他們家的骨肉，姓魏，又自小在魏家長大，以後還能不向著魏家？這樣折騰，不是把姊弟倆往王家那邊推嗎？」

鄰桌的書生聽了恥笑道：「你們不懂就不要亂說，魏家這樣也是被逼無奈。王氏是王公的親生女兒，雖然罪不及出嫁女，可難保聖上和幾位娘娘心裡沒有膈應，對姊弟倆剛好觸了上面的霉頭，不然你們以為魏家為什麼在王氏還沒有過世的時候就提了那小吳氏做平妻？」

說到這裡，書生嘖嘖一聲。「這魏家也夠狠，為了和王家脫離關係，竟敢提上一個平妻，要知道只有那不講究的商戶人家才有平妻的，也不怕被士林笑話。」

農夫接著道：「誰說不是呢？我們就沒少笑話，我們這些沒念過書的人都知道不對，我聽說魏家現在還被王家欺負呢。」

「到底是百年世家，底蘊猶存，豈是一個小小的魏家能比的？」書生搖頭晃腦道。「這王家可是除了孔家之外存在最久的世家了，孔家是在教書育人這一面，這王家可是……」

王家可是世代扶持帝王的。

有人見這邊說得熱鬧，紛紛支起耳朵聽，聞言也交流起自己所知道的。

圓臉嬤嬤就給幾個嬤嬤使了個眼色，大家各自注意收集資訊。

圓臉嬤嬤拿起酒壺，到農夫的那桌，將酒壺放在他桌上，回到自己的座位坐下，小聲道：「老哥還知道什麼消息？我們家大人是剛進京城的，正有事要求魏家去，這次出來是想給魏家的幾位主子選一些禮物的，只是我們剛到京城，還有許多的事不知道，還請老哥幫幫忙。」

農夫有些躊躇，他背後說人已經不好了，哪裡還能再說什麼，吶吶道：「其實這些我也都是聽別人說的，妳出去一打聽就知道了，東市邊有個『悅心茶館』，裡頭說什麼的都有，別說魏家，就是管家最嚴的平南王府的消息也能打聽到，哪裡敢吃老姊姊的酒。」

圓臉嬤嬤一聽，心中一震，這種消息只有本地的京城人才知道，這幾天她們都是在市井中轉悠，卻被魏家算計進去……

圓臉嬤嬤笑道：「老哥哥說笑了，這要是別人說的我還不敢信呢……」引著農夫說話。

農夫也不負他所望，憨厚地一笑，零零散散地說著自己知道的，比如。「……王氏管了十多年的家，就是魏老太爺都插不進手……後來魏老太爺將原先的奴僕發賣了大半，就是家生子也趕出去了，不然他們還拿捏不住魏家姊弟呢……魏家的三姑娘五、六歲就開始跟著王氏學管家，聽說那些管家見到她都有些膽怯呢，可能幹了……」

農夫嘿嘿一笑，摸著頭道：「我要是有這麼能幹的一個閨女，都捨不得嫁出去了，你說魏家怎麼就把人關起來了呢？怪讓人寒心的。」

書生聽聞，就笑道：「那是你們普通老百姓的想法，我看，魏家怕是急著把三姑娘嫁出去呢。」

「此話怎講？」農夫問道。

書生也學著圓臉嬤嬤壓低了聲音道：「這兩姊弟可是燙手山芋，對他們好了，得罪了聖上和幾位娘娘；對他們不好，得罪了王家。」

「這王家不是倒了嗎？小兄弟盡是忽悠我。」圓臉嬤嬤說道。

書生看了她一眼，眼裡露出輕蔑，圓臉嬤嬤被看得一惱，但還是保持著微笑。

書生嘆了一口氣，嘀咕道：「到底是無知婦人。」

聲音恰好被圓臉嬤嬤聽到，眼裡閃過一絲寒光，笑著催促道：「小兄弟倒是快說呀。」

書生雖然不屑，但還是解釋道：「天下士林中，除了孔家就是王家，更何況王公桃李滿天下，不說其他，就是現今門下侍中曾大人就是王公的學生，其他三省六部哪裡沒有王公的學生？只是可惜了……」

圓臉嬤嬤強笑道：「可惜什麼？」

「可惜王公的孫子廢了，外孫又是個傻子，不然僅靠這些人脈，仕途不知如何順利。不過王家子嗣昌盛，其他嫡支旁支成才的也不少，以後指不定王家還會重新入駐京城，所以現在大家都不敢得罪狠王家……」

圓臉嬤嬤帶著幾個嬤嬤滿臉寒霜的回到馬車上，連聲吩咐道：「快走！」

她們被魏家騙了，魏家這是要禍水東引，把這燙手山芋轉給她們張家，希望老爺太太沒有答應下魏家的婚事。

茶館裡的農夫和書生對視一眼，農夫喝光手裡的茶，揹起背簍就走出去，書生則嘴角輕挑的聽說書人說書……

在魏家的魏老太爺卻大怒起來，知道與張家的親事只怕不成了。

這些事情魏清莛自然都不知道，她在空間裡將收集來的玉石解開，將它們放在茅草屋裡的架子上，扭頭對正專心畫畫的魏青桐道：「桐哥兒，以後等你長大了，姊姊就用這些玉石給你娶媳婦回來。」

魏青桐跑過來抱起一塊綠色的玉。「不娶媳婦，這些都是我的，娶了媳婦，就不是我的了。」

「娶了媳婦這些也是你的，」魏清莛忽悠道。「玉是你的，媳婦也是你的，都是你的。」

「真的？」魏青桐很懷疑天下有這樣的好事。

魏清莛點頭。

魏青桐歪著頭道：「那媳婦有什麼用？」

「媳婦可以陪你一塊吃飯，一塊睡覺，一塊讀書，一塊玩，還可以一塊生寶寶。」

魏青桐一聽就不樂意了。「那我不要媳婦了，姊姊陪我一塊吃飯，白白陪我一塊睡覺，先生陪我一塊讀書，小黑哥哥陪我一塊玩，生寶寶……」魏青桐眼裡露出迷惑，卻堅定的搖頭道：「我不要寶寶。」

魏清莛卻寒下臉。「桐哥兒，你晚上又讓白白睡你床上了？」

「啊，」魏青桐驚叫一聲。「姊姊是怎麼知道的？」

「是你剛說的。」魏清莛滿臉黑線。

前去南邊打聽消息的下人回來了，魏清莛帶著魏青桐去找王廷日的時候，正巧看見他從書房裡退出來，魏清莛在他身前停頓了一下，問道：「你就是鄔進？」鄔進是王廷日手下的人，這次被派到南邊打聽張家的事。

鄔進躬身答道：「回表姑娘，小的正是鄔進。」

「這次是你去的南邊？」

「是，」鄔進以為她要問魏志揚在南邊的生活，正要細說，魏清莛已經點頭道：「這次辛苦你了。」

鄔進看著皮膚微黑，略顯英氣的魏清莛和樣貌精緻的魏青桐，眼圈一紅，連忙低頭掩飾，低聲道：「為主子辦事，小的不辛苦。」

魏清莛奇怪地看了他一眼，不過沒問，而是點點頭，就領著魏青桐進去。

王廷日早就等著她了。「老早就聽到妳的聲音了，怎麼現在才進來？」

魏清莛給自己倒了一杯茶，不答反問：「鄔進怎麼說？」

王廷日嘴角含笑，眼裡卻冰冷無比。「妳猜張家的二公子是個什麼樣的人？」

魏清莛歪著頭道：「姦淫擄掠、無惡不作？要不就是個傻子？不然就是有暴力傾向，否則，他們怎麼這麼急著給他訂親，要知道我還是個半大孩子。」

「張二公子是個傻子，聽說是小時候發燒燒壞了腦袋。」

魏清莛腹誹，那不是和桐哥兒一樣？其實這樣也還可以，桐哥兒就很乖，除了比別人反應慢些、單純些、問得多些，也沒什麼區別。

王廷日知道她在想什麼，慢悠悠地道：「他和桐哥兒可不一樣。他從小受寵，雖然是個傻子，卻霸道無比，又沒有是非觀念，才十二歲，身邊就收了兩個丫鬟，聽說力氣還挺大，九歲的時候就拿著鞭子抽死了一個小丫鬟，聽說只是因為那個小丫鬟不小心將茶水濺到他手上……」

魏清莛心一寒，落下臉來。「這些事魏志揚都知道？」

「我遠在京城都可以打聽到，妳以為同城的魏志揚會打聽不出來？」

魏清莛呼出一口氣。「這件事你作主吧，你想怎麼做就怎麼做，只是不能損害桐哥兒和我的利益。」

「妳和桐哥兒姓魏，怎麼可能……」

「你知道我說的不是這個，」魏清莛眼神凌厲地看著他。「兩害相權取其輕，打我從洞裡爬出來出現在王家的時候，就已經和魏家劃開了一條線。」

「好，」王廷日不由得坐直身子。「現在還不是對付魏家的時候，我們只要拖住魏家，不要他們有空閒想起你們就可以了，以後要怎樣，且看你們姊弟。」

魏清莛走出書房，抬頭看著天際，她並不是很想和魏家發生基本上的衝突，不管怎樣，他們姊弟身上都流著魏家的血。

血濃於水！

魏清莛眼眶有些濕潤，不知前世的父母姊弟怎麼樣了？

他們雖然總是罵她，總是嚷著再也不供她讀書了，可每個月，總有一個姊姊、姊夫給她匯錢，老爸、老媽雖然總是不給她好臉色，卻每次過節過年都會給她打電話，弟弟更不用說，從他畢業工作後，她的學費基本上就是他負責了……

第二十七章　經年

時光飛逝，魏清莛已經成長為一個亭亭玉立的小姑娘。

魏清莛闖進書房，王三為難地看著主子。

王廷日合上帳本，對底下幾個掌櫃道：「就先這樣吧，你們下去布置一下。」

幾個掌櫃眼觀鼻鼻觀心的低頭應是，小心地退下，整個過程連頭都不敢抬一下。

魏清莛一屁股坐在椅子上，王三鬆了一口氣，小心地闔上門退下。

「我聽說你在找岷山書院的名額？」

王廷日點頭。「我想送你們三個進書院，雅兒還好說，書院的功課對她而言不難，更何況，她已經及笄，到書院裡也就待一年左右，最關鍵的還是你們姊弟倆，所以我打算給妳請幾個先生，先在家裡教妳幾天。」

「我不想去，」魏清莛想也不想的拒絕道。「現在日子就過得很好了不是嗎？」

王廷日知道她在想什麼，直接打破她的幻想。「任家不會退親的，魏家更沒有那個膽子，莛姊兒，妳以後是一定會嫁入任家的，現在多受些苦，以後就多輕鬆些，我不想妳以後後悔。」

每當提起任家的婚事，魏清莛總說要陪魏青桐一輩子，流露出不想嫁人的想法，王廷日知道，她不想嫁進任家，甚至不想嫁給任何一個人。

魏清莛沈默。

「妳一向知道自己要的是什麼，那就該知道怎樣做才是對自己最好的。名額的事妳不用擔心，三個名額，我還是能爭取到的。」

魏清莛臉色難看，時隔七年，她又要進學校？

「你打算如何說服魏家？他們可不會像你一樣為我們姊弟倆著想。」

「妳放心好了，」王廷日拿起茶壺給她倒茶，笑道：「魏志揚會主動送你們姊弟進書院的，對了，我好像忘了告訴妳，魏志揚被調回京城，算是升官了。」

魏清莛微張著嘴巴。「啊」地一聲跳起來，王廷日拿著茶杯的手一抖，瞪大了眼睛看她。

魏清莛直接忽視掉他眼裡的責怪，快速道：「可是桐哥兒今天剛和孔先生外出遊歷，沒有十天半個月的不會回來。」本來她想說一、兩個月的，不過看王廷日黑下來的臉，魏清莛明智地改口。

從小沒少出去遊歷的王廷日可比她瞭解多了。「他們去哪裡？」

「河南，聽說孔先生的一個什麼好朋友得了一塊好石頭，發帖子請孔先生過去看看。」

魏清莛快速地回答道。

「他們什麼時候出的京城？」

「今天早上，我送完他們就進山的，回來就聽說你要送我去書院，就跑過來找你了。」

王廷日鬆了一口氣。「不要緊，我現在派人出去追他們，應該很快就追上了。」

兩人是出去遊玩加做客，不趕時間，快馬加鞭，應該很快就追上了。

只是王廷日不知道，他敗就敗在這遊玩兩個字上。

孔言措是不拘小節的人，魏青桐又是一根筋，看見一美好景色就會和師傅一起過去看看，靈感來了，還會畫上兩筆，而好的景色向來是遠離大路的，所以，兩人雖然走了大半天也沒遠到什麼地方去，只是恰巧他們就尋到了一個好景色，兩人帶著書僮慎行遠離大路，擺下畫具，當場就畫起來，孔言措更是當場指導，於是，他們和王廷日派出來的人華麗麗的錯過了。

之後，孔言措乾脆將錯就錯，帶著魏青桐從小路走。

而王廷日派出去的人義無反顧地在大路上奔馳著。

當然，這些都是後話。

現在王廷日正在教魏清莛應付魏志揚回來之後的事。

「……到時我去找人說項，不怕魏志揚不把你們放出來，妳別老想著窩在秋冷院裡，難道以後妳出嫁，也要獨自窩在自己的院子裡不出來嗎？如何和家人相處，如何使喚下人，如何處理事務，如何與外人交際，這些都是妳要學會的，魏家，不過是妳練習的地方，以後妳還要面對更多的人、更多的事。」

魏清莛低頭不語。

王廷日繼續勸道：「我知道妳不喜歡這些，只是人都是要長大的，以後桐哥兒也會有事業，有家庭，難道妳還要像現在一樣，大部分的時間都圍著桐哥兒轉嗎？」

「魏家，是家人嗎？」

「當然，」王廷日肯定道：「魏家雖然對你們冷漠，卻不代表對其他兒女也是如此。這種事情並不是只魏家有，以後你也不會只經歷這一家，就是我們王家，妳以為王家就是團結一致嗎？」說到這裡，王廷日的情緒有些低落。

「可是我聽舅母說，以前王家不是這樣的，是因為新族長……」

王廷日搖頭。「新族長上位不過是將矛盾激化罷了，不過王家有一條祖訓卻很好，發生外敵，一致對外，不得內訌。雖然現在他們鬥得很凶，但他們也牢記這條，莛姊兒，我希望妳也能記住，我知道妳恨魏家，只是他們畢竟是妳的家人，魏家是妳的家族，妳可以袖手旁觀，可我不希望妳出手傷害它。所有的一切，由我出手為你們討回。」

魏清莛眨眨眼，說真的，她一點也不恨魏家，只是討厭，畢竟她不是本尊，沒有那些情感寄託，不過魏清莛想起那些有毒的飯菜，有些事情是必須查清楚，也必須得由她出手，這是她欠小清莛的。

「你真的有把握送我去岷山書院？我可不想再出面和她們鬥了，上次就把我累得夠嗆。」桐哥兒是男孩，相信沒多大問題，只是她是女的，恐怕有些困難吧？

王廷日嘴角一挑。「妳還不知道吧，耿家大奶奶帶著三個兒女要進京，怕是要長時間在京城住下。」

魏清莛眼睛一亮。「秦氏？秦氏要進京？」

王廷日也很開心，笑著點頭。

秦氏是王氏的好友，也是王氏的表姊妹，秦氏的母親是王家另一支的嫡女，秦氏喪母後就經常住在王家，而那時她父親外任正好離王公的地方不遠，所以秦氏幾乎是在王老太太跟前長大的，和王氏更是親如姊妹。

王廷日如今隱在暗處，能幫上魏清莛的也是在暗地裡，秦氏回來，一個在明一個在暗，最合適不過。

「所以，魏志揚一定會讓妳去書院的，秦表姑可不是好惹的。」

魏清莛臉上的笑意一頓。「也不知道秦姨怎麼樣了？聽說這幾年過得不是很如意。」

「秦表弟這次進京也是為了進書院，準備後年的科舉，我看過他的文章，不出意外，二甲是沒有問題的，只要秦表弟入仕，表姑也算熬出頭了，耿太夫人就是再厲害，也不敢對她怎樣。」

派出去追魏青桐的人在吃晚飯之後回來。

「……一路上都沒有發現，小的先回來報信，其他人繼續朝前追……」派出去的人頭幾乎低到了胸口。

王廷日皺眉，按說他們不應該跑得這麼快啊，王廷日扭頭問魏清莛。「妳確定他們是去河南？」

「當然，孔先生不會騙我的。」魏青桐不是第一次出遠門，卻是第一次決定走這麼遠，魏清莛自然要弄清楚。

王廷日歪頭。「難道是走岔了？」

他無意識的一句話卻讓魏清莛一個激靈。「不會是走小路吧？」

兩人面面相覷，回報的人幾乎要哭出來。「主子，從京城到河南一共有三條小路，其中小路又套著小路……」

王廷日臉黑如鍋底。「從京城到河南，必得經過邯鄲，你派人在那裡守著，他們一出現就將桐少爺帶回來，魏志揚大概半個月後到京城，女眷在後面，最晚一個月也到了，我儘量讓魏志揚在女眷回來之前想不起見你們，只是女眷一到京城，你們就必須去見禮的。」

後面的話是和魏清莛說的。

「那要是桐哥兒還是趕不回來呢？」

王廷日微微一笑。「那就讓她們晚到幾天。」

魏清莛打了一個寒顫，沒敢問怎麼讓她們晚到。

魏清莛去王素雅的房間，她留宿王家的時候都是和王素雅一塊兒睡的。

王廷日敲敲桌子，吩咐道：「去找一個身量和桐少爺差不多的人，要是樣貌相似更好了。」

黑暗中，房間傳來低低的一聲應答。

「大晚上的做針線不好。」魏清莛一把收起王素雅的針線。

「又不是常這樣。」王素雅抿嘴一笑。

魏清莛展開一看，疑惑道：「這是給誰做的？」

「除了妳還有誰？」王素雅一把奪過衣服，道：「妳啊，也該認真學學針線了，現在還有我幫妳做小衣，難道以後妳要交給丫鬟做不成？」

魏清莛有些迷糊。「為什麼不可以？」還是手工製作呢，多好。

王素雅就在她的額頭上點了一下。「妳呀，一點也不上心，要我說哥哥就不該拉著妳做什麼生意，什麼都要妳參一腳，養成了妳這個性子。這小衣是女子貼身的物件，除了母親、姊妹，就得自己動手做，除了那些……有誰會讓別人做的？」

魏清莛眨眨眼，感嘆道：「原來是表姊要嫁人了，以後再不能幫我做衣服了呀。」

王素雅一把擰住她的臉，低喝道：「胡說些什麼！看我不撕碎妳的嘴？」

魏清莛就笑嘻嘻地躲開。

謝氏站在外面聽到裡面的笑鬧聲，搖搖頭，笑著轉身離開。

魏志揚在門前下車，看著大門上的牌匾，眼裡閃過自得，心情愉悅地看著二弟和三弟朝他迎來。

魏志茗和魏志揚一樣溫文儒雅，看見大哥，就從容不迫地見禮。「大哥一路辛苦了，父親和母親都在家裡等著呢，大哥是先梳洗還是先去見父親母親？」

魏志揚滿意的一笑，笑意在觸及後面畏縮的三弟時一縮，心裡微嘆，臉上卻笑道：「還是先去梳洗吧，免得對父親母親不敬。」

魏志茗點頭。

大門兩邊肅立著魏家的僕婦，紛紛跪下行禮，魏志揚微微頷首，就帶著兩個弟弟朝後院走去。

到分岔口的時候，魏志揚笑道：「二弟先去給父親母親報信，免得他們心急，我先去梳洗，很快就來。」

「不急，」魏志茗笑著道。「這麼多年都等了，也不急在這一時，大哥一路急趕也累壞了，不然休息一下也得。」

魏志揚只笑著推辭，見魏志茗的背影消失，這才看了跟隨著的僕從一眼，幾人連忙朝後退了幾步，遠遠的跟著兩位老爺，既能看得見兩人的身影，又聽不見他們說什麼。

魏志揚臉上笑容不變，聲音卻壓低了一些。「三弟還是管著家中的庶務嗎？」

「是，」魏志立點頭道：「父親將北直隸的田莊鋪子都交給我管著。」

魏志揚眉頭微皺。「老是這樣也不好，趁著現在還年輕，還是掙得功名要緊，我去和父親說說，你也參加兩年後的科舉吧。」

魏志立垂首立在一旁，低聲拒絕。「我很喜歡做生意……」

「你，」魏志揚怒其不爭，甩袖道：「既如此，以後我不說就是。」

魏志立在後面看著大哥的背影，眼裡看不出喜怒，靜靜地轉身回自己的院子。

魏志立剛進院子，妻子區氏就迎上來。「累壞了吧，快進屋喝杯茶歇歇。」

魏志立笑著捏捏她的手。「沒事，今天我沒跑商鋪，倒是輕鬆得緊。」

「爹爹，爹爹！」一個三、四歲的孩子跌跌撞撞地撞進魏志立的懷裡。

魏志立笑著抱起他。「哎呀，是楓哥兒呀，今天有沒有想爹爹？」

「想！」魏青楓「啪」的一聲親在爹爹的臉上，臉上洋溢著滿足的笑。「今天哥哥教了我兩個大字，我都會了。」

「哦？我們楓哥兒這麼厲害呀，讓爹爹去看看。」

區氏含笑看著父子倆，想接過小兒子。「楓哥兒快下來，今天爹爹累了。」

楓哥兒掙扎著要下來，魏志立連忙抱緊他。「都說了今天不累了，我就喜歡和兒子親近。」

楓哥兒歡喜不已，笑得不見了眼睛，一雙胖嘟嘟的小手抱緊父親的脖子。

「大哥回來，外面的事都是你操持著，怎麼會不累？……」正說著，一對兒女走過來。

區氏連忙住口，接過丫鬟遞上來的茶杯給魏志立。

魏志立則抱著小兒子問起大兒子的功課，大兒子魏青柏今年也才十歲，回答卻一板一眼的，見父親臉色還好，這才抿嘴微笑，臉上才有少年的活潑。

魏志立見了怔然，將小兒子交給女兒。「芷姊兒，帶著弟弟們出去玩。」

區氏也揮手退下僕婦，這才問道：「怎麼了？」

丈夫不像魏家的其他男人，對孩子極其親近，甚至不避諱地當眾抱孩子，孩子們也樂意和父親親近，但她可不認為丈夫只是見了大兒子的一個笑就怔住的人。

「我記得，桐哥兒今年也是十歲吧？」

區氏良久才想起桐哥兒是誰。「是，比我們柏哥兒小兩個月。」

魏志立垂下眼眸。「今天大哥回來沒有提兩個孩子，他們在秋冷院也住有七年了，以前大哥不在還好，現在大哥回來了，兩個孩子怎麼也要出來見見他們父親，莛姊兒也有十四歲了，再過一年就可以說親了，總不能老讓他們住在秋冷院。」

「你是想讓兩個孩子搬出來？只是我們在家裡說不上話，老爺也知道，我們現在也只能管住自己的這一個院子罷了……」

魏志立放下茶杯，動作有些重，手驟然握緊茶杯。「妳想辦法到二嫂那裡去說說，我再和大哥談談，只要兩個孩子在大哥那裡露了面，大哥記起大嫂的好，就算是給了兩個孩子一個機會。」

區氏口頭應下，心裡卻不以為然，擅長察言觀色的魏志立又何嘗不知，心裡氣悶，就起身往書房而去。「今晚我就歇在書房了。」

區氏送走丈夫，對自己的乳娘區嬤嬤道：「老爺太想當然了，我看大伯可不會念著大嫂的好，要不然也不會丟著兩個孩子這麼多年，任他們自生自滅。這個家裡除了老爺，可沒有誰念著他們，我要提出來還不知二嫂怎麼編排我呢，老夫人鐵定又要折騰我，老爺怎麼就不為我想想？」

區嬤嬤就勸道：「老爺也是念著大夫人的恩情，當年要不是大夫人，太太也不可能嫁給老爺，不過是提一嘴的事，太太就找個機會提上一提就是了，二太太怎樣做是二太太的事。」

區氏點頭。「也只能這樣了，我就怕老爺因為這事和大伯擰起來，這次大伯調任吏部，官品雖不高，官職卻很關鍵，老太爺年紀大了，誰也不知道還能做幾年，二老爺外人看著還行，但內裡什麼樣大家都知道，老爺不出仕，以後什麼事都要靠大伯，我們柏哥兒以後可是要科舉的，這人脈可是鼎鼎重要的……」

就是有人脈，大老爺也會先顧念自己的兒子、孫子，區嬤嬤欲言又止，只是看著志得意滿的太太，區嬤嬤還是嚥下口中的話，好在老爺清醒，而且太太又聽老爺的話……

魏志立正情緒有些低落的坐在書房裡，找來自己的貼身小廝喜財。「你去找一下趙婆子，告訴她，想辦法通知三姑娘，就說大老爺回來了，只要她見到大老爺，表現得好，他們姊弟就能離開秋冷院了。」

喜財躬身複述了一遍，確認無誤後這才退下。

第二十八章　替身

魏清莛將門洞裡的飯菜倒掉，心裡卻在思索剛剛得到的消息，魏清莛有些不確定，魏志揚要見他們姊弟倆？王廷日不是說，在女眷回來之前魏志揚不會見他們嗎？

看來一定是一方的消息出錯了，不然就是發生了什麼連王廷日都不知道的事。

看來她今天還得出去一趟，桐哥兒到現在都沒有消息，可不能讓魏家發現這些事。

王廷日一點也不緊張，示意手下將一個十歲左右的孩子帶進來。

「他是誰？」男孩身形瘦弱，臉蛋清秀，魏清莛好奇地看著他。

「妳看他長得像誰？」王廷日答非所問。

魏清莛上上下下將他打量一遍，猶豫道：「好像有些像桐哥兒。」

王廷日嘴角微挑。「只有兩分相像，只是化上妝後就有七、八分像了，不熟悉的人只見一、兩面是分不出來的，更何況，桐哥兒在他們眼裡就是個不愛說話的，到時只要老實的站在妳身後，減弱存在感就是了。」

「到底不保險，要是到時候被發現怎麼辦？」

「他們沒有證據。」

「這孩子你哪找來的？」

魏清莛猶豫了一下就同意了。

「不過魏家的事也要查清楚，我都已經有九成的把握了，怎麼會出意外呢？」後面的話王廷日是自言自語，只是魏清莛耳力妖孽，聽了個一清二楚。

即使經營多年，畢竟是別人家，區氏多年下來也只是掌握了自己的院子而已，更別說外來戶王廷日了。

他所能探知的也就是一些不夠隱秘的事，兩人的初衷也是不被魏家人算計了還替他們數錢，所以這次即使王廷日派人去查了，他們也沒有得到什麼有價值的消息，魏志揚為何會動了那個心思，沒有人知道。

魏清莛將少年阿力和王廷日給她的丫鬟杏兒帶回去。

魏清莛指著旁邊的廂房道：「這些房間多年沒有住人，得收拾一下，動作不要太大，說話也不要太大聲，免得外面的人聽見。」

少年、少女低聲應下，就手腳麻利的收拾東西。

到底是窮苦人家出生，動作一點也不慢，在太陽下山之前，兩個房間就收拾出來了。魏清莛很滿意。

杏兒看到魏清莛從廚房裡端菜出來，臉色微微一變，有些惶恐地道：「姑娘，這，您怎麼能親自動手呢？還是奴婢來吧。」

魏清莛避開她的手，邊走邊道：「明天再說吧，今天不是忙嗎？大家先洗手吃飯吧，然後我們來商量一下該如何做。」

杏兒和阿力面面相覷，都站著不敢動。

魏清莛知道王家的規矩，嘆了一口氣，也不勉強。「今天是例外，實在是沒有精力再折騰了，規矩什麼的還是從明天開始吧。」

杏兒搖頭道：「姑娘，表少爺說規矩就是規矩，不管是在什麼時候都要遵守，奴婢伺候姑娘用餐，然後再去做一些就是了。」說著，上前拿了筷子要伺候她。

魏清莛打了一個寒顫，連忙奪過筷子，揮手道：「那妳還是去準備吃的吧。」

見杏兒滿臉倔強，魏清莛冷下臉來。「妳既說我是妳的主子，那我的話就是規矩！」

杏兒下意識地想反駁，一抬頭卻看見魏清莛冷冷的眼神，心一顫，連忙低頭應是。

從始至終，阿力都一直低著頭不語。

魏清莛看向他，見他還算聽話，滿意地點點頭，不可否認，與杏兒比起來，魏清莛對他很有好感。

等兩人退下，魏清莛這才重新拿起筷子美美地吃起來。

而此時，魏志揚可沒有魏清莛這樣的好胃口，他坐在飯桌前，對面是倔強的三弟，魏志揚臉色黑如鍋底。「我這幾天實在是忙得脫不開身，等我忙完，自然會去見他們。」

魏志立雖然低著頭，卻背脊挺立，有些倔強的道：「也不要大哥親自去秋冷院看他們，只是讓侄子、姪女到這兒來拜見拜見你，兩個孩子多年不見父親，想見父親也是情有可原，不會耽擱大哥多長時間的。大哥和母親說一聲，我明天就帶侄子、姪女來見你。」

魏志揚手中的筷子緊了緊，卻笑道：「尋到時間我就和母親說一聲。好了，三弟，為了這事，你都歪纏了我三天了，知道你疼愛侄子、姪女，只是你也疼疼大哥，先讓大哥吃個飯。」

魏志立有些不好意思，紅著臉道：「那大哥快吃，一天下來也餓壞了吧？衙門裡很忙嗎？」

「可不是，去年科舉過後還有不少書生留在京城求職，每天要接待不少人……」

魏志揚笑著送走魏志立，等魏志立的背影消失在轉角處，立馬冷下臉來，甩著袖子進書房。「我不是說過三老爺來就說我不在嗎？」

趙平低著頭跟在他後面。「三老爺派了人守著，您一回來他就知道了，奴才根本就攔不住。」

魏志揚一口氣堵在胸口，冷哼一聲。「我知道他是念著王氏往日待他的情分，只是他管得也太寬了。」

這樣誅心的話，趙平不敢接話，只是想到母親的囑咐，還是諾諾道：「大夫人將三老爺當兒子養，又是請先生，又是幫著說親，三老爺也事嫂如母，多著急些也是有的。三老爺幾乎管著所有的田莊鋪子，大老爺以後要在京城立足，少不得要上下打點。」

魏志揚最大的優點就是能聽人勸，聞言嘆了一口氣。「我又何嘗不知，不然哪裡讓他插手我內宅的事？算了，你找個時間，讓我和老夫人說說，抽個空見見他們姊弟倆也好。」

趙平躬身應下。

只是兩人到底沒找到時間，也一直沒有向吳氏提起，魏志立一直關注著，見魏志揚天沒亮就往外跑，天黑了才回來，回來不是醉了，就是累得直接不見客。

魏志立臉上浮起怒氣，卻又無可奈何。

區氏看著丈夫身上越來越重的寒氣，心中不滿，臉上就帶了出來。「我看你對那兩個孩子比對自己親生的還好。」

魏志立「謔」地起身，滿臉寒霜地道：「大嫂待我如子，若不是她，我怎能從荒園裡走出來？若不是大嫂，我如何能識文斷字？若不是大嫂，我、我如何能娶妳……」

區氏臉上一滯，只好道：「我知道，我知道，你放心，我明天就去找二嫂說說……」

魏志立見了卻不免有些心灰意冷，卻還是扯著笑道：「好，那就麻煩妳了，有了消息就告訴我。」

魏清莛並不知道魏志立為了她的事跑上跑下，見魏家遲遲沒有動靜，以為是王廷日的計謀得逞，心中的石頭放下，恰巧這時得到了桐哥兒的消息，知道他們正往回趕，更是高興，一心一意地等著桐哥兒回來。

而杏兒早就將院子打掃了一遍，甚至將那些積年不用的東西也翻出來曬了，魏清莛看著她忙前忙後的身影，覺得她真勤快。

所以等桐哥兒回來，看著乾淨整潔的秋冷院，神情一愣，要不是他剛才確確實實從洞口爬進來，還以為走錯了。

「桐哥兒，你回來了。」

「姊姊。」魏青桐呆呆地喊了一聲。

魏清莛拉過他，上下看了一遍，皺著鼻子道：「怎麼黑了這麼多啊？」

「先生說，男子漢就是黑的，我是男子漢。」魏青桐說著還挺了挺胸。

魏清莛笑道：「是，我們桐哥兒是男子漢。」

魏青桐四下看著，好奇道：「姊姊，我們家怎麼變了？」

「變了？哪裡變了？」院子還是原來的院子啊，只不過比以前乾淨了些、整齊了些而已。

魏青桐歪頭想了一下，道：「變了好多，好乾淨了。」

魏清莛就板著臉抓他的耳朵。「你是說姊姊以前很邋遢嗎？」

魏青桐連忙避開，也伸手去抓姊姊的耳朵，兩個人鬧起來。

在前院聽到動靜的杏兒和阿力跑過來，看到魏青桐都有些驚喜。「少爺回來了？」

魏青桐嚇了一跳，一下就躲到魏清莛的身後。

這幾年，魏青桐的膽子變大了些，只是還是第一次在秋冷院裡毫無準備的見到陌生人。

魏清莛微微一笑，道：「是啊，桐哥兒回來了。杏兒，妳去燒熱水，等一下桐哥兒要沐浴。阿力，去把木桶搬到耳房去……桐哥兒和姊姊說說，這些日子你都去了什麼地方？」

晚上，魏清莛叫來杏兒和阿力。「少爺也回來了，你們可以回去了。」

阿力垂著頭站在後面，杏兒不樂意地噘嘴，多日的相處讓她不害怕魏清莛。「姑娘，表少爺將奴婢給了您，您就是奴婢的主子了，奴婢跟著您，哪兒也不去。」

「你們畢竟沒有過明路，而且，過幾日我們也要從這裡出去了，妳跟著我，我怎麼跟別人解釋妳的來歷？」

杏兒張張嘴，眼珠子一轉，道：「要不奴婢先在這裡伺候您，等您和少爺要出去再說？」

魏清莛心裡升起怒氣，只是似笑非笑地看著她。

杏兒被她看得心裡發虛，低下頭去。

杏兒握緊了拳頭，王廷日待下人嚴苛，不像魏清莛和魏青桐溫和，她若能留下，日子肯定要比回去好過很多。

魏清莛緩了神色。「你們收拾收拾東西就走，出去的時候小心些，別讓人發現了。」

杏兒咬了咬嘴唇，屈膝行禮退下了，阿力卻跪下給魏清莛磕了三個響頭，魏清莛看著和桐哥兒相似的容貌，心裡若有所思。「你可願意跟著我？」

阿力手不可抑止的一顫，忍住眼中的熱度，重重地一磕，堅定地答道：「小的願意！」

「那你可願意跟著少爺？」

阿力在成為奴才的時候，教他們規矩的管事就警告過，作為奴才，最好只認一個主子，哪怕是親如母子也不可能一心。

可鬼使神差的，阿力卻開口答道：「對小的來說，小姐就是少爺，少爺就是小姐。」

「好！」魏清莛眼裡閃過激賞。「記住你今天說的話，你先回去吧，回頭我會和表哥說的，以後你就跟在少爺身邊做一個書僮吧。」

阿力知道自己賭對了，畢竟只是個十歲的孩子，嘴角一咧，高興地給魏清莛磕頭。

杏兒收拾好東西才看到阿力從房間裡出來，臉色一寒，冷哼一聲，扭過頭去。

阿力心裡正高興，根本不介意，快手快腳的收拾好東西，和杏兒從洞裡鑽了出去。

魏清莛看著魏青桐單純的面容，不知如何告訴他魏志揚回來的消息。

因為害怕他受到傷害，魏清莛一直不在他面前提起魏家人，更何況是從未關心在意過他們的魏志揚。

魏青桐好奇地看了姊姊一眼。「姊姊，妳怎麼了？是不是生病了？」溫暖的小手就摸上她的額頭。

魏清莛心裡好笑，抓住他的手道：「沒有生病，姊姊身體好著呢，桐哥兒，父親回來了。」

桐哥兒滿眼疑惑。「父親是什麼？」

他被送到秋冷院的時候才三歲，加上智力有限，時間一長，連王氏都記不住，何況是魏志揚？

魏清莛的心房頓時又酸又脹，眼睛看著外面，聲音輕柔的道：「是對一個人的稱呼，以後你見到他就叫他父親就是了，過一段時間我們要去見他，你不要多說話，只跟在姊姊身後就行了。」

魏家人際複雜，魏清莛照著王廷日交代的又交代了魏青桐一遍。

看著魏家正房的方向，魏清莛嘆了一口氣，她是真的不想和魏家打交道。

她在外面可以抬頭挺胸，可以大聲說話，可以想笑就笑，想哭就哭，只需遵守這個世界最基本的道德規範，山林、城鎮任她闖。

可在魏家不一樣，在魏家她是沒有自由的一個孫女，女兒，連生命的權力也不由她掌握。

她必須得低著頭，必須得小心翼翼，防止別人害她。

這不是最困難的，困難的是還要防止別人對桐哥兒身體上和心理上的傷害。

魏家罵了她，打了她，甚至是殺了她，她都不能反抗，在魏家，她有一種深深的無力感。

可王廷日說的也對，她不可能一輩子困在這裡，魏青桐更不可能，她已經十四歲了，再過一年就成年了，如果她不儘快在魏家樹立起自己的勢力，到時她是怎麼被賣的都不知道。

魏清莛拉著魏青桐的手進入空間，看見空間的花被照顧得很好，無視腳底下的白白，朝旁邊的蘋果樹走去，自己摘了一顆蘋果吃了，問道：「桐哥兒，難道你在外面還打理黑黑嗎？」

魏青桐趕了一天的路累壞了，現在打著哈欠答道：「嗯，姊姊說不能讓人知道，桐哥兒就每天晚上睡覺的時候才進來，先生也不知道。」

「你和先生一人一個房間？」

魏青桐頭一點一點的，但還是認真地點頭。

魏清莛見了連忙拉他出去。「你今天累壞了吧，趕緊先睡一覺吧。」

看著他曬得深了一點點的膚色，心裡嫉妒無比，明明是一對親姊弟，為何就相差這麼多呢？

她自從曬黑後除非在房間裡待上一、兩個月，否則是不會變白的，桐哥兒曬了一個多月，竟然只是加深了膚色而已，精緻的小臉蛋上還是這麼白皙。

其實她是和魏青桐長錯了吧？

應該她是男孩，桐哥兒是女孩才對。

——未完，待續，請看文創風263《姊兒的心計》2

村姑也要出頭天　相夫教子賺大錢／天然宅

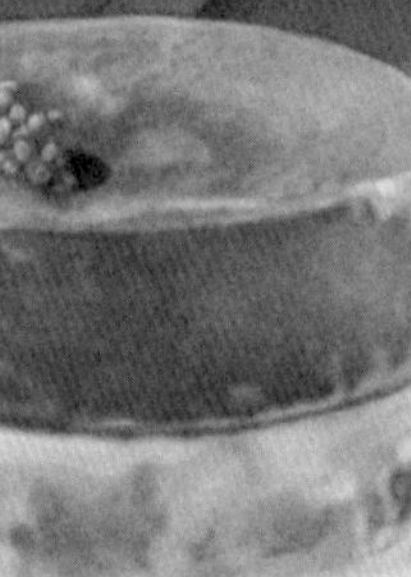

2015年1月出版

招財進寶

穿成屬虎命凶的農家小村姑，爹娘是極品鳳凰男＋懦弱受氣包，
最坑的是，所謂的親人們竟個個都想賣了她換錢！
哼，老虎不發威，真當她是無嘴不還口的Hello Kitty嗎？
就不信她一個現代來的女人，還鬥不過他們這群人！

文創風 258 1

好極了，一睜開眼就來到這沒聽過的朝代，老天爺可真疼她！
現代的她是個只能靠自己打拚，結果卻過勞猝死的富家小姐，
本以為自己的命運已經很慘了，不料這古代身體的原主人更慘，
小姑娘名叫宋冬凝，小名冬寶，偏偏她不是個寶，只是根草！
在宋家，管事的是奶奶黃氏，她心中的寶貝疙瘩是讀書的三兒，
原因無他，兩老堅信這么兒日後會一舉成名，當大官、賺大錢！
所以她爹剛死不久，她就被賣掉換錢，好繼續供養三叔讀書，
糟的是，她才上工第一天，就倒楣地被壞心的小主子給攆走，
驚嚇又高燒之下，小姑娘就這麼去了，於是，她成了冬寶丫頭！

文創風 259 2

雖然宋家除了娘親李氏外，沒人待她好，但既來之則安之吧！
是說，這宋家也真是絕了，古代人重男輕女嘛，這規矩她懂，
可這老宋家輕女的程度，那可真是到達一個誇張的境界了，
據她觀察，除了生下一女兩子、現又懷孕的二嬸能不做事外，
剩下的女子敢不做事就是找死，掌大權的奶奶定不輕饒！
說起奶奶那張嘴可是出了名的壞，罵起人來什麼髒字都不忌，
李氏因為自覺只生下一女，臉皮又薄，長年只有被罵哭的分，
但，舉凡煮飯、洗衣、下田，裡裡外外每件活兒李氏都得做，
而她也得鎮日提防著再被賣掉，這日子簡直沒法兒過啦！

文創風 260 3

冬寶不想死在宋家，也不想被賣掉，她的命該由她自己決定！
她知道，宋家每個人所得的每文錢、每樣東西都得交給奶奶，
而她若想要掙錢來交換好一點的日子過，那是絕無可能的，
所有的努力付出是不會有回報的，因為財物都要留給她三叔，
這輩子若要吃上一口飽飯，她們母女倆就得分家出去過！
但奶奶是不可能同意分家的，畢竟李氏是家裡的主要勞力，
不過，辦法是人想出來的，她有法子，只差要找人幫忙才成，
隔壁那個俊秀的林實待自己既親切又溫柔，便是個好人選啊，
她就不信自己一個現代來的女人，還鬥不過奶奶這農村老婦！

文創風 261 4 完

順利分家後，冬寶簡直開心得都快飛上天了！
不過坐吃山空不是她的個性，她早已計劃好要做生意攢錢，
她打聽過，這時代的豆腐澀又難吃，沒人愛吃更沒多少人賣，
可她是誰？前一世她家裡就是靠著賣豆腐起家賺大錢的呀！
這不，才推出不久，她的豆腐就賣個精光，造成搶購，
假以時日，她定能把豆腐賣往各地，銀子大把大把地賺啊！
有錢吃飽飽、穿暖暖後，自己的終身大事似乎也該想想了，
隔壁林家的大實哥是她相中多時的好夫婿，但卻搶手得很，
看來她得加把勁，若能把他訂下來，這日子就太美好啦～～

流浪貓狗介紹所

為流浪貓狗加油

和貓寶貝 狗寶貝

廝守終生(一定要終生喔！)的幸福機會

對人來說，貓寶貝狗寶貝只是生活的一部分，
但妳（你）對牠們來說，卻是生活的全部，領養前請一定要考慮清楚——

▲ 小冬瓜要終結流浪生活

性　　別：女生

品　　種：米克斯

年　　紀：約2歲

個　　性：活潑愛撒嬌

健康狀況：已結紮，打過犬八合一疫苗（含狂犬）以及每個月的心絲蟲藥

目前住所：嘉義南華大學

本期資料來源：http://www.savedogs.org/petfinder/finddetail.html?sn=53301

『小冬瓜』的故事：

小冬瓜原本是流浪犬，不知道在哪裡出生，後來輾轉流浪到南華大學。牠小小隻的，有著單純的笑容，是很可愛的米克斯小女生。不忍牠繼續流浪下去，也希望牠的笑容常駐，我們便想辦法讓小冬瓜留在校園裡生活，讓牠暫時有個棲身之處。

但是小冬瓜仍舊不屬於學校，而且同學們各自有著繁重的課業，沒辦法無時無刻陪伴牠，給牠完善周全的照顧，所以我們一直都在幫小冬瓜尋找願意領養牠的人。

小冬瓜很活潑，也很喜歡撒嬌，只要一看到熟人就會猛搖尾巴撲抱上去，然後親暱地黏著你不走，不過好動愛玩的小冬瓜卻也是十分聽話的狗寶貝。當看到牠被洗過後、黑黑亮亮的毛皮在眼前閃耀，還有那麼親人貼心的模樣，整顆心真的會為之融化呀～～～

因為小冬瓜時常在外跑動習慣了，運動量需求較大，希望想領養小冬瓜的人可以常帶牠出門，和牠一起享受運動的樂趣。意者歡迎來電0923589117（王小姐）、0930371845（洪小姐）、0934066921（莊先生），三支電話都有LINE可加，或者來信cherry84820@yahoo.com.tw，給可愛的小冬瓜一個家！

認養資格：

1. 認養者須年滿20歲，有穩定工作，並獲得同住家人或室友的同意。
2. 非學生情侶或單獨在外租屋的學生，須能提出絕不棄養的保證。
3. 同意簽切結書，同意帶去打晶片。
4. 同意送養人日後之追蹤探訪。
5. 領養者需有自信對牠們不離不棄，愛護牠們一輩子。

來信請說明：

a. 個人基本資料：姓名、性別、年齡、家庭狀況、職業與經濟來源等。
b. 想認養「小冬瓜」的理由。
c. 過去養寵物的經驗，及簡介一下您的飼養環境。
d. 若未來有當兵、結婚、懷孕、畢業、出國或搬家等計劃，將如何安置「小冬瓜」？

love.doghouse.com.tw 狗屋・果樹誠心企劃

國家圖書館出版品預行編目資料

姊兒的心計 / 郁雨竹著. --
初版. -- 臺北市 : 狗屋, 2015.01-
冊 ; 公分. --（文創風）
ISBN 978-986-328-408-6（第1冊：平裝）. --

857.7　　103025640

著作者	郁雨竹
編輯	王佳薇
校對	林俐君　周貝桂
發行所	狗屋出版社有限公司
地址	台北市104中山區龍江路71巷15號1樓
電話	02-2776-5889～0
發行字號	局版台業字845號
法律顧問	蕭雄淋律師
總經銷	知遠文化事業有限公司
電話	02-2664-8800
初版	2015年1月
國際書碼	ISBN-13　978-986-328-408-6
原著書名	《随身空间：玉石良缘》，由創世中文網〈http://chuangshi.qq.com〉授權出版

定價250元
狗屋劃撥帳號：19001626
網址：love.doghouse.com.tw　E-mail：love@doghouse.com.tw